问世间情为何物

毛信礼 著

人民东方出版传媒
東方出版社

图书在版编目（CIP）数据

问世间 情为何物 / 毛信礼著 .—北京：东方出版社，2016.12
ISBN 978-7-5060-9394-1

Ⅰ. ①问… Ⅱ. ①毛… Ⅲ. ①长篇小说—中国—当代
Ⅳ. ① I247.5

中国版本图书馆 CIP 数据核字（2016）第 299903 号

问世间 情为何物

（WEN SHIJIAN QING WEI HEWU）

毛信礼 著

策 划 人：房宪鹏
复审监制：刘智宏
责任编辑：李家晔
产品经理：许 挺
出 版：東方出版社
发 行：人民东方出版传媒有限公司
邮政编码：100007
印 刷：北京京都六环印刷厂
版 次：2017 年 1 月第 1 版 2017 年 1 月北京第 1 次印刷
开 本：710 毫米 ×1000 毫米 1/16
印 张：17
字 数：251 千字
书 号：ISBN 978-7-5060-9394-1
定 价：32.00 元
发行电话：（010）85924663 （010）85924644

目 录

第一章　移民澳洲

十几年前，出国留学逐渐成为潮流。留学澳洲需要英语雅思成绩，于是在国内出现了形形色色的雅思培训机构。一位正在参加雅思培训的年轻人把一本写作教材拿给我看，我竟发现内中错误连篇，无法卒读。我问他是从哪里弄到的教材，他说正在参加一知名企业办的英语培训，作为培训教材购得。

我拿起电话拨通了该培训机构的电话，我说你们出版的写作教材中有诸多错误，你们知道吗？答曰："我们的教材都经过著名专家审核，没有问题。"我问："请问哪位专家审核过你们的教材？"对方无语。我想，北京的外语专家十之八九我都知道些，不会有任何一位专家看不到教材中的问题。

我说："你们的教材中几乎每页都有错误。拼写错误，语法错误，用词错误，表达错误，随处可见。你们散发此种错误百出的所谓教材，有点误人子弟了。"

没过多久，该机构重新编辑出版了新的教材，所有文章读起来似乎都出自国外报章杂志。遣词造句，篇章结构，都很精准地道。

我想与其退休在家无所事事，何不也弄个外语培训继续教书育人？随后跑了诸多单位盖了无数图章才办下了一个外语培训中心，然后开始打广告招学生。办了半年左右突然发生非典疫情。学校关门，工厂停工，商店歇业，公务员们也不得不在家待命。整个北京成了一座空城。好在政府大刀阔斧采取了诸多有效措施，最终控制住了疫情，很快又让生活走上正轨。

已经移民澳洲的两个闺女，极力动员我们移民澳洲，一为全家团聚；二怕非典疫情。于是关掉了外语培训中心，启动了移民澳洲程序。也就是半年左右的时间，移民成功，并于2003年12月24日，圣诞节前一天，抵达几乎每年都被评为世界最宜居城市之一的墨尔本。

墨尔本在澳洲城市中排行老二，按人口计算仅落在悉尼之后。我同太太郝岚女士住进了大女儿已在墨尔本博士山地区新购进的房子，与女儿和外孙住在一起。

博士山是墨尔本最大的华人聚居区，早期移民多来自香港和台湾。20世纪80年代始，来自大陆的移民数量猛增。今天的博士山已经成了名副其实的“唐人街”、“唐人区”了。中式餐馆、商店比比皆是，进出超市的顾客绝大部分都是黑头发黄皮肤的亚洲人，欧裔人士则成了少数。饭店商店到处都是中文招牌，服务人员多为华人，均操着一口地道的普通话或广东腔。就连博士山图书馆，也收藏不少出自世界各地，包括中国大陆、台湾、香港和澳洲的中文出版物。进入政府机构，或医院诊所、保险公司、房屋中介，也可以碰到能讲中文的雇员。如此浓烈的华语氛围和华人社区，正在吸引着更多的华人落户此地。再过些年，这里恐怕要变成“中国城”了。

博士山的中文名称与“博士”学衔毫不沾边，是早期香港、台湾移民根据英语“盒子山”（Box Hill）的发音，想出了这么高雅的称谓。博士山近几年的房价，完全是中国投资者哄抬起来的。大女儿十几年前花23万购进的三室两卫单元房，2014年估价已达55万了。

与女儿和外孙住在一起，我们承担了全部家务。来澳最初五六年，我办了多期澳洲游学，效果非常好。每期都有当地市长接见，并安排一场模拟市府会议，让学生练习英语，了解澳洲社会。模拟会议首先要挑选一位学生穿上市长官服，配上金色绶带，权当个两小时的市长。另外再挑选六名男女学生，担任市议员，由冒牌市长主持一场市府会议。会议讨论的题目由澳洲市长提出，比如“是否在中国物色一个友好城市？”六位学生市议员则刻意分成赞成与反对两派，用英语进行辩论。约一个半小时辩论结束，市议员就议题举手表决。如果多数支持在中国物色友好城市，市长则当场指示市府行政主管，落实市议会决议。游学日程中此项安排，最受学生欢迎。

每期游学结束，都会有一笔收入，用于我同妻子郝岚的日常支出绰绰有余了。

办理几期游学之后，一个偶然机会看到国内赴国外成功举办灯展的消息。四川一文化企业多次在国外举办大规模室外灯展，一般在一个百万以上人口的城市，可轻而易举吸引三分之一的观众。我立刻与四川方面联系，看到有关资料，感觉可以引进澳洲。于是挑选了20组大型彩灯，准备邀请来澳展出。同时在澳洲启动筹备工作，物色展览场地和合作单位。最后敲定在墨尔本白马市市政府前广场举办灯展，为期一个月。另外我还同南澳首府阿得雷德市政府和悉尼方面联系，决定墨尔本展览结束之后再移师上述两地继续办展。办展意向确定之后，我又邀请四川方面派人来澳察看场地，开车跑了三千多公里，察看了墨尔本、阿得雷德、悉尼三地的展览场所，就合同文本达成一致。在悉尼送三位客人赴机场回国之前，正式签订了办展合同。

此后半年左右的时间，四川方面紧锣密鼓准备出展。我在澳洲也单枪匹马落实各项安排，包括确定展览场地规划灯具安放位置，14个集装箱抵达港口之后的通关运输装卸手续，37位随展人员的签证申请吃住安排，租赁脚手架和大型吊车用于搭建组装灯具，雇佣电工展场各处铺设电缆，请人制作广告并联系在报纸电视台和地铁站登载播报或张贴，等等。同时还开始招聘各类服务人员，包括检票和场内疏导以及晚间保安。并根据澳洲政府有关要求，落实了展览期间安排一辆慈善机构提供的急救车场外待命。

半年左右的时间克服了各种各样的难题，大型灯展如期开幕。澳地方政府高官和中国总领馆均派人参加。可惜开幕仅三天，合作方白马市政府个别人借口电缆埋得不够深，会给观众带来伤害而强行关闭。负责埋设电缆的公司恰恰是地方政府主动推荐的。本想打一场官司，考虑到已经亏损十多万澳币，对同政府打官司心中并无把握，担心官司打不赢，岂不雪上加霜？于是自认倒霉，未走法律程序。不过我还是准备了全套材料，幻想等我挣足了银子，再同他们周旋！

银子没有挣到，连同我合作办理澳洲游学的国内朋友也因职位高升，不宜继续参与商务活动，导致项目停办，断了财路。此后我开始动用国内退休金，用于境外支出。而郝岚的生活费则改由大女儿承担。大女儿是单亲妈妈，政府普通雇员，收入一般。虽有住房，但银行贷款尚未还清。要负担母子俩人和郝岚三人生活费用，谈不上富裕。再则她毕竟还年轻，离异后仍在物色新的伴侣。然而即使物色到了中意男友，因为我们三代人挤住一起，也难得带到家中。于是我们和女儿之间矛盾逐渐显现。再加上饮食起居生活习惯上的差异，相互之间摩擦增多，不协调、不愉快的事情屡屡发生。

至于二女儿那里，常年在择偶方面条件太高，耽误了不少青春时光，直到快三十好几方找到如意郎君。可惜俩人工作均不稳定，生活上也是捉襟见肘。后来又连续生了一虎一龙两个大小子，闺女更是无能为力外出打工，成了全职太太。再说我们同大女儿生活在一起多年，有了不少教训。更听说一些退休后追随儿女来到国外，替儿女看家护院照顾孩子的“老贱骨头”们的“苦难受虐史”，就更无意再打扰二小姐了。

两个闺女因各种原因：或因为工作，或因为择偶，或因为婆媳，或因为夫妻，或因为母子，或因为病患，经常出现事故。一旦出现问题就往往把我们也牵扯进去，或让我们帮忙，或让我们调解，或让我们顶罪，或怪我们多事。此种事一次两次尚可，一而再再而三，可以说没完没了，就是一种负担、一种骚扰了。我已经意识到，再同她们生活在一起，我将不可能安度晚年。肯定会弄得焦头烂额，不厌其烦。

每天过着寄人篱下看人眼色的日子，对我们这两位曾经的大学老师，高级外交官，真是一种折磨。可搬出去自己过日子，经济上还真承受不起。我们仅有的国内那点退休金，顾了吃的顾不了住的，顾了住的则顾不了吃的。只有寄希望于移民十年等有资格领取澳洲退休金以后，再另外租房，脱离苦海，单独居住了。

郝岚的观点有些不同。她说："她们终究是我们的孩子，真正有个什么急难，还得指望她们。"

我说："她们有工作，有孩子，有自己的生活，有各自不同的压力和喜怒哀乐。有急难你找她们有何用？你不记得我曾把你膜性肾炎对老大讲过，人家当时正在网上与男友聊天，烦不过回了一句，'我又不是大夫，跟我讲有什么用！'人家讲得也对，有急难找她们半点儿用都没有。还不如拨个000，多简单，急救车马上就可以把你送到医院抢救。你拨个电话给闺女，阿拉伯数字还要多拨几个。人家在不在家，接不接电话，有空没空，都不知道。即使接了，来了，又有何用？那不是瞎耽误时间吗？"

虽如是说，郝岚似乎并不认可我的观点。而且她最近几年，对我也有点冷冰冰了。因为她的病，我们早已分床而睡。我来到澳洲，一直同外孙睡一张大床，没再同郝岚同房。但我们的感情依然如故，彼此相敬如宾，每天都是形影不离。吃饭在一起，散步在一起，购物在一起，求医问药也总是在一起。但我发现她慢慢变得寡言少语，餐桌上平日的幽默风趣没有了。散步时也经常借口"不太舒服"而留在家里，可待我独自散步回来，却又听说她"自己出去走了走"。至于求医问药，忘记从何时起，她竟不让我陪了。还说什么"我找的是个女大夫，你这个大男人就无须费心了。"虽然我心中疑惑，是否更年期作怪。但也不太好追问，也就听之任之。

距离坐满十年"移民监（狱）"还有一年，我开始思考拿到澳洲退休金之后到哪里养老了。我询问郝岚，有何打算？郝岚竟说出这么一句不冷不热的话，让我不明所以。

"还有一年呐，没考虑。想到哪儿就去哪儿，现在费什么心？"

我说："总该有个打算吧，免得临时抱佛脚。"

"我没什么打算，走一步看一步。以后你也别再拿这件事烦我，过好每一天就行了。"郝岚说。

我没有想到她是这么一种态度，这不是我认识的那个郝岚呀？她是个阳光外向而且很懂事的女人。无论对家人还是外人，她总是笑脸相迎。平时一般朋友来访，她都会热情招待，往往烧一桌子的饭菜，给每位客人都留下难忘的印象。我劝她今后来了客人，不要那么费心费力。她总是说：“在家不会迎宾客，出外方知少主人。”仍是一如既往，热情招待。

郝岚由爽朗热情变得冰冷无趣加深了我的疑惑，是否是一种病态，与更年期有关？我说出了我的顾虑，并建议陪她找医生咨询一下，没想到又吃了闭门羹。

“贺兴同志，你烦不烦呀？什么更年期，我都快七十了，还有二次更年期？笑话！我有什么让你看不惯了？看不惯我们就你走你的阳关道，我走我的独木桥吧！这么大岁数了，还谁管谁啊？管那么多干什么？你管好自己就行了。”

这些话太刺耳了，我无言以对。此后我同这位四十余年的恩爱夫妻，竟慢慢变得如同路人。生活上除去在一起吃个饭，每天难得说上一两句话。没有了其他交集，更没有了思想的沟通，让我也变得十分郁闷，十分迷茫，不知她到底是怎么了，对未来究竟是个什么打算，什么规划。

我在想，郝岚举棋不定的情绪变化也许同外孙有关。毕竟她同我一起带了外孙将近15个年头，感情非常深厚。让她离开外孙，跟我去外边租房单独生活，感情上割舍不下，所以有点变态？我想还不至于吧？

常言道“隔代亲”，我也有深切体会。自我移民澳洲并与外孙每天睡在一张床上，临睡前他总要让我给他讲个故事。最初我还能把知道的故事用儿童听得懂的语言说给他听，但日久天长把我掏空了，只好临时瞎编。他喜欢看恐龙的图片，还能叫出很多不同恐龙的名称。我就以一只小恐龙为主线，编造出无数小故事。小恐龙故事持续了多年，直到外孙上小学五年级方结束我的小恐龙故事会。事后我很后悔，为什么没有把故事写下来，结集出版一本像《爱丽丝奇遇记》那样的畅销书呢？

此时我开始做外孙的工作，让他对我同奶奶日后要离开墨尔本有个思想准备。我问他：“丹宝，爷爷奶奶带了你十多年了，你也长大了，需要慢慢独立生活了，有这个准备吗？”

“没有啊，同你们在一起我不是也挺独立的吗？”

“什么独立啊，你能给自己做餐饭吗？你给自己洗过一件衣服吗？需要购买教材校服了，你能自己想办法完成吗？学校组织野营你能给自己准备行装吗？不行吧，我们离开你就都能学会了。”我说。

“另外你同妈妈也缺少交流。我们总不能长期陪伴你，毕竟我们年纪大了。但你还要同妈妈在一起很长一段时间，要同妈妈好好相处，尊重她，尽量不要让她为你太操心。家里的事你是个男子汉，也要多承担一些，替妈妈分担一些。我们离开后相信你会突然感到自己长大了，或需要像一个长大了的孩子那样承担责任了。这可是好事，尽快长大多好啊。你要总在我们身边，就难得长大了。你妈妈不是已经说我们把你惯坏了吗？如果我们继续惯你，就真把你耽误了，把你给害了。这个道理你应该懂吧？”

经过一番苦口婆心的开导，外孙似乎理解了，但提出一个要求：“你们再陪我两年，就两年，等我中学毕业以后你们再走，行不？”

“行不行等明年再说，我还要同奶奶商量呀？”

英语中爷爷同外公是一个词，奶奶同外婆也是一个词，丹宝总是用爷爷奶奶称呼我们。

我做事喜欢有个提前量，不喜欢拖拖拉拉或临阵磨枪。即使参加一个很小的活动，约见一位极普通的朋友，也总要提前十分钟到场。既是出于礼貌，也是出于习惯。当然赴宴除外，是指家宴，不可提前到场，否则会给主人带来不便。参加家宴则应迟到十分或八分钟，以防提前到场让主人为难，不知应招待阁下还是去忙着备餐。

决定离开墨尔本之前半年左右，我就开始上网了解澳洲各地出租房屋信息。当然我把西澳、北疆、塔州和堪培拉都排斥在外了。西澳的佩斯，北疆的达尔文，气候炎热，没有兴趣。塔州去过两次，那里的气候不敢恭维，太冷了。堪培拉气温也偏凉，住过四年，感觉冷清寂寥，不适宜养老。其他城市诸如悉尼、布里斯本、阿得雷德，都可以考虑。但我心目中的理想城市则非黄金海岸莫属。悉尼太糟杂，布里斯本的交通给我留下很不好的印象，阿得雷德则也显得偏远一些。我不仅要考虑地点，还必须要考虑租金的高低。毕竟我除去退休金以外没有其他收入了，租金多少是个必须考虑的因素。

我之所以对黄金海岸颇感兴趣是因为曾多次造访，印象最为深刻。悉尼有个邦迪海滩，号称世界上最为靠近市中心的冲浪者天堂。其实悉尼最为美丽生动的地方我认为是曼丽海滩。奇怪得很，曼丽的名气却不敌邦迪，不知何故？两处面积相仿，但邦迪稍显“荒凉”，沿海大道只有一侧建有店铺，另一侧连个座椅都少见。曼丽则不同，沿海大道一侧商店林立，另一侧则设置休闲座椅，还有烧烤等公用设施。两处都可以说是靠近市中心的游泳冲浪者的天堂，但与黄金海岸相比，则大为逊色。黄金海岸则是建在天堂里的城市。君不见从悉尼市中心开车去邦迪或曼丽，没有半个小时一个小时是不行的。但住在黄金海岸这个被称作“冲浪者天堂”的地方，出了家门口就是海滩。黄金海岸的沙滩绵延72公里，乘飞机俯视可以看到金色沙滩绵延曲折没有尽头。

黄金海岸是一座沿着海滩建起的城市，最繁华地段基本都建在了“冲浪者天堂” 地区。黄金海岸不仅临海而建，而且还有一条纳兰大河在市区经千迴百转奔向大海。阁下可以翻开地图看看，尤其要看看“冲浪者天堂”，这里的水面面积似乎比陆地面积还要大。在一个城市中竟有如此广阔的水面，如此众多形状各异的岛屿和半岛，试问在世界其他地方还能找到吗？

另外黄金海岸的气候非常适宜养老，世界最宜居城市墨尔本年平均气温只有15℃，而黄金海岸则是22℃摄氏度。六至八月是澳大利亚的冬季，墨尔本年平均最低气温是7℃，最高气温只有14℃。而黄金海岸冬季年平均最低气温却是17℃，最高气温则是25℃。一年之中在黄金海岸晴朗的日子高达260天。至于“雾霾”，这里的居民可能听说过，却从没有见过。

黄金海岸沙滩无数，海岸线漫长。沿海地面平整，向西部车行半小时左右即可抵达山区，山并不很高，没有悬崖峭壁令人惊心动魄。有山有水，城市就有了灵气，有了节奏。加之气候温和，常年可以海上冲浪。此种城市，世间难觅。欧洲北美没有，因为那里有寒冬。非洲、南美洲、亚洲找不到，因为那里或炎热，或寒冷，或战乱，或贫穷，无法与澳洲的发达富裕安全相比。黄金海岸是全方位的优秀。此地用天堂一词命名的地区街道岛屿颇多，所以称黄金海岸是建在天堂里的城市并不夸张。

“冲浪者天堂”在黄金海岸市中心地区，海边有一条沿江大道，道路一侧旅店饭馆商店娱乐场所鳞次栉比，另一侧则设置众多休闲座椅，竟还有多个可以容四五人同时躺倒休闲的大床，阁下在其他地方见识过此种设施吗？诸多烧烤设施使用者寥寥，无须提前预约或排队等候。岸上设置了很多自来水龙头，泳后用来冲洗无需付费。至于男女残疾人或婴儿方便之处相距百米就有一座，室外还为游客提供用于手机电脑充电的电源，免费使用。偶尔可以看到少男少女席地而坐，连上手机或电脑，长时间在那里与友人窃窃私语或神情专注地忙着打游戏。沿海52公里的沙滩均有救生员巡视，还有39座为救生员设置的岗楼。“冲浪者天堂”地区岗楼最多，每间隔500米就有一座，此种密度的救生设施在其他城市并不多见。

虽然我对黄金海岸情有独钟，但也浏览了澳洲所有大城市的房屋出租情况。黄金海岸房源最多，而且房价最便宜，这是我始料未及的。仅“冲浪者天堂”地区，一室一厅和两室一厅的出租房竟有百余处。同样规格的公寓房每周租金一般要比其他城市便宜百余元澳币，而位置往往都是或海边或河边或湖边的水景房。

确定搬到黄金海岸养老以后我就开始在网上物色出租房，当然我有我的条件：一、必须是公寓房；二、必须是楼房，而且必须在楼上；三、必须有空调；四、必须有家具；五、距离购物中心超市要近一些；六、当然房租要在我承受范围之内，也就是周租金在300澳币左右。因为我看过了网上登录的出租房，这个价码可以租到不错的房子了。提出这些条件主要考虑一是安全，二是方便。当然养老必须考虑一旦生病是否能很快送进医院。我想黄金海岸面积不大，如果住在“冲浪者天堂”距离数家医院也就是十几分钟车程，不必作为一个前提条件。

2013年12月24日，我们在澳大利亚住够了十年，开始享受澳洲退休金了。我同郝岚每人每两周可以拿到八百多澳币退休金，用于日常开支绰绰有余。

我想同郝岚商量如何支配这笔收入，却被她泼了一盆冷水。

“达令，我们是不是应该商量一下怎么支配这笔养老金啊？”

“有什么好商量的呀？你我拿的一样多，你花你的，我花我的，有什么好商量的！”郝岚一番话又把我噎回去了。

我说：“我们不是要在一起生活一起养老吗？总要计划一下吧？你不是常说‘吃不穷，穿不穷，算计不到一辈子穷’吗？我们总要算计算计吧！”

“你说吧，我想听听你是怎么算计的！”郝岚的话听起来真的不是滋味，不过我还是硬着头皮说了说我的意见。

“我们两个人的退休金如果放在一起，会过上神仙般的日子。一份退休金用来租房子。我在网上看了，黄金海岸希尔顿饭店长期包租一套高级客房，一周也用不了八百澳币。再说我们也不需要住那么高级的饭店，客来客往，不得安宁。如果租一套两房两卫的普通公寓房，每周只要四五百澳币就够了。另一份退休金则用于其他开销。我算了算，除掉房租和日常支出，我们每年都有富余钱可以用于各地旅游，这样的日子你不向往？”

“那好，你先去打个前站，安顿好了我再去可不可以？”

郝岚的话也有道理。我也想先去把一切安排妥当，再让郝岚过去。于是协议达成，我积极准备启程上路了。

第二章　旅途惊魂

我有一辆福特二手车，已经开了近二十万公里，但性能良好，只是左侧后门处有些刮蹭痕迹。我准备长途开车，为了保险起见，就送到车行彻底检修了一下。修车师傅建议我把一年前从后轮换到前轮的两副磨损严重的轮胎换掉。说虽然还可以用，但黄金海岸距墨尔本近两千公里，长途跋涉，为了安全，最好换掉。于是把后边换了还不到一年的两副轮胎换到了前边，后边另配了两个新轮胎。师傅问是否处理刮蹭痕迹？我说那是让别人弄的，我找保险公司问问。

上网查了一下如何向保险公司索赔，按要求填写了有关表格。公司要求首先应该去两个修车店，估个价看修车需要多少钱，然后报到保险公司，由保险公司决定由哪家修理。第一家估价不到两千澳币，第二家估价将近三千澳币。然后又让我把车开到福特车检查站，并通过仪器设备，折腾了一通。

验车师傅检查完了对我说："你的车曾经修理过，如果再修，很难保证颜色与原色相配。我们准备给你两千澳币，请你自己决定找车行修理，修好修坏我们不负责任了。你看可不可以？"

我觉得很合适，两千澳币由我自己支配，干吗不干？

开车回家进入门口车道，后边紧跟着一辆轿车，我通过后视镜向后张望，竟无意间忘了顾前方，一下把车库卷帘门撞得瘪进一块儿。好在大女儿的房屋上了保险，与保险公司联系，保险公司也不问责任在谁，没过几天便派人过来换了一套全新的卷帘门，三千多澳币费用保险公司全包。

我在黄金海岸有位熟人，是我在北京教过的一位学生。她原在北京一所大学进修英语，听说我也办起了雅思培训，听了我一节课后就转到了我的班上。经过几个月的训练，她顺利通过雅思考试来到黄金海岸学习。学习结束后找到了一份工作，并经雇主提名成功移民，然后与出国前的北京男友结婚，现双双在黄金海岸生活工作。我先从网上找到比较满意的出租房，再委托她们夫妇亲自去看一下，然后再作决定。当时我还不知道，这位朋友怀有身孕已经七八个月了。她竟挺着大肚子帮我看了多处，或者她看不上，或者我在犹豫，始终定不下来。突然有一天我看到刚刚登录的一处准备出租的公寓房，就在“冲浪者天堂”步行街斜对面一个三面环水的半岛上。从照片上看客厅睡房都很宽敞，尤其室内装饰布置很有韵味。咖啡桌、餐桌、分餐桌，包括阳台上的方桌，桌面都是透明的玻璃。卧室衣柜上镶满了镜子，室内家具多为白色，客厅通向阳台一侧全部是落地玻璃门窗。无论客厅还是卧室，给人的印象是处处空灵敞亮，完全没有一室一厅那种狭小憋闷的感觉。阳台很大，不仅摆了一张方桌，还有一张躺椅。客厅卧室墙上悬挂着富有现代风格的抽象画作，规格大小经营位置均十分妥帖到位。室内家具没有一件高度超过一米，所以最令我印象深刻之处竟是两个高高的插花瓶，是整个出租房的点睛之笔。一个放在卧室，里边插的是五六枝约一米长弯曲向上的干枝，赤红似火，喷薄向上。客厅插花瓶里则是五六枝褐色干枝，粗细相间，恰似袅袅炊烟，蒸腾浮起。这两束干枝十分吸引人，让人看上一眼就感到室内气氛突然律动起来，热烈欢快，兴奋怡然。

这栋出租房给我的印象过于深刻，未待黄金海岸的朋友去亲自审视，我就在网上填好表格申请入住了。按规定必须由本人或亲属朋友亲自看过以后方可申请，我顾不得走这个程序了。申请后才委托朋友去看了一眼，朋友也非常满意。她详细向我描述了周围环境和各项设施，她说从我的阳台上可以看到整个黄金海岸五十余栋高楼，其中包括昆州最高楼 Q1。往下俯视则是一条河流的拐弯处，河道两侧各色建筑整齐排列，多数住户都在河上建有小型码头，不时可以看到游艇从楼下驶过。公寓楼下还有小花园、泳池、烧烤房、桑拿室、客厅和地下停车场，均属公共设施，房客可以免费使用。楼内刚刚更换了两部新电梯，无论进入楼房还是进入电梯上楼或进入车库，均须使用特制圆形塑胶钥匙。你的钥匙只能让你到自己的楼层，其他楼层都不认。要去其他楼层则需要电话与你要去的楼层房客联系，得到允许方可进入大门和电梯，再到你想去的楼层。此种安排实在是既方便又安全，我听了十分满意。

房子最终租下来了，我于2014年3月19日开车上路离开墨尔本。墨尔本距黄金海岸有1700余公里，出发前我认真做了些功课。当然必须翻阅地图，网上查找行车路线，也了解了一些沿途可能的住宿地点和房价。初步决定路上歇两个晚上，这样从容轻松一些。堪培拉一位女士听说我要搬往黄金海岸居住，表示中途可以在她那里歇脚。所以我最初决定在她那里歇上一晚，但过后一想不太合适。因为这位女士日前刚同在澳洲军内任职的丈夫离异，成了单身。我一个“离家出走”的男士投宿在一位单身女士家中，恐有不妥，于是作罢。路上在堪培拉与悉尼之间的一个小镇过了一夜，第二天继续前行。穿过悉尼时未做停留，一路奔向下一个投宿地考福斯港。未料想距离考福斯还有约一小时车程的时候，突然大雨倾盆，狂风大作，而我的车刚好开到一处简直无法想象的狭窄路面。虽仍属高速，却是一待修的路段。上下行各仅有一条车道，中间也没有隔离带。尽管仍是大白天，但因为风雨太大，视线非常模糊。我当时开了大灯，但视野也只有十余米的样子。我的车速每小时只有30公里左右，不敢开快，怕撞上前边车辆。也不敢开得太慢，怕后边的车把我撞飞。心里巴不得赶快停下来，可路旁不知是什么情况，是悬崖陡壁还是深湖大海，完全没有概念。就这样咬着牙瞪着眼紧握方向盘，浑身汗毛好像都紧张地竖起来一样，开了大约二十分钟才好不容易逃出险境。我长舒了一口气赶快找到一个休息处躺在车里迷瞪了15分钟左右。醒来喝了几口可乐继续开车上路，没过多久赶到考福斯港，随便找了一家汽车旅馆入住，泡了一碗方便面洗了个热水澡倒头便睡。这一觉睡到第二天八点多才醒，醒来还浑身酸痛，一种死里逃生的感觉油然而生，既恐怖又愉悦。

愉悦感很快就消失了，另一场恐怖事件又接着发生，完全出乎我所料。从考福斯港开车只需三四个小时即可抵达黄金海岸，两地相距仅有三百多公里。我想中午十二点以前应该可以到达目的地。开了两个多小时从远处看到一个小镇，突然觉得有些饥饿感，心想何不到小镇上吃个午饭再走？于是放慢车速开上高速路的出口。刚进入出口突然感到方向盘不听使唤了，完全失去了助力，非要费大力方可转动。车内温度突然升高，显然空调也已失灵。我完全慌了神，不知哪里出了问题，赶紧踩刹车，紧握方向盘，慢慢开出高速公路匝道，熄了火停在路边。巧得很，抬头一看，马路边刚好有一个加油站，而这个加油站与绝大多数澳洲加油站不同，竟还带有一个修车的门脸。我启动汽车，小心翼翼把车开到修车店门前停车场。一位师傅走出来询问："需要帮忙吗？"

"我想是吧！方向盘扳不动，空调也失灵！"

修车师傅把车前盖打开，看了两眼说道："一条皮带断了，要换掉吗？"

也就十几分钟，新皮带换上，方向盘灵活了，空调也有了。我付了70澳币，把车开走。先找了个麦当劳，要了一份大汉堡，午饭解决了。开车上路一个多小时就来到"冲浪者天堂"半岛路我的住处。这是一栋十六层楼高的公寓楼，全部是长期住户，没有短期旅游者入住，显得十分幽静。物业两位值班的是夫妻档，女主内，男主外。两人都在办公室，见到我进来忙打招呼："你好吗，维克特？"

显然他们知道我要来，也知道我的英文名字。随后将一串钥匙交给我，其中有开大门登电梯上六层进车库的钥匙，有进泳池和桑拿房的钥匙，还有一个开信箱的钥匙。我把车停到车库后开始把满车的行李物品往楼上搬。好在车库里有超市用的购物车，搬动起来并不费力。我的房间在七楼，编号603。澳洲楼层编号效仿英国，一层不称"一层"，称"底层"。003室在一层，103室在二层，我的603室就在七楼了。

一进入房间我感觉窗明几净，温馨舒服，与照片和朋友介绍的情况毫无二致。我把行李箱大致规整一下就迫不及待外出查看周围环境了。这也是我长期养成的一个习惯，到了一个陌生的地方，总要先看看周围环境，特别关注有无饭店、商店和交通状况如何。

出了公寓楼是一条车道，走过车道就是半岛路了。向右沿着马路走二百余米与黄金海岸主干道相遇，穿过红绿灯往左二十几米就进入黄金海岸最繁华的步行街卡沃尔路。路两侧店铺林立，主要是饭店、礼品店、酒馆、游乐场所和旅馆。所有店铺基本都是七天营业，一般晚上九十点钟方关门谢客，竟包括房屋中介。美式快餐麦当劳和澳式快餐连锁“饿鬼杰克”一天24小时全天候迎客。步行街上还有唱歌的，玩杂技的。猛然发现一座灰色雕像矗立街边，竟是一位美国西部牛仔打扮的男士纹丝不动站在那里。不一会儿几位家长带着几个孩子走过来，孩子因好奇走上前触摸了一下雕像，试图探索一下雕像是真还是假。家长掏出几个硬币替孩子丢进雕像前的小盒子里，雕像则突然活了，与孩子先握手，再击掌，同时雕像身上亮起两排灯光，惹得孩子兴奋不已。我坐在街道两旁设置的成排长椅上观看，不到半个小时就有二十几个孩子在这里找到了乐趣。听人说这座“雕像”一站就是三四个小时，刮风下雨也不缺席，已经在这里站了多年，是位退休长者。听说他每年都要去印度一趟，把乞讨得到的钱捐给印度一家孤儿院。

我边走边目不暇接地观赏这号称世界十大旅游胜地之一的街景，不时坐下来观看街头艺人的表演，与周围看客做些互动，打听一些当地的风土人情。不知不觉来到了海边，眼见沿海宽宽的人行道游人如织、摊位林立，原来当天是星期五，每周三、五、日，这里都有夜市。夜市上的商品有土产的、进口的、自制的，五花八门。多数都是服装，玩具，各种工艺品。我还发现一位金发碧眼的纯老外，正在挥毫创作中国民间那种似字似画且色彩丰富的艺术作品，什么“招财进宝”、“出入平安”等横幅条幅挂得琳琅满目。

回来的路上打听何处有购买食品菜蔬日用品的超市，被告知步行十分钟即有两家澳洲大超市的三个分店，我分别给他们起了中文名字，一家叫“抠死”（COLES），另两家都是“无我死”（WOOLWOTHS）。我走进一家“无我死”店买了牛奶面包等食品菜蔬，十几分钟就回到了住处。吃了一餐简单的晚饭，此时夜幕已经降临，我抬头一看，室外已是灯火辉煌。泡了一杯奶茶，坐在阳台上，想仔细欣赏一下黄金海岸的夜景。这一看不要紧，竟使我怦然心动。

往上看无数颗星星在眨着眼睛观看这苍茫大地，一轮明月也忙着凑热闹从海上冉冉升起。隔着一条宽宽的河道黄金海岸五十余座高楼一字排开，高低错落，疏密有致。右前方是昆州第一高楼Q1，楼高245米，地下两层，地面以上78层。左前方是楼高243米的昆州第二高楼，名曰“灵魂大厦”。灵魂大厦旁边则是希尔顿饭店。每栋高楼都有夜间照明灯，红色的、蓝色的、黄色的、白色的，简直像过节点燃的彩灯。很多楼房从上到下亮起了两串照明灯，煞是壮观。第一高楼楼顶形状酷似泰坦尼克号的舰桥，好似在海上乘风破浪前行。高高立起的一根桅杆上，红色警示灯不停地闪烁，似在提醒过往的飞行器，此处有高楼，请绕道飞行。楼中住户的窗户里也亮着灯光，那就数不胜数了。低头看是一片稍矮的房屋，大部分是民居，也透出无数灯光。很多居民后院河边都建有小型码头，也亮着灯光停着游艇。至于黄金海岸主干道上行驶的车辆，也都亮着车灯，形成平行移动的亮点。交通路口的红绿灯，从阳台上也可以窥见一二。低头望去，天上地下的月光、星光、灯光倒映在河里，又编织出一幅幅另样精彩的图画。水波荡漾不停地将倒映的画面击碎又复合，简直像个变化万千的万花筒。

我曾对悉尼的情人港情有独钟，那里的夜色也曾让我心动。来到黄金海岸以后我又曾陪同客人畅游悉尼，并特意晚上去了一趟情人港。与“冲浪者天堂”相比，情人港则大为逊色了。情人港的建筑也是高楼林立，可惜的是高楼似乎都挤在了一起，挤得让人喘不过气。没有节奏，没有间隙，是一幅僵掉的图景。“冲浪者天堂”则明显不同。首先是灯光，上下左右天上人间，陆地水面，满眼都是灯光闪烁。高楼虽然也很多，但高低错落，排列稀疏，各有各的特色，各有各的精彩。尤其是那不停流动的汽车灯光，河中随着波纹摇曳闪烁的楼房和星光灯光的倒影，让平静的夜晚动了起来，而且动得很有节奏、很有韵味。轻风穿过阳台下高高的椰子树林，传出悠扬舒缓类似小提琴的声音。五十栋高楼高低错落，恰似钢琴键盘按下弹起，在为主干道上不尽的车流激情伴奏。听，远处大海中翻滚的涛声，是不是在为眨着眼睛的星星和闪烁的万家灯火，时紧时慢敲击着沉闷厚重的低音鼓声？天上地下似乎组成了一个庞大的交响乐队，正在我的阳台前面倾情演奏！

我绝没有想到黄金海岸会有如此美妙的夜景，我被这从未见过的美景俘获了，陶醉了。

“冲浪者天堂”，真是名副其实，世间天堂，人间仙境！

我曾在美国旧金山住过四年，离开后经常想起那个美国最美的城市。我经常收听和吟唱“I Left My Heart In San Francisco”（我的心留在了旧金山）这首英文歌曲，因为它能表达我对那个城市记忆犹新，慰藉我对那个城市无尽的思念。今后我想把部分歌词改一下，把“冲浪者天堂”也歌颂一番。歌词中凡旧金山的地方都用“冲浪者天堂”一词代替了，下边是开头几句歌词。

巴黎的可爱似很悲怆
罗马的光彩业已不再
我感到孤独难耐
曼哈顿已把我遗忘
我要回家，回到我的滨海故乡
我的心留在了那里
留在了冲浪者天堂

黄金海岸——“冲浪者天堂”，我来了！不单纯把心留在了这里，而是投入你的怀抱，今生今世不走了，哪里都不去了！

望着喝光的奶茶，我在寻思，如果对面坐着相互陪伴四十多年的妻子，一起对坐共饮，欣赏美景，该是一件多么惬意的事情呀！

她能来吗？

第三章　缘分不再

来到黄金海岸没几天，我就迫不及待给郝岚发了一封邮件，谈到我对黄金海岸的美好印象，并督促她尽早与我团聚。未料想她变卦了。回复我的邮件中竟说什么“阁下对黄金海岸如此钟情，本人消受不起。至于何时能与阁下团聚，还望阁下丢掉幻想。本人需再陪伴外孙三两年，此后何去何从，还不得而知。”

本来她已经承诺的“安顿好了我再去”不算数了。我无法理解，马上回复了一封邮件，试图动之以情晓之以理：

达令：

我已经在“冲浪者天堂”安顿下来，期间虽经历了一些风雨，总的说来还算顺利。正如同我们四十余年的婚姻，也经历了诸多的风风雨雨，但幸运的是我们相扶相依也走过来了。我忘不了在我落难的时候，你能面对那么大的压力，不弃不离。你是公认的美女，不乏追求者，但你选择了我，我要谢谢你。我当时正在东北一个偏远的普通中学教书，你则在大都会重庆市工作，但你没有嫌弃我。文革初期与我偶然相识，不到半年就赶到我那个鬼地方与我成婚了。虽牛郎织女般每年只有寒暑假可以跋山涉水相聚在一起，但我们的感情却因为离别变得愈加坚固，思念更为强烈。

阴差阳错，此后数年间我因言获罪，惨遭审查、批斗、关押。在我落难的时候，是你不离不弃，敢冒巨大风险为我奔走呼号。你的侠胆义肠，你的无私无畏，最终让我走出地狱般的煎熬。相信我，达令，这份恩情值得我用一生去偿还。

此后我们结婚生子，又双双调到北京高校任职，此后又外派出国，退休后又追随两个闺女，移民澳洲。现在两个闺女都已长大成人，我们完全没有了后顾之忧，可以享受退休后自由自在的生活了。但近十年来，你似乎对我产生了厌倦。我知道当时你检查身体，突然发现患上了膜性肾病三期，内分泌也严重失调。我听说了确实着急，但我也有思想准备，最好的和最坏的。最好的是能够自愈，最坏的是洗肾或换肾。无论出现哪种情况，我都会陪伴你，直到地老天荒。但你始终打不起精神，情绪极其低落。你是个坚强的女人，我相信你会走出阴影，重振生活的勇气。不久你的确走出了阴影，重新露出了甜美的笑容。十年过去了，病情不是稳定下来了吗？可惜你对我的态度似乎越来越冷淡，简直成了陌路人。一日三餐你总是抢着做，可以说没有错过一顿。但我们没有了精神交流，你好像总有难言之隐。就连非常现实的养老问题，你都是永远地难开尊口。偶尔提及，你不仅回避，甚至流露出反感，真是让我难以理解。你知道我对黄金海岸印象非常好，也曾与你商量，希望等拿到澳洲养老金之后，一起搬到黄金海岸居住。墨尔本太冷，我又有咳的毛病，年纪越大越感觉非要离开不可了。但是否愿意与我同往，你从不表态，始终让我蒙在鼓里。

我心里很矛盾，我真的不知道你心里是怎么想的。今天写这封信就是希望你能给我个明确的答复，你到底何时过来？其实你曾经答应，待我在黄金海岸安顿好了你就过来。现在你却又表示“本人需再陪伴外孙三两年，此后何去何从，还不得而知”。这要让我等到何年何月啊？

过来吧，达令。在这里我们可以过上神仙般的日子，我保证！

我心怀忐忑盼望能接到妻子的正面回复。数天后接到了回信，拆开一看让我大失所望。

“你好”这是对我的称呼？我感到事情有些蹊跷，预感要出事了。

收到你的来信，感到很无聊。过去的事还有必要回忆吗？翻过去吧。正像我们的婚姻，缘分已尽，到此打住吧。十余年来，我时时刻刻都在想着如何结束这段孽缘。现在好了，你走了。希望你远走高飞。不要等我与你团聚了。我们两人的结合是阴差阳错。我们两人的生活习惯不同，观念不同，爱好不同，凑在一起还有何意义？

你离开墨尔本时我曾经违心地许诺，今后可能找你去。这是假话，目的是请你快些离开我。说了假话，请原谅。今后希望你不要再同我联系，打扰我的生活。当然，你应该赶快找个晚年伴侣，找到之后，一定告知我。这不是讽刺，更不是嫉妒，这是真心实意的祝福。

对不起，我明天即将回国省亲，看望我的老娘，顺便看望我的初恋。

你曾经的妻子。现在是自由人了！

希望阁下保重！

落款是“曾经的冤家”。

看着回信我的情绪开始控制不住了。看到结尾处我恨不得把来信撕得粉碎！这是什么人写来的东西？还是我的妻子吗？绝不是！她平时温柔贤淑，关键时刻又敢作敢为豪爽大度，怎么会变得如此蛮不讲理无情无义？十年了，她能憋闷十年把心里话如此严密地隐藏起来吗？四十年的相依相伴她会如此绝情吗？

我用手机马上把电话打了过去，是大闺女接的：“我妈不接你的电话。她说明天就要回国了，也不让我们送，说要自己打车去机场。妈对我们的态度也大变。对我们简直是横眉冷对。你们有什么矛盾呀？我们怎么什么都没看出来？”

有什么矛盾？我自己也不知道啊！

过了两三天，我的情绪才慢慢平复下来。我想她可能的确有让她纠结的事情？上高中三年级的时候她有位男友，是她的同班同学。两人接触多一些谈话投机一些，谈不上恋爱，就是互有好感而已。高中毕业后因为各奔前程而失掉了联系。与我认识后她曾对我讲过这段经历，从她的言谈中听不到什么割舍不下或留恋遗憾等情绪。这位同学怎么突然又成了她的初恋？我心中有些疑惑。也许人家相互之间的确有段恋情，我不过是蒙在鼓里而已？不去想它了，越想越憋气，自讨苦吃！人家话已经讲得明明白白，基本状况就是，对我早就没有了兴趣，人家找初恋去了。我还搀和什么？好自为之吧！

我住的楼下有个不大但很温馨的会客室，一天我从外边回来，刚一进门坐在会客室的一位女士冲我招了招手，问候了一声："你好吗？维克特！"

在英语国家生活为了方便最好有个英文名字，中文名字洋人既难记也难发音。我的英文名字是维克特。

"您好！您怎么知道我的名字啊？"

我在客厅沙发上也坐了下来，准备同她聊会儿。

"安（物业管理）告诉我来了一位中国人，叫维克特。你是这栋楼里唯一的中国人。好认。"

"是吗？我是唯一的？我想我可能是第一个中国人。今后不会是唯一的了。"

"是啊，澳洲的中国人越来越多了。你们中国人把我们的房子都买走了。"

"他们买了也不住，出租给别人。房子他们买得越多，房租越便宜，对我讲来可是好事。"

"可是对澳洲人讲来就不好了，房价给抬高了。澳洲人买不起了。"第一次见面就说这些，听来不太顺耳。

"你们的财长说了，不能笼统说外国人都把房子买走了。很多买房的外国人都入了澳洲籍，是澳洲公民了，能说外国人或中国人都把房子买走了吗？财长认为限制别人买房不是正途，关键是要多建房。我觉得你们的财长还是明白人。"我要为国人在澳买房辩解几句了。

"不知为什么，中国人买房的信息经常上报纸。几百万甚至几千万的房子经常被你们买走。这种消息有负面影响，有点刺激澳洲人的神经。你们应该低调一些，是吧？”女士仍不转换话题。

“是中国人不低调还是媒体爱炒作？以后再看到这种报道我要投诉他们，挑拨族群之间的矛盾！”我听得有点不耐烦了。

“不提他们了。请问阁下，您退休了吗？”她及时转换了话题。

“退了，但退而未休。”

“在忙什么呢？”女士问。

“我写了一本自传，中文版已经出版。英文翻译也已完成，正在修改准备在澳洲出版。你知道英语毕竟不是我的母语，我很希望能有一位澳洲朋友与我合作把它修改好。请问您退休了吗？是不是位作家？您要是记者或英语老师就更好了，我可以与您合作了。多方便，又在一栋楼里。”

“碰巧了，我真是一位英语老师，但已经退休。只会教书，写过文章，但没有正式发表。如果你不介意，可否把您的大作给我看看？也许我可以帮上忙？”

“那太好了。请问您怎么称呼？”

“叫我苔丝吧。”说完她又告诉了我她的手机号码和房间号。

“谢谢您。因为我刚搬过来，需要安装电话更改通信地址等杂事，过些天我再把打印稿整理一下拿给你看看。好吗？我想你会喜欢的。”

我首先要办的是去澳洲的“中联部”（Centrlink），也就是福利部，办理更改住址手续。原来在墨尔本因为住在女儿家不需交房租，所以福利部没给我发放租房补贴。现在每周350澳币租金，远远超出每周270澳币就应享受全额房租补贴的标准。这是法定可以享受的福利，为什么不赶快申请？澳洲福利多多，如果不细心关注经常可能错过。比如，配近视镜或老花镜，如果是靠退休金生活的退休人员，每三年可以免费配一次眼镜。如果又有近视又有老花，可以配两副镜子，也可以把近视老花放到一起配一副。看个人喜好，各取所需。牙齿出了毛病，或是疼痛，或是牙周病，也可以与相关部门联系，到指定牙医诊所治疗，全部免费。这两项福利我在墨尔本还真没听说过。

澳洲福利虽好，但绝不可造假。在墨尔本认识一位朋友，她的女儿欺骗福利部领了很多不应该享受的福利，被查出后不仅多领的福利款项全部退回，还被罚了一大笔钱。脸面丢尽，羞愧难当，多次试图跳楼自杀。多亏母亲在澳洲陪伴多日，方逐渐走出困境，未做出自我了断的傻事。

福利部黄金海岸办事处离我的住处不远，开车十几分钟就到了。里边人也不多，等了一刻钟左右接待我的人就喊了我的名字。她是一位中年妇女，面相和善，动作举止很是麻利。

“你是墨尔本过来的。有什么事需要我效劳吗？”女士开口问道。我想我的资料都已经在她的显示屏上了。

“我最近刚刚搬到黄金海岸居住。我想应该同福利部打个招呼。”

“是旅游还是长住？”

“是长住。可能不走了，在这里养老了。”

“这是个好主意。这里的气候好，退休人员喜欢这个地方。您太太也来了吗？”

“没有，她不想过来。她不想和我过了。我也不懂，这是为什么。”

“那你们是分居了。分居领取的福利金与夫妻共同生活领取的福利金是不同的。分居要领得多一些。你住在哪里？是自己的房子还是租来的？”

“租房，周租350澳币。”

“你租房合同带来了吗？”

我把合同递给了她。她在电脑上输入了一些东西，把合同还给了我。

“今后你可以领单身福利了。还有什么问题吗？”

“谢谢你。但我总还有些不死心。我的婚姻持续了四十多年，我感到我同妻子还有复合的可能。我能不能先不领单身福利，等个一年半载再说？”

她注视了我一会儿，没有表态。然后起身离开坐位，顺便说了一句：“对不起。我去同老板商量一下。”

也就几分钟的光景，她回来了。

“不要等一年半载了。你先领着。今后如果复合，随时告诉我们就行了。”随后又补了一句，“一个人生活也不易呀！对吧？”

当然对了！这还用问吗？我真真切切体会到了什么叫“人文关怀”。

医疗卡更换地址在福利部办公地点顺便就办了。水电接通很容易，我有手机，打个电话就搞定了。更换昆州汽车牌照和驾照也就三两个小时的事。银行办理地址更改也容易得很，在家里网上几分钟就可以完成。唯独申请室内电话和宽带网却费了好大一番周折，竟差点儿打起官司！

为什么？

第四章 “官司”缠身

澳洲是个法制国家，无论政治、经济、生活等各个方面，都有规矩可循。前些时悉尼所在的新南威尔士州州长，在位期间政绩可圈可点，却因收取了一瓶价值一百多元澳币的红酒，违反相关政策，被迫辞职。墨尔本附近几个加油站老板串通一气垄断价格，被罚了大把银子。时速60公里的地方我偶尔超速7公里，竟被罚了150澳币！服不服？不服？法院见。那还不知道要花费多少银子浪费多少精力了。违规违法了？不是交钱就是坐牢，没得说。

因为法律法规比较健全，没有什么人为因素夹杂其间，所以你只要奉公守法按规矩来，办啥事都很顺利省心。但也有例外，我也碰到过几起十分窝火的事情。

在澳洲经常可以碰上敲门拉人入教的，房屋中介寻找房源的，慈善机构动员捐钱的，供水供电公司拉客的，如此等等。你可以不给开门，或开门后不感兴趣请他们离开。

“我是代表政府委托的×××电力公司。”

客人会自报家门，并掀起脖子上挂的胸牌，让你相信他是有来头儿的。至于是不是“政府委托”，你就不要去查证了。政府委托你去挨家挨户敲门，不至于吧？

“政府对于用电住户目前有10%的优惠，您享受了吗？”

多么诱人的信息！

你可能回答：“不知道啊？”

“请您把最近的电费账单拿给我看看。”

你把账单交给他，他仔细阅读，而且做了记录。

“您没有享受到优惠。如果您把供电转到我们公司名下，就可以立即享受这一优惠。而且还有其他更为省钱的途径。”

假如你经不起诱惑，就可能签下合同。下个月账单来了，你会发现钱根本没少，还可能多了。如果你没有签单，但有不良推销人员已经从你的账单上记录下了你的姓名地址等各项资料，回去后替你填好合同并代为签字，不知不觉让你改换了门庭。等你发现不对，还不知道要费多少口舌才能掰饬清楚。

我在墨尔本的第一个上网合同就是这样签下来的，合同中有一项——“是否自动划拨”。我稀里糊涂答应了，并告诉了对方我的信用卡信息。我想，这样一来，今后就不用担心因没有按时付费而被罚款了。

使用了两年多，感觉这家小公司提供的服务经常很不到位，我提出终止合同。公司方面也确认合同到期可以终止，于是我与另一家公司签订了新的合同。但我的“前任”竟连续又划拨了我三个月的上网费。多次电话交涉不得要领，让我好生纠结。我不得不到信用卡发放银行交涉，希望他们停止支付。银行职员对我讲，直接划拨是我与网络提供商之间签订的合同，银行无权停止划拨。他们只能通知对方，表明“此项拨款引起争议”。至于结果如何，银行无法控制。

银行“引起争议”的提醒起了作用，一个月以后给退回了多收的上网费。

澳洲电讯方面的投诉很多。我的第二段不愉快经历也与电讯有关。我的手机是同澳洲最大的一家公司签订的合同，也中途出现问题。刚开始几个月还很正常，突然连续两个月话费大幅度增加，我感到很不正常。账单上显示一个从未出现的公司名称，我感到莫名其妙。不是上网费也不是电话费，这是啥名堂？我打电话到与我签订合同的公司询问，答复说那笔费用是另外一个彩铃公司收取的，同他们无关。我说钱是交到你们公司了，怎么能与你们无关呀？

“他们不过只是使用了我们的网络，他们向你收取的费用我们管不了。你可以上网拒绝他们的服务啊。”

“我已经上网拒绝了。可他们收取的费用应该退给我吧？”

“你下载他们的东西了没有？”

“从来没有下载过任何东西。他们为我提供服务也没有征得我的同意呀？多收的钱你们应该还给我，钱都是交给你们公司了。”

“对不起，我们无法给你退费。你要同那个公司联系。”

“请告诉我那个公司的地址、电话。”

“我只能告诉你那个公司在堪培拉。其他信息我不能告诉你。”

交涉走进了死胡同。网上查不到那个公司的全称，咋办？“凉拌”，“堤外损失堤内补”，下个月从话费里把多收我的钱扣掉！

于是随后几个月催款信件来了，还加上了一笔拖欠费。我置之不理。几封催款信我都没有反应，对方寻找律师和讨债公司帮忙了。刚接到这种信件我还真有些怯场，毕竟是有名有姓有地址电话的律师或讨债公司的正式函件呀！但仔细一想，我没有恶意“欠债”啊？我是被“欠债”的，谁让你没有得到我的允许就与我联网，而且按日收费，不管是不是下载了你的狗屁彩铃，你欺骗公众我不告你算不错了，你还来找我的麻烦？没事，我自我安慰。也甭跟它打官司，为百八十块钱打官司，好像还不值得。

律师函听上去很吓人的。

“如果再不按我们规定时间付款，我们将把本案交由法院处置！”

请便。老子等法院传唤。我知道他们在虚张声势。为了那点儿钱，他们愿意走上法庭吗？

墨尔本数家律师行似乎都想抢这个完全不起眼的案子，自讨没趣分别给我发了大同小异的律师函，我一律未予理睬。法院始终没有给我发出传票，律师们一个个败下阵来。于是讨债公司又粉墨登场。奇怪的是，先是墨尔本的讨债公司，声称“你再不还债，我们将登门索要”！

我也毫不客气，回复道：“你们若继续骚扰，我将报警！”

墨尔本的讨债公司随后哑了喉。

过了许久我竟又收到了距离墨尔本十万八千里布里斯本的一封信函，看了一眼知道又是讨债公司的，就随手撕碎丢到垃圾桶里了。

这个案子就到此为止了，此后战云消散，没有新的故事。

两个电话通讯方面的争论还算不上什么“官司”，但另有一个案件可真是个案子了，可惜没有打成，铩羽而归。

话说是我来到澳洲办了几期澳洲游学，赚了几个钱心气高了，想弄个大项目。于是办起了前边提到的那个大型灯展。我在澳洲的合作方是白马市政府，他们提供场地不收租金，答应只从10澳币一张门票中提成两澳币即可。这个条件对我是个极大的诱惑，感到办展没有了任何风险。如果三百多万墨尔本市民有1/3人来观看，每张票卖10澳币，我将入账300万澳币。20%给白马市政府，剩余款项我同四川方面五五分成，我将能拿到120万澳币，扣除各项开支，赚栋房子可以说是小菜一碟了。

合同一签，十四个集装箱装着二十组彩灯过来了，最高的有十八米多高，需要租借两部吊车才能竖起来。三十七位随展布展人员办好了签证顺利来到澳洲。电视七频道开始播放广告，墨尔本地铁大站也出现了大幅灯展广告，十几家地方报纸在头版登出了整版彩照，地方政府对外办公的地方都摆放着新年度各项活动安排的折页，其中也有灯展照片和信息。总计投资约10万澳币，我竟单枪匹马把澳洲有史以来华人户外组织的最大展览办起来了。外人可能以为我有个庞大的团队在那里运作，岂不知完全是我一个人在那里拳打脚踢。

灯展开幕了，开幕仅三天就被迫关张。因为同我签订合同的那个家伙请来了澳洲安检局的人察看现场，借口电缆埋设不合标准而勒令关停整顿。

其实电缆不是关键，关它个一天两天问题就可以解决。实际情况是地方政府下决心要让展览下马了。地方政府把市府前大草坪出租给我没有要任何定金，只是同意从门票中提成。但因为经费不足我在开幕前一周方启动广告宣传，很多人根本不知道墨尔本有这么大一个活动，开幕三天观众寥寥。市府看到危机了，因为门票收入太少，恐怕电费都付不起。而二十组巨大彩灯，一天使用的电量绝不是个小数目。

我意识到问题的严重性。如果停业重新铺设电缆，又是一笔经费。即使安检通过了，市府仍可能想出其他理由阻碍展览的进行。因为我想起了合同中的一个条款：“展览如果因故撤展，市府方面不承担任何赔偿责任”。回想谈判过程一直很顺利，市府对此项目抱有很大期望。但合同文本基本达成后，市府那个谈判代表迟迟不予签字。经我多次催促无果，而此时签证已经办妥，展品已经发运，距离布展时间仅剩一周左右了，市府这才拿出修改后的合同文本，里边未经讨论就给加上了免责那句话。我立刻提出了异议，但市府代表说：“不好改动了，因为是政府参与的项目，真要办砸了给市府造成经济损失不好对选民交代，何况撤展的可能性恐怕没有。”我感到对方说的也在理，就签下了合同。

重新阅读合同文本，看到这一免责条款，我有点不知所措了。如果半途而费，十多万澳币砸进去了，心有不甘。如果继续办下去，还要往里继续投钱，前途未卜，我更不放心。于是决定撤展，同对方打官司。我把我的境况同几位朋友交流了，想请他们介绍几位律师帮我打官司。

一位农场主替我出主意，他说先不要急着找律师，先找冤情大使反映一下。澳大利亚“冤情大使”是政府指定的官员，专职处理百姓与政府之间的矛盾纠纷，并不收费。我仔细阅读了此次展览的全部有关资料，包括信件、邮件、电话记录、谈话记录，以及各项开支数额，等等。然后写了一封告状信给冤情大使。中心意思是抱怨市府合同欺骗，推荐不合格电力企业铺设电缆导致项目取消，从而给我造成十多万澳币经济损失，要求市府给予赔偿。

冤情大使回信说，阅读了信件和附带的有关文件，认为“材料不足，需提供补充材料”。于是我又赶快补充了一些东西进去，接到回复又说，案件属于合同纠纷，冤情大使无法处理，建议走法律程序。

看来走不花钱的冤情大使这条路不行了，只好请教律师。经另一位朋友推荐，并同他一起去见了墨尔本一位著名华人律师。律师用一个多小时看了部分文件，主要是合同，看了好几遍。

“这个官司可以打。但你在合同上犯了大忌，怎么能让市府免责呢？当然市府在你们办好签证准备出发，而且展品已经提前装船走在海上了，才提出新的合同文本。事先没有征得你们同意，还不允许修改，这无异于欺骗敲诈。”

我听了很受鼓舞，觉得可能有戏。

“但是打官司是要花钱的。我可以不收你们的钱，打赢了再说。但我要请出庭律师，这笔钱你们是要花的。”

澳大利亚出庭律师比普通律师收入起码要多出1/3，好的出庭律师一个小时可以收费数百澳币。近期一项调查表明，个别出庭律师一天就可以装进口袋5000澳币。普通律师年收入一般都在10万澳币以下，出庭律师则基本都在10万澳币以上，相当多的出庭律师年收入可以拿到二三十万澳币。律师收费一般都是按分钟计算。另一位朋友说，他曾请过白人律师，每小时收费400澳币。一封邮件按六分钟计算，带小附件按十二分钟计算，大附件收费还要多。这位朋友给律师打电话或律师给他打电话，都要计时收费。有时一个情节律师故意反复追问，或车轱辘话说起来没完，有意拖延时间，最后害的这位朋友苦不堪言，账单来了收费数字完全出乎他所料。官司告到一个协调机构，才只把尾数给抹掉了。“没有什么把握千万不要在澳洲打官司，律师费能让你倾家荡产！”朋友提醒我。

“我们这个官司能保证打赢吗？赢了我们能拿到多少赔款？”我问坐在对面的律师。

“有赢的可能，但不敢保证准能赢。当天法官的个人情绪都可能影响判决结果。如果赢了，我们要扣下99%的赔款。”

离开律师行与我同行的朋友问我：“还准备打这个官司吗？”

“没法打了。又是同政府打交道，难得赢。自认倒霉算了！”我说。

于是在澳洲差点儿打的一场真正的官司，就这样无声无息收场了。

来到黄金海岸又差点儿打起了官司，又是同电话公司斗法。

2014年3月下旬我到澳洲最大的电话和网络公司“澳讯”在黄金海岸“澳大利亚大卖场”的实体店与经理戴瑞尔先生签下一份105澳币包月合同。因为正在促销，可享受20澳币优惠，今后每月只收我85澳币，包座机和上网费。签订合同时经理问我楼里有没有宽带接入？我说没有。刚搬进公寓楼的时候，我曾阅读过入住手册。记得内中提到想把宽带电缆引入房间，需要住户自己付费。因为涉及要翻开地砖施工，“费用可能相当可观”。经理看我不太确定，随后通过他们内部网站查出结果，说“有”，并让我看了屏幕上 显示“有”的网页。我心里没底，不好争论。心想，也许有，我没有看到？

回到住处没几天，很快一位彪形大汉啥也没带，空手到场。进门看了一眼，说：“你的房间没有宽带电缆，需要从外边楼道拉进来。”

“费用是多少？”

“几百澳币吧。”

我当然请他离开了。

我马上把有关情况电话告诉了戴经理，请他与电话公司联系尽快寄我一个使用电话线上网的调制解调器。还好，过了几天调制解调器寄来了。

2014年3月27日电话、网络正式开通。5月6日网上收到账单，讨要567.09澳币。我大吃一惊，远远超出我的预期。我立刻发了一封邮件给电话公司，询问何故如此宰我？同时又拨电话给客服，首先听到的是一大段录音电话，再让我报上姓名及出生年月日，然后排队等候。好不容易可以与人对话了，又给转到财务部门，但并未解决问题。

此后收到回复邮件，声称收费没有错误，因为有电缆接通费。我回复说，没有实施电缆接通，我网络用的是电话线。工程人员虽已来过，但啥也没带，啥也没干。

“工程人员不属我们公司，是与我公司有合同关系的承包商。他们到你那儿去了，就要向我们收费。”电话公司辩解道。

我又通过电话邮件实体店多渠道与“澳讯”交涉，仍不得要领。6月11日又收到公司一封邮件：“我们注意到，你的房间里没有电话线。我们重新拉的电话线需要收费299澳币。”

我回复说这栋大楼二十多年以前刚盖好就拉上电话线了，你们哪里拉过电话线，有必要吗？

2014年6月12日竟又收到下述邮件：“我们刚注意到，你的室内电话使用的是另一家公司提供的服务。我们重新给你拉了电话线需再收299澳币接通费。因为你的座机没有与我们提供的网络捆绑在一起，所以无法享受每月20澳币的优惠。”

我实在无法忍受了，我要骂人了。收到这封流氓无赖的邮件后的第二天，我回敬了出面与我联系的那个傻冒：“谢谢你们为解决我们的争议做出的努力。请注意，在此封邮件中我使用的你，并非特指某位人士，我是指你们这个团队。

谢天谢地最终你们发现我的座机竟不是贵公司提供的服务！我不明白，你们办公桌前电脑屏幕上有我的所有信息，诸如我的姓名，出生年月日，我的住址，我的账号，我同你们签订的合同。还有我的电话号码肯定也在上边。面对所有这些信息你们竟可以得出我的电话是另一家公司在提供服务的荒唐结论！你们不认为这是一件既滑稽又愚蠢的事吗？你们还认为我会信任你们，相信你们能够正确令人信服地处理好我们之间的争议吗？不可能。你们不知道合同是怎么签的，附带了哪些我提出的要求和条件。谁知道这些？只有戴瑞尔知道，就是在昆州黄金海岸南岸区‘澳大利亚大卖场’你们实体店里的那位先生。如果你们想尽快正确解决这一争议，就必须征求他的意见。他可以向你们提供准确的宝贵建议。戴瑞尔当着我的面曾与你们联系过，明确告诉你们多收我371澳币！我想这个数字是正确的。567.09-371=196.09，我只付196.09，多一分都不付。我相信戴瑞尔，他是位真正的绅士。他很耐心，乐于助人，待人友善，了解而且关注细节。

今后有何事情不明白请与戴瑞尔联系。你们给我打了无数次电话，留下了无数信息，发送了太多的邮件。所有这些证明屁用不顶！

每个电话都要让我告诉你们我姓甚名谁，哪年哪月哪日生，布拉布拉布拉……你们觉得这样有意思吗，开心吗，有趣吗？等我回答了所有的问题，嘛事儿都解决不了。所有这些电话邮件什么都不是，只是骚扰，你们明白吗？请各位停止骚扰吧！你们一开始就违背了合同，而且一而再再而三。如果不是看戴瑞尔的面子，我早就想撤销合同并把这一事件告到消费者保护协会或提供给7号电视台‘时事’栏目组了。我从未见过如此低劣的服务，你们如果总停留在这种档次上，你们的公司将没有未来。这么一个简单的事情，两个月过去了仍弄不明白。你们是不是还要让我再等两个月或一年啊？一个月都不会等了！如果再不给我解决，什么事情都可能发生。你们如果继续装傻，那就等着吧！谢谢你们的关注。”

顺便说一句，澳洲有个消费者权益保护协会。如把争议提交协会处理，协会决定出面调解，首先要向商家收取5000澳币服务费。无论调查结果如何，这笔钱是不退的。至于7号台“时事”栏目，周一至周五每天下午七点向全国播放，都是些能引起社会关注的话题。表扬的没有，往往都是揭短揭丑批判性的。一旦上了这个专栏，马上可能臭名远扬。

2014年6月25日我接到一个电话。是电话公司一位领导同志打来的。明确告诉我：“您的申诉我知道了。我们给您调整了收费。对不起，给您造成了不便。”

哇，头一次听到道歉这个词。我以为电话公司把这个词给枪毙了。

“你们准备收我多少钱呀？请问。”

“收你头一个月的电话上网费85澳币，再加上接通费125澳币，总计210澳币。”

“不是567澳币了？接通费不是299澳币吗？”

“那是重新拉线的价码。对这个收费您还满意吗？”

“满意了，比我的测算只多出24澳币。”

“请问您是来自中国吗？”

电话那头似乎想聊会儿天儿。

“是啊。”

“我也去过中国。您还去过其他国家吗？”

“噢，英国、美国都待过。您是什么时候去的中国？”

“五六年以前了。我在广州教过英语。我的太太是中国人。”

“啊，您是中国女婿！祝贺你，娶了个中国太太。”

放下电话我马上给戴瑞尔发了封邮件。

“你好，戴瑞尔。澳讯一位叫吉尔博特的先生给我来了电话，问题解决了，收费标准照我们定的办。他最终为引起的混乱说对不起了。其实这一混乱不一定是他造成的，也许是其他人惹的祸。‘对不起’这个词可以让人间更和谐，你说是不是？我想谢谢你，谢谢你的耐心、理解和帮助。希望以后不再有什么事情发生。祝你一切顺利！”

网络、电话都接通了。“官司”打赢了。该坐下来干点儿正事了。

啥事啊？

第五章　苔丝情史

“苔丝吗？你好吗？你现在方便不方便？”

“你好，维克特。方便啊。看来阁下的大作准备好了。可以给我看看吗？”

“我正要到你那里去，等着我好吗？”

“没问题呀。你来随时欢迎！”

苔丝住的是一厅两卧的房子，客厅与我的差不多，但摆放的物品很丰富。一进房间就闻到一种淡淡的香气，是身上还是房间里喷了香水分辨不清。白人妇女一般身上都喷香水，喜欢花草的喷花的味道，喜欢森林树木的喷雪松甜橙味道，各种香味随个人爱好。华人妇女一般不用香水，用也用量很少，胸前洒个一两滴完事。白人不同，乳沟，腋下，衣服鞋袜，恨不得从头到脚都喷上香水。是爱好，还是体味太重不得已而为之就不得而知了。因为白人无论妇女还是男士，一般体味都较重。如果再有狐臭，那就更要随时香水伺候了。

“您的房间真香。让我多闻闻。”我说。

“房间不太通风，另外地毯也比较陈旧，我闻不得陈旧霉味，不得不用香水。”

“请问您是一个人生活吗？看您出出进进总是一个人。”我问道。

“你猜得不错。曾经是两个人的世界，走了一个剩下我一人了。”

“一个人也不错吧？省心。自在。”我在违心地瞎说。

“是吗？你恐怕对一个人生活还没有深切体会吧？你的家庭在哪里？”

“我现在也是孤身一人，人走家搬。夫人孩子都在墨尔本，孩子工作了离不开，夫人把我甩了，不愿同我一起生活了。”我说。

“可怜呀！我与你不同，我把老公甩了。”

噢，这倒是个有趣的话题。

“因为什么呀？您年轻时肯定是位美女。看您现在的身条，与您的年龄太不相称了。”我也学会夸赞人了。

我知道洋婆子都喜欢听别人夸奖，与华人妇女不同。华人妇女听到你夸她漂亮虽然心里美滋滋嘴上可能会说，“什么呀，别挖苦人了，人老色衰了”。弄不好还可能来一句，“流里流气的，说什么呐？”

苔丝听到我的夸赞喜形于色。

“谢谢你了。好久没有人夸我身材好了。”

“谈谈您的婚姻好吗？你怎么把人家给甩了？为什么？您可不像个河东狮吼，轻易跟人翻脸的人啊。”我说。

“什么河东狮吼啊？啥意思？‘站在河东岸咆哮的狮子’，咋了？我同狮子有啥关系？好像你用的是个贬义词。”苔丝不解地问道。

“噢，这是个中国成语，说起来话长，以后再给你讲故事。一句话，就是个非常厉害蛮不讲理整天咆哮骂人甚至家暴的女人。你懂这个就行了。”

“我可不是那种女人啊！你别误会我呀。”苔丝赶紧把自己撇清。

“那您慢慢道来，看您是不是‘站在河东岸咆哮的狮子’了。哈哈！”

“今天不说了，我要先看看阁下这本大作，四五百页，你可真能写啊。”苔丝拿起我的自传打印件，翻了几页。

“打字篇幅多一些，正式印刷出来就少了。我故意把字放大了，这样您看起来不是方便些吗？”

“好啊，你是位很心细的绅士哎。我要谢谢你了！我的确有点老眼昏花了。不过有个三五天我就可以看完了。看完我再联系你。不过你随时可以过来，喝杯茶聊聊天。今天忘了给你泡杯咖啡或茶水，下次来再补上喽。”

“同您聊天很开心，那我走了，再见！”

“再见！保重！”

大约过了一周我接到苔丝的电话，让我过去，她把我的自传看完了。

“维克特，真不知道甚至有些不太相信你有如此丰富的经历。我看得入神了，有些章节反复看了几遍，所以拖得时间长了些。”

“没关系。您感觉这本书有出版价值吗？我是说在西方社会？”

“既然我能够受感动我想其他人也一样，也会有兴趣阅读。你知道有一位来自中国的芭蕾舞演员，姓李，写了一本自传连续数周都名列澳洲畅销书排行榜第一名吗？你们还有一位作家，叫莫什么……”

“莫言。”

“对，莫言，不是还获得了诺贝尔文学奖了吗？中国作家的作品西方有介绍。年轻的时候我还读过诗人李伯的诗歌，写得美极了！”苔丝说道。

“李伯，什么李伯？”

“你们唐代大诗人啊？你们的李伯和孔子在西方是最有名了。”

“哦，您说的是李白吧？对，最早李白的英语拼音现在读起来是李伯。”我说。

“您还读过李伯的诗？”我问道。

“相知相见知何日，此时此夜难为情。多美的意境。不是吗？”

“这是李白的秋风词。我也喜欢。前边还有几句。秋风清，秋月明，落叶聚还散，寒鸦栖复惊。”我刚好还记得这首诗，蒙上了，没露怯。

“前边几句我都记不得了。”苔丝话题一转：“现在西方对中国很感兴趣，中国这些年变化太大了，澳洲几乎天天有关于中国的新闻。既然中国成了关注点，有关中国的书籍也慢慢引起了西方社会的兴趣。”

“您的意思是这本书还有出版价值？”我问道。

“当然有。如果把它改写成爱情小说，很可能成为畅销书。”

“另一位澳洲朋友也这样说过。他还是一位报社撰稿人，已经出了好几本小说和传记。但我不想把它写成爱情小说，我想表达自己的思想和观念。”我说道。

“我欣赏你的观点。爱情小说读过就忘了，有思想的作品才能启迪人生让人持久难忘。不过你写的东西有很多地方我看不懂。有关经济改革部分显得枯燥些。”苔丝也如实相告。

“是的，我写的时候也觉得枯燥。可是经济改革是中国改革开放重要内容啊，不写又觉得缺点什么。我想是否能从国际贸易，尤其是从对澳交往这个角度再改一改。”

“这是个好主意。中国成了澳大利亚第一贸易大国，什么煤炭出口，矿产品出口，最近又有肉牛畜产品大宗出口中国的传闻。能把中国的改革与国际贸易更紧密地联系起来西方读者会感兴趣的。”苔丝说道。

“您说有些地方看不明白是指什么？”

我也担心，因为文化传统不同，在中国发生的事件及历史背景外国人不一定了解，写出来的东西国外读者就可能看不懂或不理解。

“好多地方我都不懂或不理解。比如你们的反右，把那么多知识分子打成反革命，到底是为什么？知识分子都是做学问的，把他们送到劳改农场，那他们的知识不是白学了？另外你们把中学生，包括十二三岁的相当于澳洲七八年级的小孩子送到农场去劳动，这是干什么？十二三岁的孩子还需要大人照料怎么能离开父母去农场劳动啊？你们农民太少了吗？不是吧。在我们这里如果把不满十二岁的孩子单独放在家里那是犯法的。类似这一类描写，读起来不好理解，甚至不敢相信。也许是我们对中国的事情太无知了。”

苔丝的疑问太多，一句两句也解释不清。不过她讲的一些观点也值得思考，我还想继续洗耳恭听。

“但是我觉得我改不了你的大作，因为对中国的事情太不了解。我有个女儿也住在黄金海岸，她在一个房屋中介处工作。她家里房间多，有两间常年租给中国留学生居住。她与学生相处很融洽，学生们为了提高英语水平，抓着机会同她聊天练习口语，时间久了，她也学到了不少中文。她对中国的事情比较熟悉，我想让她再看看，好不好？”苔丝又紧接着说道。

“好啊。不过您提到的一些问题对我也很有启发。我想在中国发生的一些特殊事件需要在背景介绍上多费些笔墨。谢谢你了。想到还有什么问题请随时告诉我，我对白人朋友的意见是格外重视呀。”我说的是心里话。

“你对我的意见不反感就好了。现在谈谈我这个河东狮吼的故事吧，我答应过你的。”

“我和我的丈夫从小就认识，住在意大利西西里岛，是很好的邻居，父母都是渔民。你知道“二战”后意大利全境满目疮痍，简直有些活不下去的味道。澳大利亚“二战”中没有受到大的破坏，但劳力缺乏，大片土地无人耕种。很多意大利人移民来到澳洲，我们两家也随这股移民潮来到了昆州，从渔民摇身一变成了种植甘蔗的农民。起初也很艰难，但渔民都能吃苦，没过多久就立住脚了。父母把我们送到布里斯本念书，一直上到大学毕业。我毕业后很快就找到了工作，当上了意大利语教师。在澳大利亚中学，意大利语是很重要的外语课，另外还有印尼语、日语和法语。那时候没有一个学校开设中文课，但现在你知道吧，中文成了澳洲最热门的外语课。不仅大学抢着开，很多中学也开设了中文课。有些幼儿园都开展英汉双语教学了，十几年前这是不可想笑的。我的丈夫——当时还是男友，我们还没有结婚——稀里糊涂学了个生物学，毕业后一时半会儿没找到对口工作到海边当了志愿救生员。他体质很好，肌肉坚挺，浑身上下好似没有半点儿脂肪。干了一段时间他喜欢上了这份工作，成了正式雇员。随后我们就结婚了。”

“你们都有了工作，有了收入，日子过得应该不错了吧？”我插话道。

“是啊，我们整整过了三十多年的好日子。房子也买了，一儿一女也生了，而且都长大成人添了孙辈了。多么令人羡慕的家庭呀！”苔丝在回味那些甜蜜的岁月。

“在澳洲能保持三十多年不分手的夫妻多吗？”我有点儿好奇。

“恐怕不多。我周围这些老婆婆们都是半途分道扬镳，白头偕老的真不多。”

“但此时出了问题。你知道我丈夫身体格外地好，六十多岁了，性要求简直同年轻人没有什么两样，可是我不行了。内分泌失调，半点儿兴趣都没有了。年轻时我就感觉他太过分了，为了满足他，我在那里硬撑着，心想年纪大些他会消停的。没想到他性欲始终不减，几乎仍要天天一起睡。我实在忍受不了就同他分床了。他开始只是抱怨，抱怨我不尽妇道。过了些日子他不抱怨了，反而整天很开心的样子。我有些纳闷。秉性难改，怎么说变就变，还变得如此快呀？我同老姐妹们说起此事，她们异口同声对我讲，‘外边有人了，外边有人了。你可要小心，哪天要把你甩了。’”苔丝继续说道。

“我想他不会，他没有那个胆儿。”苔丝对姐妹们说。

“你可别说他没那个胆儿，色胆包天。我帮你打听一下，那条道上我有熟人。”一位姐妹挺仗义的。

没过多久苔丝接到情报，老姐妹贴在她耳边说：“你们家那位经常逛窑子你知道不知道？没想到吧？”

苔丝听了不禁一愣：“你不要瞎讲，他天天往家跑，什么时候逛那种地方！”

“你们还在一起睡觉吗？你还行吗？一般五六十岁就不行了，你恐怕也有心无力了吧？”

“我还什么有心无力，说起来我都感觉恶心想吐！”苔丝答道。

“那就完了。他还行吗？”

“他行得很。我不行了。我们三十多年的感情了，他能干那种事？”苔丝仍有些不解。

“你不知道，不是感情问题。是兽性。我那口子跟我说他如果没那种要求了活着都没意思了。你听听，你不让他来，他死的心都有。”

等老公回来，苔丝没有转弯抹角，单刀直入逼他交代：“你逛窑子能不能跟我说一声，今后多给你预备点儿钱。”

老公知道秘密暴露，马上承认。

“对不起。是我的不是。请原谅！”

本想此事太丑，他可能会百般抵赖死不认账。未料想他未作任何辩解，立刻承认，并请求原谅。苔丝心想也许他一时糊涂，能知错必改。再说她的确也没有完全尽到做妻子的责任，考虑到又是几十年夫妻，饶他一马算了，于是未再追究。

没过多久，他竟因为与有夫之妇偷情，被人揍了个狗血淋头。苔丝实在想不通了，堂堂七尺男儿，道歉了知错了，怎么就改不了这么个狗屁毛病？

他说："我实在控制不住，我知道不应该，但理智不起作用了，我是不是有病啊？"

苔丝真陪他去看过医生，医生说他性欲旺盛，不能说有什么病，并建议苔丝用些激素，配合他一下。后来苔丝试着用了些，感觉很不好，经常恶心呕吐。不能再用了，不能毁了自己又耽误了人家。于是苔丝提出离婚。把老公给甩了。

"他同意了？"我问道。

"费了番口舌。我说你既然还有那种需要，你应该再去找个能同你一起过日子的。我不行了。谢谢你陪伴了我这么多年。我也知足了。也不想影响你的晚年幸福。再说我也怕你在家里得不到满足，再跑去嫖妓或偷人。以后别干那种事了，免得得病犯罪。"

"他同我有点难舍难分，毕竟这么多年了，也没有什么矛盾。我说今后找到合适的跟我说一声，我会祝福你们。我还会把你当亲人，你还是孩子们的爸爸和爷爷，这层关系无法改变。如果你还愿意同我来往，我不会避讳。只要你的新媳妇不纠结就行，随你的便。"苔丝挺大度。

"现在我们像朋友样相处。平时没有什么交集，过年过节同孩子们一起吃个饭聚一聚，过生日送个贺卡之类。彼此心里都没有负担，挺好。"

我听得太入神，咖啡都忘了喝。

"可您现在是一个人过呀？习惯吗？"我问道。

"无所谓了。一个人过的确自由自在些。不过你还年轻，应该找个伴儿了。"苔丝说道。

是呀，我催着把网络、电话赶快整明白，就是想启动我的寻亲程序嘛。

能找到啥样的啊？

第六章 艳遇末了

苔丝的女儿叫洁茜，住在格理菲斯大学附近一条僻静的街巷里。房子比较宽敞，有两个独立的空间。前边有客厅和两个卧室，两个卫生间，一个与主卧相连。穿过一个餐厅兼过道，后边又有两个卧室，一个很大的“家庭房”，还有一个独立的卫生间。所谓家庭房就是孩子们玩耍的地方，与客厅有一定距离互不干扰。后边的卧室和家庭房出租给两个来自中国的姑娘。前后住户除共用厨房外其他都是独立的，包括有个后门房客可以自由出入。

洁茜引导我前后都看了看，然后落座。

“你的房子很宽敞，住了很多年了吧？现在盖的房子一般都狭小多了，无论卧室还是客厅，给人感觉都比老房子小了一套。”我说。

“我在这里已经住了二十多年了。你说得对。现在的住房越来越小了，因为建筑商要节约用地节约成本。也有豪宅，却是越盖越豪华了。我买这套房子用了十万澳币，现在可以卖五六十万。”

我知道洁茜在一个房屋中介那里上班，对黄金海岸房屋租赁销售情况肯定熟悉。

“房价如此之高你妈妈有些看法，社会上也有不少议论，似乎是中国购房者把房价炒高了。”我说。

“当地居民是有些紧张。但依我看中国人过来购房是个好事。几十万甚至几百万的钱拿进来买房给澳洲经济注入资金有什么不好？买房后无论自住还是亲朋好友过来度假，都要在澳洲消费，又给澳洲经济注入了资金。资金进来等于提供了更多就业机会，促进了经济发展，最终受益的还不是澳洲百姓。”洁茜的观点比较客观。

“你的观点代表澳洲多数吗？”我问道。

“其实政府已经制定了政策，限制境外客户购买二手房。这条规定也安抚了一部分人的抱怨情绪。”

“的确有很多中国人来这里买房吗？是不是新闻媒体在炒作？”

“我想有炒作的成分，但的确这几年有大批来自中国的客户在黄金海岸买房。这个现象很正常。上个月我刚为悉尼一位客户在黄金海岸买了两套公寓房，一套两室一厅一卫，另一套是一室一厅一卫，总共花了70万澳币。他就是把北京一套价值300万元人民币的房子卖掉再加了点钱买下来的。”洁茜说道。

“北京我熟悉，我也在那里住过。”我插话道，对面前这位澳洲妇女也知道北京的房价感到惊讶。

“我听我的房客们说了，现在北京上海广州等大城市的房价比澳洲还要贵，一平方米竟值四五万甚至十几万元人民币，太不可思议了。买一套一百平方米左右的房子需要四五百万元人民币，相当于澳币八九十万。你们的独生子女很多，恐怕有不少独生子女都把父母的房产继承下来了。不少人手里已经有三四套房了吧？我知道在北京郊区一套普通单元房可以卖到四五百万元人民币，月租只有3000元人民币左右。如果把房子卖掉，把400万元人民币兑换成澳币，按当前比价，那是七十多万澳币。你知道现在你住的那套房子，在黄金海岸属中上等了，市场价是多少？你可以上网看看，均价只要25万澳币！你若有70万澳币可以买两套还有结余。你的周租金是350澳币，如果两套房子对外出租，每月租金大约是3000澳币，相当于15000元人民币。在北京的租金是3000元人民币，这里是3000澳币。这笔账如果算清楚了，不到我这里买房才怪呢！”

洁茜言犹未尽，继续推销："听说在中国买房只有70年的所有权，70年以后就可能不是你的了。澳洲没有这种规定，你买的房子永远是你的。你在中国有没有房子可卖？有，赶快卖掉，到我这买海景房，我给你优惠。"

让她这么一算，我心里也痒痒的。可惜北京的房子我放弃了，给妻子了，由她处理了。

看来洁茜是位称职的房屋中介，口齿伶俐，不会错过任何推销自己的机会。

"洁茜，你简直是个中国通了，你比我更了解中国的房产行情。你放心，如果我中国有房一定卖了再到你这儿买房，可惜我的房子给老婆了。不过我会动员我的亲朋好友过来买房，多来些朋友免得我寂寞，也可以给你带来些生意，你等我的消息吧。"

"哦，你同夫人分居了？我听妈妈提到了。今天不谈那些，先谈谈你的自传吧。"

洁茜把事业放在了首位，对我来说，谈自传才是正题。

"好的，静听指正。"

"不敢指正，是探讨。对不起，我去把笔记本拿来。顺便给你沏杯茶或者咖啡？"

"咖啡吧。要牛奶不要糖。谢谢！"

"不客气！"

我目送洁茜向卧室走去。她有些像妈妈的身条，但稍逊风骚。肩部臂膀稍显粗重些，体型还算丰满匀称。走路的样子很有特色，好似模特的猫步，看上去有些别扭。从面容和体态，看不出具体年龄。西方中老年妇女的年龄很难猜测，五六十岁在我看来都差不多。我知道她妈妈"二战"时只有十几岁，到现在应该年过八十了，那洁茜至少也五十开外了。

她在卧室待了一会儿拿着一个本子出来了，当她把本子放到咖啡桌上的时候，一股浓郁的香水味扑鼻而来。她又去厨房冲好了咖啡放到了我的面前。

"这是巴西咖啡，希望你喜欢。"她边说边一屁股紧挨着我坐在了沙发上。不知道她身上喷了多少香水，好似一瓶香水都倒在了身上，呛得我一时感到鼻塞。

“我大致看了一遍，印象非常好。你丰富的经历，对很多人物事件的描写，真是栩栩如生，让我感到身临其境。尤其你的爱情故事，太动人了。不瞒你说，看得我是又羡慕又嫉妒。”

“谢谢你的夸奖。肯定有很多不足，谈谈不足和需要改进的地方。”

“当然你的表达问题较多，有些地方是中式英语了，我做了修改供你参考。还有就是有些事件的背景介绍不够，或结局不够完美。比如说你描写了中国警察如何英勇无畏解救人质，群众如何不惧生死围堵持枪歹徒，最后造成两名警察牺牲，数名百姓受伤，结尾有交代吗？是的，人质被解救，绑匪被击毙。这就完了？什么教训？什么经验？牺牲两名警察伤了数名百姓，不能避免吗？下次碰到同类事件应如何处置？如何避免伤亡？对这些问题都应该交代，不能写个流水账就算完事。我同房客一起看过你们的电视节目，澳洲少数民族电视台周一到周五每天都全文播报中国电视台的新闻节目。我不止一次看到过中国警察出警的情况。我感到无法理解，你们的警察面对持枪歹徒怎么一点防备都没有？不戴钢盔也没有盾牌，黑灯瞎火也不带照明设备，这样同歹徒拼杀不是太冒险了吗？逮捕坏人首先要保护好自己。另外让手无寸铁的百姓去围堵持枪歹徒也不应提倡，不仅不应提倡，还应动员他们离开现场，避免无谓的牺牲。”

洁茜翻到有关章节与我一同阅读，香水味道散去一些感到甜丝丝的是一种享受了。

“还有拐卖妇女的事件屡屡发生，是怎么回事儿？拐卖的妇女一般都卖给了农村的老男人，为什么这些老男人年轻的时候不讨老婆非等老了才去买老婆呢？不好理解。应该把背景介绍一下。是什么原因，你知道吗？”洁茜问道。

“应该说原来有些地方太穷了，连饭都吃不饱，哪有条件娶老婆呀。改革开放以后慢慢有点积蓄了，开始想到应该找老婆了。但当地女人都嫁人了，只好到外地买。”我说。

拐卖妇女背后的原因十分复杂，我没有对洁茜多谈。说来话长，她会诘问不断。即使我把整个中国近现代史讲给她听，她恐怕也不能理解，听不明白。

“还有其它几处，我想也可以商量。比如你提到通过电视为病人募捐，而且很多电视台都有类似节目。这是为什么？如果到处都有这种情况，就应该引起政府有关部门重视了，因为它成了一个社会问题，需要政府出面解决了。你在描写这些事件时对善良的赞美，对新闻媒体在促进社会和谐劝人向善方面所起的积极作用，都应该肯定。但如果你能在书中再呼吁一下，此类事件需要政府通盘考虑是不是更完美一些？”

洁茜的确认真看过我的自传了，她还表达了对其他一些章节的看法，我感觉她的一些观点很值得深思。

“洁茜，谢谢你。你的观点对我很有启发，我会认真思考并作出修改。今天也不早了，不打扰了。下次再听你指教可好？”

“维克特，你不需要如此客气。我也是信口开河，意见不一定对，供你参考就是了。明天你有事吗？没事我们继续谈？”

“明天下午我没事，下午两点我再过来，方便吗？”

“没有问题。明天见！”

我起身准备离开，洁茜抱着我的肩膀把脸紧贴在我的脸上亲了一下。我感到了她柔软脸颊的热度，这是白人男女见面分手例行动作，我早已适应了。但脸贴得如此之紧，让我感到不太舒服。

第二天下午我准时来到洁茜家，洁茜正在客厅里阅读我的自传。

“洁茜下午好！你看书好认真啊。看到哪一段了？有何高见，请不吝赐教。”

“我正在欣赏你两位朋友在英国的奇遇。很抓人的。”

“奇遇？谁的奇遇？”

“应该说是艳遇。与两个女孩子的交往。”

我轻轻地坐下，很有礼貌地与洁茜保持了一定距离。洁茜看了我一眼，含蓄地微微一笑，挪到了我身边。

“你看这里，同第一个女友的初夜。”

“什么初夜呀。别瞎说！”

原来她说的是我在英国留学期间我的一位年轻朋友的艳史。这位同学叫乔治，来自新加坡，主修法律，他对我讲起了自己的一段风流韵事。

乔治与我住同一楼层，与楼下一位来自日本叫贞子的女士是同班同学。我看两人经常出双入对，我问乔治日本姑娘是否已经成了他的girl friend(恋爱中的女友)。乔治说不是girlfriend，应该把两个字分开写，分开念，而且都要重读。如果分开写成girl friend，而且都重读，那就成了普通女友了。恋爱中的女友只应有一个，普通女友就无限量了。

乔治说他与日本姑娘交往因为是同班同学，另外姑娘待人很亲切，很有礼貌，见面总是低头哈腰，很讨人喜欢。加之都住在同一栋宿舍楼里，交往就更多一些。偶尔姑娘也应邀上楼同乔治一起喝杯咖啡，姑娘也会邀请乔治下楼尝尝她的清酒。

“还不能说是恋爱女友，只是互有好感而已，绝无非分之想。”乔治解释道。

“我的父母非常传统，对我们管教非常严格。在新加坡上中小学时，不允许我谈女朋友。“二战”日本占领新加坡期间，他们吃过不少苦头，对日本人恨之入骨。如果听说我同日本女人谈恋爱，非宰了我不可！”乔治继续说道。

有一天晚上，我们楼层一个英国小伙邀请朋友聚会，又吃又喝又跳又闹，折腾得厉害。公用房间里只有一部电话，楼下女友电话打上来找乔治，因为聚会客人闹的声响太大，乔治听不清她说了些什么。

“你说话声音大些，我听不清楚你说什么呀？”乔治对着话筒喊道。

“你们楼上在干什么？快把楼板给跳塌了。半夜三更了还折腾什么呀？你能不能让他们消停会儿？”贞子在电话那头大声嚷嚷着。

“周末了，谁管得了谁呀？我也让他们吵得头都大了，实在有点儿受不了了。真想躲到哪儿待会儿。”乔治说道。

“你到我这待会儿吧。等他们完事儿再回去。”

乔治拿起一本小说来到楼下，贞子开门把乔治迎进房间，耳朵上还挂着耳机。

“太好了，你这里安静多了。”乔治说。

“我这里也好不到哪儿去，只好带上耳机挡挡噪声。”

的确楼下也能听到楼上的闹腾。两人讲话互相听起来也挺费劲，就没再说什么。乔治坐在书桌前看小说，贞子斜靠在床上听音乐。就这样过了一个多小时，已经凌晨一点多了，闹腾还没有结束，乔治已经数次打盹，贞子看到他困乏的样子，几次让乔治躺床上休息会儿。

“没事。你先睡去吧。”乔治说。

“我能熬夜。别客气，你困了就去床上睡会儿。”贞子说。

又硬挺了一会儿，实在熬不住，乔治趴在桌子上睡着了。贞子走过来把乔治拖起来拉到床上让他躺下。

“这样不行，要着凉的。睡床上吧。”贞子轻声说道。

“不要不要，你也熬不住了。你睡床上，我睡地毯上就行。”

“不要呀，拜托了，在我这儿就听我的吧。”

她硬把乔治的鞋子脱掉，按到床上。乔治看拗不过她只好顺从。

“那好，那好。我睡床上。你睡哪儿？”

“我铺张毯子睡地上。没事。对付一晚不是很容易吗？”

“那我帮你把毯子弄好。”

就这样乔治脱掉外衣睡在了贞子的被窝里，贞子把灯关掉，也脱掉外衣睡下了。

乔治躺在床上翻来覆去无法入睡，地毯上那位女士也在不停地辗转反侧，显然也没有睡着。

“贞子，睡着了吗？”乔治问道。

“哪里睡得着呀。一点儿都不困啊。”贞子答道。

“你这张床太软和了！”乔治感觉挺舒服，贞子却误会了。

“我也不喜欢软床。你下来同我一起睡吧！”

乔治的潜意识告诉他可能这是一次难得的艳遇，心底深处也巴不得碰上一次，但绝没想到它来得如此之快。他一时不知如何作答，浑身却紧张地开始发抖。理智告诉他偷人的事可做不得，令尊令堂大人的教诲言犹在耳。可这不是偷人啊，旁若无人，你情我愿，光明正大。这是在英国，鬼不知人不觉，谁知道啊？知道了又怎样？这里非婚同居，一夜情，婚外情，太司空见惯了，谁管谁呀？乔治真想猛扑过去，死死地压在她娇小的身上，那种感觉将是多么舒畅多么美妙啊！

“你睡在地上不舒服，到床上来吧。”乔治说，声音都是颤抖的。

乔治明明知道床上睡不开两个人。心里痒痒的恨不得马上跳下床睡过去，但嘴里还是蹦出这么一句言不由衷不着调的话。他在顾虑什么？怕她去告发吗？不可能。那他怕什么？不知道。

“我是个胆小鬼。懦弱。在这个女人面前怎么成了软蛋！”乔治心里在自责。

“床太小，怎么能睡两个人呀？还是你下来吧。看我给你留出地方来了。地上多宽敞。快下来吧，拜托了，等会儿天都要亮了。”

贞子催促着，乔治最终也没有勇气睡过去，只是纠结紧张地不停地发抖。心想凭他现在这副样子即使睡过去也啥事干不成。没用的东西，你就躺在床上抖吧！

贞子眼看乔治没有什么意思也就放弃了。乔治偶尔打个盹醒来，继续抖，直到天明回到自己的宿舍。一次难得的艳遇就这样白白浪费了。

“我这里就不明白了，乔治为什么要发抖？处女初夜一般都要发抖，处男也有这种事吗？”洁茜发问了。

“可能与中国传统观念有关。新加坡华人占人口的绝大多数，华人传统根深蒂固。华人非常讲究贞节忠诚，对男人女人都是如此。几千年的言传身教了。非婚发生性关系是人人喊打的丑事。可能这种观念深深扎根在乔治深层次意识中，所以不敢轻举妄动，把好事错过了。”

“你的回答听上去还能令人信服。在你写的名叫亨利的另一位朋友的恋曲中，就不是发抖了，对吧？”

洁茜冲我诡异地一笑，顺便把左手搭在了我的右腿上。这一突然举动让我浑身一激灵，呼吸似乎戛然而止，心突然提了起来，不知下面还会发生什么事。

洁茜随后把手抬起，我才深吸了一口气，又轻轻吐出，心也慢慢恢复原位。

“哈！哈！哈！”洁茜大笑。笑得鼻子眼睛挤到了一起，并不好看。

“何必紧张呀？不过亨利也是竹篮打水一场空，连人家的裤子都解不开，还不知道是为什么。”

她说的“紧张”，我清楚，是一语双关。

“你在书中提出的问题，我来给你回答。姑娘穿的是防狼裤！”

“防狼裤？头次听说。什么功能？”我问道。

“穿上防狼裤色狼就无法得逞了。它们是用特殊材料做成的，剪不断撕不烂。她肯定穿的是防狼裤。不过穿这种裤子也不一定安全。我听说有个畜生兽性大发，裤子扯不下来反而把姑娘掐死了。”

洁茜所说的“脱裤子”风波，是我在英国遇到的另一位朋友的亲身经历。他叫亨利，来自台湾。

亨利在台湾已经有了家室，在英国进修戏剧，一年为期。同一专业的学妹吴女士则来自香港，本硕连读。亨利要比吴女士大十多岁。两人在大陆还有不少亲属，听说我来自北京，所以经常到我住处坐坐，打听关于大陆的一些信息。亨利进修一年期满就要回台湾了，临走前与我聚了一次，把他的一段浪漫经历对我讲了。

学戏剧的华人学生不多，亨利的学识资历都让吴女士佩服。吴女士遇到问题，经常请教亨利。亨利也是助人为乐，有求必应。她写过一篇关于中国京剧的论文，多次找亨利讨教。亨利也不厌其烦尽其所能给了她一些帮助。结果她的论文受到老师高度评价，认为她的“见解独到”，观点“不落俗套”“不同凡响”。亨利问她什么观点被导师如此欣赏？

她说：“你说中国京剧里最差劲的角色就是小生，唱腔哼哼唧唧，哪里像个男人。为什么中国现在阴盛阳衰，京剧小生这个形象把中国男人带坏了。另外一个原因是红楼梦的罪过。你看整天泡在女人堆里的贾宝玉，是个风华正茂应该体魄强健风骨铮铮的男子汉吗？男不男女不女的。这个贾宝玉的形象也把中国男人给带坏了。中国男人想要重整旗鼓活得真像个顶天立地的男人，应该批判京剧里的小生，不要读红楼梦。老师说红楼梦是中国学者异口同声推崇的名著，到了我这里成了毒草。这一观察红楼梦的角度太独特了，所以给了我高分。这可都是你的观点啊！我不过是照葫芦画瓢而已。”

“罪过，罪过。曹雪芹先生恕罪了。”亨利说。

“平时玩笑话进了她的论文竟还受到导师表彰，始料未及。”亨利有点儿自鸣得意了。

亨利离开学校前最后一晚，吴女士提了几个凉菜和一瓶白兰地来到亨利的住处。

“亨利，明天你要走了，给你饯个行。多谢你这些时日的帮助。”

“客气什么，什么时候学会客气了？”

亨利烧了个赛螃蟹和其他几样家常菜，两人就在厨房对酌起来。不一会儿，一瓶40度的白兰地下肚。吴女士满脸通红，眼神有些迷离。

“小吴，不喝了。多吃点菜吧。”

“没事儿。我酒量还行。明天与君一别，以后一个台湾，一个英国，就难得相见了。”吴女士说。

已经半夜十二点了，菜吃得差不多酒也喝光了。吴女士想站起来却晃悠两下又坐下了。亨利赶快走过去扶住她。

“到卧室歇会儿吧，你快醉了。”

亨利把她扶进卧室，让她在床上躺下。

“你先休息一下，我去收拾收拾。还需要什么吗？我给你倒杯牛奶好吗？听说牛奶可以解酒。”

“不要，谢谢。你先去吧。”

待亨利收拾完杯盘碗盏回到房间，吴女士已经睡着了，还有细细的鼾声。

亨利仔细观察这张精致的脸庞，依然红扑扑的，看上去简直还像个孩子。其实她也二十好几了，亨利知道，她没有结婚，也没有男友。

亨利刚一起身碰响了椅子把她惊醒了。她睁开惺忪的双眼望着亨利：“你怎么还不睡？”

“你还回学校宿舍吗？我送你回去？”亨利说。进修生一般都住在校外，亨利也住在学校安排的校外宿舍。

“现在几点了？你怎么送我回去？我来了就没想回去呀。来来来，和我一起睡一会儿。”

听了这句话亨利心动了，心想，这种机会可遇不可求啊。可想到台湾的妻子儿女，亨利心中又有些愧疚。也许是借着点酒劲儿困劲儿，亨利匆忙洗了个澡也钻进了被窝。吴女士马上凑过来：“快抱抱我，抱抱我！”

亨利把她紧紧地拥在怀里，浑身上下都在抖动。他实在有点控制不住了，试图扒掉她的裤子。奇怪的是找半天既找不到扣襻也找不到接头，裤腰是一块整料，无法解开。亨利无奈，只能放弃，仰面躺倒勉强入睡。

第二天等亨利醒来她已经起床。

“Good morning，Mr Henry！”

英文中“先生”这一称谓只能与姓连用，而不能单独与不带姓的名字连用。亨利知道她是出于幽默和讽刺，才这样称呼他。

“你害得我前功尽弃，还要落下个出轨不忠的把柄，还有兴致逗我？”亨利说道。

“谢谢你昨夜成全了我。向你道声对不起，让您白费精神了。是我不好，勾引了你，又不让你来事儿。”

“我就闹不明白，你穿的是啥裤子？怎么穿上的？怎么穿上就脱不掉了？”

她笑而不答。于是亨利的艳遇也半途而废。他也曾请教于我，问裤子上设置了什么机关才能如此难以攻克？我孤陋寡闻，哪里知道答案。没想到，在洁茜这里找到了答案。原来人家穿的是防狼裤！就是防亨利这种人的？不过亨利也还可以，适可而止，没有害人家，保全了姑娘的贞节。

“谢谢你，洁茜，让我知道了还有什么防狼裤。”

“不谢。以后阁下若碰到这种事，先问问是否穿了防狼裤，穿了就不要费精神了。”

“瞎说，那是防狼的，也不是防我的，同我没关系。”我说。

“不说他们的艳遇了，给你来杯咖啡？”

“好的，谢谢。”

趁她去厨房冲咖啡我起身走到挂在客厅一张黑白照片前，照片里是洁茜同一个十几岁男孩的合影。男孩长相很阳光，很帅气。突然间我感到一样软软的东西贴到了我的背上，同时闻到了耳边香水的味道和厚重的喘息声。我意识到洁茜不知不觉站到了我的身后，脑子里急速运转我应如何应对。

“这是我的儿子。已经去世很多年了。你看他长得像我吗？”

她在用力向我靠拢，挤得我几乎要站不稳了。我轻轻转过身，看到洁茜微闭双眼身体前倾好像很享受的样子。我扶了她一把，轻声说道：“我朋友的故事让你看了个够，洁茜，你的婚姻情史能否告知一二？”

洁茜睁开眼睛呆呆地望着我，像是半醒半睡似的说道：“以后再告诉你。”

我转回沙发，喝过咖啡又坐了一会儿就起身告辞了。

这把年纪的单身男女都是有故事的人。

洁茜的故事是什么？

第七章　见仁见智

“维克特，你好！你今天有事吗？”是洁茜打来的电话。

“没有什么特殊的事情。有何吩咐？”

“你的大作我根据你的修改从文字上又做了点加工。我有位朋友是杂志社编辑，我把你的自传给她看了。我想她是行内人士，听听她的意见我想无妨吧？”

“谢谢你了。我倒真想听听业内人士的意见。”

“她看过了，对我说了一些她的看法，我也不好评价。我想还是让她直接与你交流一下，你看如何？”

“可以呀！什么时间？”我满口答应。

“今天是周末，她在家里见我们。你如果没事就先到我这里，我开车载你一起过去。”

“可以。我马上过去。”

琼是位时尚杂志编辑，个子高挑，一头金发。我们刚一落座她就让先生送上一杯浓浓的咖啡，然后直奔主题。

“我看了你的作品。有些章节写得真好，生动感人，文字也流畅。但如果不是名人，自传作品很难有好的销路。名人大款或影视明星，写什么都有人看。对不起，如果我们普通人写本自传，写得再好，读者兴趣都可能不大。”

“可是英国出了一本华人写的《鸿》，却成了畅销书呀？她原本也不是什么名人。”洁茜插话问道。

“是的。作者最近来澳洲参加了一个活动，我见过她。是一位有思想有魅力的女士。她的书我也看了，她能把三代女人融入中国社会大背景下仔细描写，让读者对中国社会有了更多更感性的认识，这恐怕是它吸引人的地方。当然也有不同的声音，尤其是研究中国问题的学者，认为她啥也没写，看过她的书只记住了中国妇女如何缠脚。这种评论有点儿过了。见仁见智吧。”琼说道。

“不过出版的事很难说，究竟哪本书能畅销，没人知道。英国最畅销的小说《哈利·波特》作者最初投稿多次被拒，有人说她是‘痴人说梦’，不予理睬。那些大出版社的编辑们，没有一个看好她的书。这里就有偶然性，不可捉摸。”琼继续她的评论。

“琼，你讲讲维克特的书吧。他的书能不能出版，先不谈畅销。”琼的丈夫耐不住她东拉西扯，开口讲话了。

“恕我直言，维克特的书像现在这种写法畅销可能性不大。如果你把书中的爱情故事提炼出来，重新编排补充一下，倒有可能畅销。因为爱情是个放之四海而皆能吸引人的主题，不像政治经济社会等话题，各国之间差距太大，阅读起来会有很多障碍。”琼说道，仍围绕畅销发表高论。

“你的意见我也听其它朋友提起，但我写这本书的用意不单纯是为了写故事。我背井离乡多年，但始终关注中国的变化和改革。中国有句古话‘天下兴亡，匹夫有责’。中国的发展和进步，对中国老百姓有好处，对澳洲和世界也有好处。所以我要阐述一些观点，对中国国内和国际一些现象和事件发表意见。”我接过了话头。

“你说得对。你说的‘天下’不就是指整个世界吗？中国人口占世界的四分之一，中国进步了发展了，可以影响整个世界，这点没有人怀疑。这就引出了另一个话题。如果你能就整个中国的现状，比如政治体制，文化政策，民主自由思想的普及，结合自己的经历作出细致令人信服的分析和解读，并提出明确的意见和建议，也可能会吸引不少读者。”

“可是我对很多现象自己也弄不明白，道理怕说不清楚。”

“比如说？”琼好奇地发问。

“比如你们的选举制度，能照搬到中国吗？三年当中你们换掉了两个总理，一个陆克文，一个吉拉德，在中国是不可想象的。中国是个人口大国，中央政府必须稳定，一旦出现无政府状态，乱成什么样子难以想象。”

“澳洲总理虽然像走马灯一样换来换去，但并不影响政府运作和社会安定。贪腐现象也不多见，这是得益于反对党和舆论的监督。你们国家……”未待琼再说下去，我接过话茬。

“国情不同，还找不到包治百病的良药。美国在阿拉伯国家试图推行西方那一套，结果是什么？社会解体，经济崩溃，战乱不断，难民无数。中国皇帝被推翻后，没有了中央集权，也出现了一种混乱局面。党派林立，军阀混战，盗匪遍地。如果再把中国拉回到那种时代，将不仅是中国的灾难，恐怕也是世界的灾难了。”

“是吗？太可怕了。”琼皱起了眉头。

我对编辑提出的意见无法苟同，准备离开了。

“琼，谢谢你提出的宝贵意见。我需要消化消化，以后再找机会深谈可好？”

“我是个时尚杂志编辑，意见不一定正确，仅供参考了。”

离开琼的住处，洁茜边开车边说道：“维克特，琼的意见我认为不太可取。单纯爱情故事写的人太多了，还能写出什么新花样？人与人是不同的，无论名人还是俗人，都各有特色，各有不同的属于自己的经历。如果写好了都有人看。至于写那些大道理的自传，我是不爱看的。”

“维克特，该吃午饭了，我请你到海边吃个便饭顺便聊聊家庭琐事，好吗？”洁茜又紧接着说。

“我来请你，你帮了我这么多忙。”我说。

“不要，我来请你。你推荐的墨尔本想在黄金海岸买房的朋友已经同我联系上了，很有希望卖个百万以上的豪宅。先请你吃个便饭，等办成了，再请你吃大餐！”洁茜对我介绍的买家看来很有信心，已经开心得合不拢嘴了。

“冲浪者天堂”海边餐馆林立，走进“老猪呼吸”牛排店坐了下来。“老猪呼吸”这个怪名店首先在美国诞生，此后走向世界。一九八九年第一家老猪店在澳洲开业，因鲜嫩烤牛排走红。

我们各自点了牛排，要了两瓶维多利亚苦啤酒，打开了话匣子。

“洁茜，如果你不在意，请问你现在是一个人生活吗？”

“是的。你看到了。我已经单身十几年了。”

“丈夫孩子在哪里？”

“往事不堪回首啊！”洁茜感叹一声。

“对不起，如果我的问题让你不开心，咱们就不谈了。”

“我答应告诉你了。没关系，时间久了，也就习惯了，麻木了。”洁茜说。

“丈夫是我中学时的同学，很文静的一个人。可婚后慢慢发现满不是那么回事儿。”

我有些疑惑：“为什么？你们婚前没有相处，互相深入了解？我知道你们这里早就有同居试婚阶段，不像我们那一代中国人，结婚的时候基本都是处男处女。现在不同了，现在的中国与西方没啥区别了。”

“我算保守的，他是我的初恋，与他结婚前我没有失过身。你要知道澳洲中学很多女生毕业前就有性体验了，可我没有。一直守身如玉，有家庭影响，也是本人非常自重。”洁茜说道。

洁茜喝了一大口啤酒，继续道：“我们也未婚先在一起生活了两个多月，感觉挺好。可能是情窦初开，对他的坏脾气没有在意。他的文静实际上是内向，不善表达。结婚后才发现脾气好的人发起脾气来吓死人。等生下儿子以后，他只要稍不如意就开始摔锅砸碗，完全不可理喻。于是我们开始天天吵，孩子在我们无休止的吵闹声中长大，上了中学。”

牛排此时也上来了，我吃了一口，感觉不对头，又老又硬。在墨尔本我也多次吃过老猪牛排，都是很鲜嫩的呀？怎么到了这里变成这个味道了。既然是朋友请客，凑合吃算了，免得让人尴尬。

“后来他参加了一个摩托车飙车党俱乐部，每到周末从不着家，在外胡混。整天开着车疯跑，或吃喝玩乐，或酗酒吸毒、打架斗殴。我实在看不下去了，就同他大吵一通。我说孩子马上要上十年级了，你什么都不管。你看人家的爸爸，怎么关心教育孩子，你再看看你自己，像个爸爸吗？听到这句话他一个耳光打了过来，我也同他厮打起来。孩子已经习惯了我们的吵闹，但动手还是头次见到。”

“孩子看我们打了起来，好不容易把我们拉开，哭着说了一句‘你们这样吵当初就不该生我！’”

“我听了伤透了心。家暴我是绝对不能忍受的，于是提出了离婚。孩子跟着我过，中学最后三年学习成绩明显下降，情绪总是很低落，整日里郁郁寡欢。本来是个很开朗的孩子，变得十分沉闷。回到家里话也很少，但零花钱却显著增多了。我也可怜他，没有多问，钱都干嘛了。直到毕业前有一天学校老师通知我去学校一趟，才知道孩子在学校购买毒品被发现了。这个消息对我来讲有如五雷轰顶，我也知道澳洲很多中学生在校都尝过毒品，但没有想到自己的孩子会染上这个毛病。我把孩子言轻语重批评了一通，也把这件事对他爸爸讲了。他爸爸听了没有好言好语相劝，只是把孩子劈头盖脸臭骂了一顿。”

洁茜的牛排还没有吃一口，泪水开始在眼眶里打转了。

“洁茜，先不说了。先吃饭吧，牛排都要凉了。”

“没关系，这就该结束了。你知道每年11月、12月黄金海岸这里有个中学毕业生狂欢节吧？上一届有3万多人参加，来自澳大利亚各地。因为来的人太多，现在来自不同省州的学生分散安排在不同时间，一般是一周左右。当然主要是青年学生参加，但也有社会上的混混和不良青年，鱼龙混杂。中学毕业生都年过十八岁了，这是澳洲可以饮酒的年龄。他们在狂欢节上就是海吃海喝，疯玩疯闹，很多都是通宵达旦。每年都有因醉酒打架或吸毒贩毒被拘被抓的。就在毕业后的这次活动中，我的孩子，我付出十几年心血的孩子，因为吸毒过量抢救无效去世了。每年到了这个狂欢节，我都心里难受。你看到过他的照片，他曾是个多么阳光帅气的孩子啊！就这样转眼没了。我恨自己没有给他一个温馨和睦的家庭，我总有一种负罪感。我也恨那个男人，没有尽到一个父亲应尽的责任。那个飙车党最近被法院宣布为非法组织，已经被解散了。如果早解散十年，也许结果不至于这样吧！”

洁茜埋头吃那盘已经凉透了的牛排，我把服务生喊来，请她再给热一下。洁茜说：“不必了。”

洁茜似乎是囫囵吞枣吃下去的，我真怀疑她知道不知道吃的是什么。

“洁茜，感觉牛排如何？”

洁茜看了一下空碟子，说道：“吃的是牛排？忘了吃的啥，只是感觉有些生硬。你说我是怎么了。有点失态，请原谅。”

洁茜把服务生又叫了过来，要了两杯热咖啡。

“洁茜，十年了，应该走出过去的阴影了。”

“很难。一生的遗憾。”洁茜说。

“你没有想到再找个伴儿，有个伴儿你会开心些吧？”

“你能保证我开心吗？我真怕了。中学同学我都无法看透他，找什么人我能放心呀？不过我也试过，接触过几个人，都不是我的菜。”

“你的标准是什么？”

“首先一条是脾气必须好，关心人体贴人，没有不良嗜好。像你这样的人。”

我受宠若惊。

“你不要开这种玩笑。你们澳洲女人对中国男人感兴趣的不多。你们的男人对中国女人感兴趣的可真不少。”

“中国女人身条好，面相年轻，往往性格温柔，会照顾人体贴人。不像澳洲女人，膀大腰圆，生性威猛，缺乏女人味儿，是吧？”洁茜有些自嘲了。

“不能一概而论。不过中国女人也可怜，容易被你们澳洲男人欺负耍弄，真正倾情相爱的有几个？”

“谢谢你知道这里的名堂。有机会告诉你们的姑娘媳妇们，瞪大眼睛，不要为了个身份，或为了栋房子几张票子，把尊严丢了，变成人家的性奴或保姆佣人。我接触过一些澳洲杂种，你不知道他们背后怎么议论他们的亚洲太太。”

洁茜说得没错，与澳洲男人结婚的女士同胞，除非是两小无猜，或同窗好友，其他基本脱不了扮演性奴、保姆、佣人这几个角色。

“我妈妈同你交流比较多，她对你的印象很好。说你是个脾气性格都很好的绅士，很细心。她也看了你的自传，对你的一生都有了了解，认为你很有思想，很有学识。她开玩笑说，如果退回二十年，她说不定会同你谈场恋爱呢！”

“本人有自知之明，不敢高攀。”我答道。

“我同你接触不是太多，但我知道你是个正派人，好脾气。我接触中国来的学生也很多，无论男生女生，性格脾气的确比澳洲人要好多了。尤其是男生，很多就像小绵羊，特乖。长大了是不是也这样？”

“不一定。小时候乖，长大不一定乖。不过中国男人一般都比较温和体贴。妻管炎还不少。”

“气管炎？是抽烟引起的吗？”

显然洁茜听不懂妻管炎是啥意思，我给他解释了一下，她旁若无人地哈哈大笑起来。

“你是妻管炎吗？”

“也是吧。男的不得妻管炎，婚姻容易出现危机呀。”

“太好了。我能找个妻管炎多好！维克特，我们能做朋友吗？”

我知道她迟早要提出这个问题，但我仍然装了装糊涂。

“我们已经是朋友了呀？”

“不是，我是说再进一步。”

“洁茜，我非常谢谢你欣赏我，高看我。但遗憾得很，我现在有女朋友了。”

“噢，对不起。我不知道。祝你们幸福了。”

澳洲人有个特点，一旦知道你结婚了，或有朋友了，一般都会退避三舍，不再纠缠。

“服务生，结账！”洁茜招呼道。

服务生走了过来，顺便问了一句：“两位吃得还满意吗？”

我听了没有好气：“你们的牛排硬得难以下咽！”

服务生阴沉着脸快步离开了。

“维克特，旅游景点不重视回头客，这点你要明白。”洁茜开导我说。

是的。我明白。

但我不明白，我撒了谎，说有女朋友了，如何自圆其说？

第八章 克夫女友

墨尔本那位想在黄金海岸购房的朋友葛太来到黄金海岸，我从机场把她接到了预定的五星级饭店，想马上离开，让她休息一下。

“先不要走。我们到楼下咖啡厅聊会儿。”葛太说道。

“你累了吧，刚下飞机。”

“几个小时的飞行，累什么？”

她把行李放好，洗浴间简单整理了一下，同我一起来到大堂咖啡厅。因为是久别重逢，谈话涉及很多话题，不过主要是谈别后各路新闻。

葛太没有嫁过姓葛的先生，为什么称她葛太，先在这里卖个关子。

葛太经历很丰富，也很悲惨。她来自湖南，出身于一个知识分子家庭。一九五七年反右时她刚上初一，本来是一个幸福的家庭，爸爸因为被送到劳改农场，困难时期饿死他乡。妈妈改嫁，她由爷爷奶奶抚养成人。中学六年她是在被人歧视羞辱中熬过来的。虽然学习成绩很好，因为出身问题却无缘进入高校学习。为了生存她开始在街上卖冰棒，天凉了则卖烤白薯，勉强度日。幸运的是，她认识了一个给人擦皮鞋的小伙伴，与她年龄相仿，长得清秀白净。因为他爸爸解放前在乡里有二十几亩地，在城里还开了个粮店，成分属地主资本家一类，他高考虽然参加了，但未被录取。小伙子待人很热情，特勤快。他擦皮鞋认真细致，很有一些回头客。平时两人在街上相遇总要打个招呼，互相问候一声。慢慢地熟了就聊起了各自的家庭。同病相连嘛，感情不断升级，最后领了结婚证，走到了一起。

出身不好的青年人，当时找对象实在不易，男的尤其困难，女的还好些。但申请入党入团的，政治上有抱负有理想的，都不愿找出身不好的，怕影响前程。即使普通工人职员，如果与出身不好的谈恋爱，也可能受到父母亲友的阻挠，担心政治运动一来受牵连。

葛太同小伙知道自己在社会上的地位，能走到一起都很珍惜。他们互敬互爱过了三年虽艰难却非常温馨的小日子。未料想小伙子有一天感到很不舒服，伴有低烧。原以为是普通感冒，没当回事儿，心想拖个三五天就好了。因为收入微薄，他们生病从不找大夫。自己煮点姜糖水，或吃几粒大蒜，或买点成药，对付一下也就过去了。但此次有点儿特殊，过了一个多月仍不见好转，本来一个快乐活泼的青年人，被折磨得骨瘦如柴，整天无精打采。葛太有些着急了，拖着小伙子进了医院。检查结果出来了，可能是白血病！大夫说必须住院再观察，如果确诊是白血病，可以做骨髓移植，费用非常高。葛太东凑西借筹齐了两个星期的住院费，最终确诊为白血病。两周眼看就要过去了，小伙子知道了自己的病情，也知道根本无法筹集进一步住院和治疗费用，坚决要求出院。

“你不能离开医院。离开你就没有活路了。没钱没关系，我去卖血。我已经告诉大夫，抽我的骨髓给你治病。天无绝人之路，你一定要振作。”葛太苦口婆心劝导自己的丈夫。

小伙子耐心地听着，眼睛盯着天花板，一言未发。突然号啕大哭起来，哽哽咽咽地说：“谢谢……你……了。谢谢你……陪伴了我……整整三年。这三年……是我……一生中……最快乐的……三年。这辈子……能遇到你……我……知足了。你……今天晚上……不要……在这里……陪床了。回去……好好休息。明天过来……配型。如果……合适，那该……多好。你……又可以……陪我……过日子了！”

小伙子脸色铁灰，讲话已经有气无力。

“那好，我回去歇一晚，明天再过来陪你。”

葛太俯下身在小伙子脸上亲了一下：“好好睡一觉，什么都别想。明天见！”

小伙子艰难地点了点头，勉强挤出了一丝无奈的笑容。

“再……见，再……见……”

第二天一早葛太来到医院，发现医院住院大楼里的护士大夫忙作一团。她询问一位护士，出什么事了？护士看了她一眼，摇了摇头，什么话也没说。她又打听站在病房门口的一位病人，这位病友悄悄对她说：“有个病人跳楼自杀了。听说是个得不治之症的年轻人。他对同室病友说，这个病没法治，要治也没钱治。他特别觉得对不起他的媳妇，不想再给媳妇添麻烦了。他说他媳妇是个特别好的人，拜托病友等他走了之后帮她物色个好人让她再嫁。他说谁娶了她都是福气。没想到他就这么走了。”

葛太边听边脊背发凉，一丝不祥的预感涌上心头。

“大姐，快告诉我，是几楼的？什么病？”

“好像是四楼的，可能是白血病。”

葛太脑子里嗡的一声，手里提的饭盒咣的一声掉在了地上，她也不由自主瘫坐在地，眼泪夺眶而出。

病友大姐吓了一跳，赶紧蹲下身去扶住了葛太的肩膀。

“你这是怎么了？家里有病人住在这里？”

葛太扬起头，泪眼婆娑乞求道：“大姐，麻烦你，陪我到楼上看看好吗？我丈夫就在四楼，得的是白血病。”

葛太整整用了四年才从第一段婚姻里走出来。早年困顿的生活给她留下了太深的印象，所以后来变得特别节省。在墨尔本与她认识之后，她第一次邀请我们去她家吃饭，你猜她拿什么招待我们？一盘自制腐乳，一盘自制萝卜丝，还有一碗猪肉炖海带，海带是家人从海边捞起来的。而当时她已经在墨尔本买了三栋房开了两家连锁中式快餐店。此后我们赏给了她“葛太”这个外号。她最初不明白干嘛叫她“葛太”，我说：“你知道有个吝啬鬼叫葛朗台吧？葛朗台的老婆不就是葛太吗？”

她哈哈大笑，狠狠地给了我一拳，骂道：“该死的，谁是吝啬鬼？我这是节俭，会过日子。你们吃饱了没有？吃饱了就得了。不想吃以后我还不请了！”

此后我们还真没有再到她那里吃过饭，但葛太的头衔给她戴上了，她也默然接受了。听到我们喊她“葛太”，还笑嘻嘻地马上回应，没有半点儿不开心。

第一段婚姻结束后，葛太为了生存拼命打拼，最后在市中心盘下一个门面开起了小面馆，生意慢慢走上了正轨。一个人辛苦多年后她觉得应该喘口气歇一歇了，于是想到再找个伴儿享受生活了。一位朋友给她介绍了个政府里的公务员，她说我这种出身找公务员？瞎掰。算了吧。其实当时履历表中已经不再要求填出身了，公务员听了介绍看了照片对她很满意，相处一段时间两人走入了婚姻殿堂。

改革开放以后，不少公务员辞职下海，葛太的这位公务员丈夫也赶上了潮流。此人脑子很灵，主意特多。很快就拉起了一个装修队，拿下了几家商店门脸装修工程。一家民办银行刚一启动，他瞧准时机，邀请银行一位负责扩展业务的经理吃饭，饭后摆开麻将桌与其他几个朋友陪这位经理玩了一个通宵。你知道这里边有什么猫腻？他事先吩咐另外两个朋友，晚上玩麻将不许赢，只能输，输给银行经理，输给他十万元。这一宿经理是一赢再赢，最初以为自己运气好，后来发觉不对头，知道了主人的用意。心想我也没有伸手要什么，打麻将赢的，谁会说什么？于是十几万元进了口袋，但心想平白无故赢了人家十几万元，又有点儿于心不忍。

“今天吃得痛快，玩得开心。兄弟我什么地方能帮上忙，尽管开口。”经理显然知道礼尚往来。

“没有，没有什么事要麻烦经理，只是想交个朋友。在家靠父母，出外靠朋友嘛。今后经理有什么事需要小弟效劳，随时吩咐。”

天已放晴，牌局结束，吃过葛太送上的牛肉热汤面，大家各奔前程。

没过多久，葛太两口子拿下了本省该银行全部新建、改建和修缮的合同，不到四年工夫，赚了五千多万元，捞到了第一桶金。

葛太丈夫又开始谋划新的计划。他得知一家水泥大厂因为产品过剩准备出售，要价只要3000万元，实际价值4000万元都不止。他仔细研究了水泥厂经营状况，感觉该厂企图起死回生根本不可能。设备陈旧，地点靠近市区属污染大户，早晚要被迫关停并转。

做过一番考察之后，葛太丈夫出面与水泥厂经理谈收购价格。他列出种种理由压低要价，始终没有得逞。最后悄悄给了水泥厂经理和书记一人100万元人民币，价格才从3000万降到了2500万。其实水泥厂仅地皮的价格也不只这个数字。

水泥厂到手后，葛太丈夫找了一个评估机构，又使用手段收买了评估师，把水泥厂价值高估成了近亿元，并开出评估证明。葛太丈夫马上到银行申请贷款，以水泥厂作抵押，成功贷出一亿元人民币，并用这笔贷款开了三家建材城。银行贷款迟迟不还，拖拉了很长时间，最终银行把水泥厂没收。于是价值不到5000万元的水泥厂，抵销了一亿元的债务。

不久传出打击金融犯罪的风声，葛太心里有些忐忑不安，与丈夫商量，得想点办法，免得出事。他却胸有成竹，安慰她道："没事。甭担心。我做得天衣无缝。查也就是一阵风，过去查过多少次了。"

葛太还是不放心。当时有不少"先富起来的"已经把脚伸到国外了。

"咱们也转出点钱到国外去吧，以防万一。"葛太说。

"甭多转。国外赚钱难得很。转500万元够了，通过香港朋友账户转。"

"转香港干什么？我对香港没兴趣。"

"你想往哪儿转？不管往哪里转我们只有通过香港，香港我有路子。"

"最终转到澳洲吧。我那边还有个发小。"葛太说。

于是葛太通过投资移民办理了澳洲签证，用香港转过来的500万元人民币兑换成澳币在澳洲买了房，并与当地一家公司合伙做起了生意。根据澳洲法律葛太必须参与澳洲生意的管理，并需要住够两年，生意还要盈利，方可转换成永居签证。

两年中葛太顺水顺风，丈夫那边却出了大问题。金融犯罪扯到了他的头上。检察机关已经找他约谈，言语中他似乎感觉到自己难逃法网了。回到家里情绪十分低落，感到前景不妙。给葛太打了一通电话，提到自己可能要出事，让她千万不要回国。葛太好言相劝，让他找好友聊聊，疏解一下情绪。

他的确找了一位好友，餐桌上以酒浇愁，茅台就他一个人整整喝了一瓶。吃过饭要开车回家，朋友要送他，他不让。

“没事。我酒量你还不知道。一瓶？小菜一碟。”

没想到开车上路不久，他的酒劲发作，晕晕乎乎在50公里限速街道上竟开出了120公里的时速，连续剐蹭了三辆车又冲上便道撞上了水泥电线杆。他连安全带都没系，直接被弹出车外。拉到医院浑身上下没有一处完整，停尸几天等待葛太回去处理后事。葛太听到消息吓坏了，哪敢回去，委托家人全权处理了。

人虽然死了，但案子并没有结。又过了大半年，因为他犯了诈骗罪行贿罪，他在国内的资产全部被收归国有。还好，转到澳洲的500万元，保住了。

“你现在还一个人过吗？听说有个小白脸，小老外，真的假的？”喝着咖啡聊了些道听途说的新闻，我转换话题问起她的近况。

“听谁说的？嘴这么长。”

“华人圈子你还不知道？尽是嚼舌根的。”我说。

“所以我从来不参加华人组织的活动，是非太多。”

“人家也没有说你什么呀？”我说。

“爱说什么说什么，我行我素。”葛太说道。

“那就是了。什么时候梅开三度？”

“早就谢了，还什么三度四度。”葛太说。

“怎么？要进尼姑庵了？”

“连续两段婚姻都是死丈夫，我有点儿迷信了。找了个命理大师，也就是算命的，说我命里克夫。你说我还敢结婚吗？其实也就是第一场婚恋，是真的，真情实意，两小无猜。第二场就差远了。现在没有爱不爱的概念了，无非就是个伴儿，生活的伴儿，床上的伴儿。恕我讲得粗俗。”葛太说道。

“同居男友，也行。这里司空见惯，没有必要非要领那张纸。”我附议道。

“同居都谈不上。只是同睡。我们每周只见两次面。他想住进来，我不让。住进来两年就成了事实婚姻，想分手还要财产分割，我干嘛那么傻？”葛太说道。

葛太确是个生意人，赔本生意不干。

“这个人非常沉闷、木讷、无趣。他在白人堆里很难找到对象。曾经同一个越南华人结婚，学了几句中文，人家拿到身份就不要他了。他在图书馆工作，离我家很近，只要我去图书馆，他见到我总要显摆那几句中文，就这么认识了。”

“不想结婚就这么抻着，时间长了也不是回事儿吧？那不两耽误？”我说。

“谁耽误谁啊？他愿意离开随时可以走。找个伴儿还不容易。”

“不容易吧？这里华人圈子太小了。在白人堆里更难找到合适的。”我说。

“我也快六十了，这段不浪漫史结束后我可能就一个人过了。以后我也准备搬到黄金海岸居住，房子已经谈得差不多了。明天你陪我一起去看看，没什么问题我就交定金。昆州第一高楼，不会错的，是吧？哎，你尽听我掰扯，快说说你的事。过得咋样在这儿？”

“不在这儿聊了，晚上到我那里吃个便饭，咱们接着聊。”我发出邀请。

“好好好！本来想请你吃个大餐，让你费心来机场接我。”葛太说道。

“您得了吧。腐乳萝卜丝。够了。”我不忘揭她的老底儿。

“还记得呀！多好的记性，小心眼儿！”

“时间还早，你先休息会儿，下午六点我来接你。”我说。

“谢谢了。都说维克特特别细心，此话不假。拜拜！”

晚上接葛太来到我的住处，看到餐桌上摆了一盘腐乳，一盘萝卜丝，葛太马上诘问：“就这两个菜？”

“是啊。够了。两个人能吃多少！”

葛太一听，鼻子都气歪了。

“人家一天没好好吃饭，你真够意思，就请远方来客吃这点儿破东西！？”

“多吃饭，少吃菜。能吃饱就行了，要节俭嘛。民族好传统，不能丢，是吧？”

突然楼内电话响了，我知道楼下有人找我。打开可视对讲，从可视屏幕上看到一个人提着保温袋站在楼下大门外。我按了一个电钮，大门自动打开，来人进来了。不一会儿电梯响，停在了我的楼层。听到敲门声，我开门迎客。来人把保温袋打开，拿出五个饭盒，量很大，把餐桌几乎占满了。葛太打开一看，马上乐开了花。

“哎，海鲜外卖！太好了。我说老朋友你不能亏待我！”

“你不想想，我什么时候亏待过你？腐乳萝卜丝你看着不顺眼我就拿开了？”

“别别别，说不定最后还是这两道菜最讨人喜欢。”

“你说得对。这两样已经是我的家常菜了，几天不吃还馋得慌。”我说。

“我看你一个人过得也挺滋润嘛。想不想找个伴儿？”

“葛太，一个人过实在没意思，过去没有体会。又不像你，每周还有人陪个一两天。我是一天到晚从周一到周末，连个说话的人都没有。”我说。

“我刚好有个闺密就住在布里斯本，离这也不远。明天我把她也约出来看房，然后咱们一起吃个便饭，我把她介绍给你，你看好不好？”

“您别提吃便饭，听了闹心。相亲倒可以。长得咋样？”

“比我漂亮。”葛太说道。

“那还算凑合吧，好不到哪儿去。”我调侃道。

“讨厌，脸皮真厚，不知道自己几斤几两多少年轮了，还挑长相！”葛太反唇相讥。

我俩边吃边喝了点儿红酒，吃到九点多钟才放下碗筷。

“哎，小姐，十点多了，您该回旅馆休息了。”我说。

“干嘛？赶我走啊？你这里风景不错，今天晚上我就在这过夜了。行吧？”

“姑奶奶，您快点儿走吧。不要把我一世英名给毁了。”

“说得邪乎。怎么能毁了你的一世英名？”

“你没听说过，英国佬有个调查数据，孤男寡女在一起单独相处二十分钟就要出状况。”

“我同你孤男寡女几个小时了也没出状况。放屁，那是英国佬的道德水准。”葛太骂道。

“你别担心，就是你留我，我都不干。多日不见谁知道你得了什么毛病。”

“你还真别说，这些天还真出了些疹子。”我说道。

葛太抬起屁股就走，临走还找补一句，太不够意思：“记住明天见面时间地点。别忘了把鼻毛剪干净，恶心人！”

我大声回了一句：“就不剪，咋样！？”

明天那个她，又会是啥样？

第九章　不肖子女

第二天上午我准时来到看房地点，葛太也带着朋友来了，洁茜先到了。

“珍妮，这就是维克特，我简单给你介绍过的在墨尔本认识的朋友。维克特，这是我的闺密珍妮。” 葛太说。

珍妮看上去六十上下，五官端正，稍显清瘦。我们寒暄了几句就随同洁茜来到昆州第一高楼Q1。快速电梯启动时有些晃动，启动后似乎数秒钟就抵达十八层。进入房间突然感到眼前一亮，满屋都是阳光，窗明几净。这是一套两卧两卫单元房，房屋隔断，满房家具，简直都像玻璃制成。房顶亮着的大型吊灯，墙上悬挂着现代绘画，楼外是涛声不断的蓝色大海，高低错落的建筑，这一切令人印象非常深刻。

“这是一套百万风景的住宅。至于室内装修，也无懈可击。虽然是二手房，但业主只在圣诞期间从悉尼过来住些日子，其他时间无人居住，所以与新房没什么区别。”洁茜说道。

洁茜没有夸大其词，这套房子的确不错。“百万风景”也并非过誉。

洁茜把我们引到阳台处，阳台是封闭的，也是一水的落地玻璃窗。看窗外风景，天高云淡。马路上滚滚车流，海面上点点白帆。直升飞机不时从头上飞过，正在巡视海面看有无落水者。180度宽阔视野，可以将黄金海岸最精华部分几乎全部尽收眼底。那错落有致的房屋建筑，被草坪花卉树木或遮掩或分割，简直像一幅幅色彩斑斓的图画，或一幅附彩水墨长卷，在眼前展现铺开。远处是弯弯曲曲的纳兰河，驮着游艇，穿过桥梁，在市区闲逛。优哉游哉，不慌不忙，好似一位远方来客，被此地风景吸引，迟迟不舍得离去。

“维克特，这套房子我买了！你说呢？”葛太问道。

“此时不买更待何时。2018年这里要举办英联邦运动会，房价还会涨，可能涨幅还挺大吧。”我鼓励她买下来。

“你跟洁茜砍价了吗？”我用中文悄悄问葛太。

“120万澳币，砍不下来。她说房主不接受。”

“你准备砍多少？”我问道。

“想砍10万。”

“你砍5万试试。”我给她出主意。

葛太走到洁茜身边，悄悄嘀咕了几句，洁茜离开我们走进卧室。不一会儿出来了，满脸堆笑。

“祝贺你，葛太！我同房东联系了。这套房子归你了！”

“洁茜，你咋称她葛太？”我好奇地问道。

“她让我这样称呼她，说听惯了。”洁茜答曰。

我哈哈大笑，弄得洁茜莫名其妙。

离开Q1，葛太拉珍妮同我一起到了一座海滨饭店。

“今天请你们吃个便饭。黄金海岸最高级的旋转自助餐厅。”

“哇，便饭，最高级。最高级饭店里也有腐乳萝卜丝？”我调侃道。

“瞎说！我问过洁茜，黄金海岸哪个饭店最好，是她推荐的。想不想吃，不想吃咱们走人？”

“干嘛不吃？我给你省了5万澳币，你请一次就完事了？没门儿！连请我三天，否则我让洁茜再把价码提上去，你信不信？”我说。

“你敢！”

葛太把拳头举起来了，我赶快作揖道歉。

三人落座后，各自取了碗碟开始自助。菜点很丰盛，也很新鲜。我喜欢吃螃蟹和生蚝，于是喝了一小碗鸡肉玉米羹，拣了四份螃蟹八个生蚝吃将起来。

“维克特，男士应该经常吃点生蚝，保持青春不老。可螃蟹少吃啊。胆固醇太多，尤其痛风的更不能吃。”葛太提醒道。

“谢谢提醒。到我这把年纪，什么都不在乎了。我的原则是什么都可以吃，要杂食，但不要天天吃，更不能过量。”

“哎，珍妮，怎么你好像苗条了？原来挺富态的呀？”葛太问道。

“什么苗条了。是被生活折磨得消瘦了。”

珍妮接着说道：“最近感觉很不好，浑身无力，总打不起精神。”

“看大夫了吗？”葛太关心地问道。

“看了。什么毛病也没查出来。我想肯定是心情不好引起的不适。”珍妮说道。

“怎么了？那么乐观的一位女士，也有心情不好的时候？”

“都说家丑不可外扬，今天我当着你们两位的面说说心里话。”珍妮准备谈点儿隐私了。

“说吧，都不是外人。我也同你讲了，想把你们两个撮合在一起，彼此做个伴，让维克特听听也好。”

“谢谢你的好意。不可能的事了。我准备回国养老了。机票都订了，下个月就走。”珍妮说。

“这是为什么呀？好不容易身份都有了？”

葛太有些吃惊，不解。

“待不下去了。寄人篱下的日子不好过呀。你无儿无女，没有体会。”

随后珍妮讲了她的故事。

“我原来在国内是个中学教员，丈夫在银行工作。独生女本来在国内上学成绩很好，中学毕业前看到别人出国也非要出国。好说歹说让她拿到中学毕业证再出去，人家就是不听。我们就这么一个孩子，从小娇生惯养，所以迁就了她。留学需要经济担保，要几十万呐。他爸把爷爷奶奶留下的一套房子卖了才凑齐了钱，办下了签证。我们把她先送到澳洲中学读了两年，然后在悉尼又上了大学，学的是精算，很好的专业，需要读三年。大学三年，中学差不多两年，五年花了近百万元人民币，卖房钱和我们一辈子的存款基本都花光了。中国人的传统，在子女身上花钱，无怨无悔。毕业后还不错，很快找到了工作，在教堂里认识了一个澳洲小伙子，谈了两年恋爱后结婚了，不久又生了孩子。十几年前有一天，突然接到女儿的电话。

‘妈，你们办退休吧。孩子我实在带不了了。你们过来帮帮忙，现在有交钱办理父母移民的政策，据说办起来很快。你们办移民算了，反正早晚也得办。’

我同她爸都还不到退休年龄，我还差三年，她爸差一年。为了来澳洲给女儿帮忙，我们提前办了退休手续。当时夫妇两人同时办理快车道移民需要六万多澳币，相当于人民币四五十万元。我们的积蓄基本花光了，只有把住房卖掉才行。考虑再三，心想今后老了靠谁？也只能靠这个独生女。真的移民了国内房子也没用了，卖掉吧！

就这样把老窝一下就端了，可以说义无反顾，根本没想到给自己留条后路。亲属朋友也有过提醒，说现在孝顺孩子不多了，如果去澳洲与孩子住不到一起，应该把自己的房子保住，免得回来连个落脚的地方都没有。他们也说，不是说年轻一代都不是好东西，主要是现代社会竞争太厉害，房子也贵，生活费高涨，他们为自己的事操心都操不过来，哪有时间、精力和能力照顾、孝顺老人？往往还不是一个两个老人，如果两个人都是独生子女，双方父母都在，那就要孝顺四个老人，让他们怎么办？

我想，我和老伴儿的父母都不在了，闺女收入也不低，我们自己还有点儿退休金，经济上不会给她造成什么负担，我们还可以帮忙看看家带带孩子，不至于闹得过不下去吧？

没想到刚到布里斯本一落脚，闺女就给了我们一个下马威。

‘爸，妈，你看我这栋房子只有两间卧室，我们一间，孩子虽小，按澳洲风俗，也必须有一间房。你们看怎么办？’

怎么办？我们事先真没想过，一时语塞。

‘你说怎么办呀？我们真没主意了。要不我们睡客厅，弄两个折叠床，晚上支起来，白天收起来？’

‘那像什么。你们看这样好不好。你们不是把房子卖了交完移民费还有些结余吗？你们索性在附近租间房子自己住，白天我把孩子送过去，晚上接回来，周末就不用你们带了，你们也好休息休息。’

我同老伴合计了半天，拿不定主意。这可咋办？让我们住外边？这辈子还没有租房过过日子，而且是租一间房。可租一套房也租不起啊？老伴儿突然蹦出个主意。

‘你看这样好不好。鼓动她买个大点儿的房子，比如说三个卧室，问题不就解决了？我们把剩的那点儿钱也不要交房租了，给她付个首付，她也应该开心吧？这不一家子都住在一起了？’

我想这倒是个好主意，马上同闺女商量。闺女听了很感兴趣，再同女婿一合计，主意定下来了。周末就开始看房，看了两个多月，终于等到三房两卫而且离购物中心不远的一处房产，大家看了都很满意。要价三十五万，我给闺女六万，由她去安排首付和银行贷款了。

搬进新房大家都很开心，楼上三间卧室，楼下客厅厨房洗衣房。客厅挺大，闺女女婿下班回来，外孙放学回来，我们就坐在客厅聊天看电视。我同老伴儿感到一家人和和睦睦其乐融融很知足了。然而没高兴几天，事儿又来了。闺女说，澳洲人上完学找到工作以后还同父母住在一起的很少见，结婚以后还住在一起的几乎没有。她说女婿的意见最大，上班回来感到家里闹烘烘很不舒服。想看的电视没法看，想同孩子交流交流也找不到机会。回到房间也耳根不得清静，说我们嗓门太大，隔着十万八千里也能听到。他简直有点儿受不了了，再这样下去他要发疯了。实在不行他要搬走另找地方住了。

听闺女这么一说我们都紧张起来了，觉得再这样下去他们的婚姻都要出现危机。那可怎么办呢？老伴儿说，以后他们下班我们就待在自己房间不出去行了吧？

从此以后每逢他们下班回来，或者周末休息，反正只要他们在家，我们就像做贼一样躲在自己房间，大气儿都不敢出。这样委曲求全过了几天平静日子，却又出现问题了。

‘妈！’

我当时已经变得有点害怕闺女叫我妈了，她平时进家出门难得同我打个招呼，往往都是喊他的老公或儿子。一旦叫妈了，可能就有什么事需要同我交涉了。

‘您每天做的都是中国菜，我们都吃腻了。能不能换个口味？’

果不其然，事儿又来了。

‘换什么口味呀？’

‘什么羊排牛排呀，咖喱鸡肉啊。咱们去饭店吃的那些，有些也可以自己做嘛。’

‘妈不会呀。要不，你们先教教我？’

‘我哪有时间呀？你没看见我们整天忙，哪像您和爸，整天没事。退休真好，我什么时候才退休啊。’

这话够刺激吧？我们‘整天没事’。一天最起码要给他们夫妻做两餐，早饭晚饭。偶尔还要带个中午饭。两个人起床被子从来不叠，换下来的衣服从来不洗，都要等我们干。外孙上小学每天接送，都是我同老伴儿的活儿。孩子回来辅导功课也都是我们的事，他们两口子是大撒把。院子里草要剪了，花要浇水了，都是我们老两口在忙活。他们开的车要洗了，只要闺女喊一声：‘爸，您抽空给我们洗洗车行吗？’就这一句话，那个老贱骨头就得屁颠屁颠地跑过去给她洗车。都说老外喜欢干洗车修车整理院子的活儿，怎么没让我们碰上？

外孙同老爷子的感情最深，都说隔代亲嘛。时间长了外孙见我们里里外外干活儿怕我们累着，在他爸妈跟前说了一句：‘爸，妈，你们看着姥姥姥爷干活儿也不帮一把。’

这一下捅了马蜂窝。

‘怎么说话呢？怎么一点儿教育都没有？爸，妈，你们平时都怎么教育孩子的？这样下去还得了？再这么惯以后我们还怎么管？’

这可好，尽心尽力照顾这个外孙好几年，到头来没落好。不仅没受到夸奖还落下了不是。这可咋办？

‘没办法，忍着吧。’老伴无奈地说。

一辈子没活得这么憋屈。

可忍也不是办法，忍了四五年，老伴儿终于忍不住了。那天闺女回来脸不是脸，鼻子不是鼻子，一脸的万恶旧社会。

‘爸，妈，我看你们在这住得挺不开心，总板着个脸，我们也觉得不舒服。索性你们还是在外边租间房子，搬出去算了。孩子也快十岁了，也不怎么需要你们，你们也该清静清静了。’

我看老伴儿已经有点儿气鼓鼓地就要控制不住了。我给他顺了顺背，担心他发作。他曾经跟我说过几次，住在这里太窝囊，他有点儿受不了了。

‘我们哪里有钱在外边租房啊？首付替你付了。平时生活费我们也同你分担，只不过没付房租而已。’我轻声细语反驳两句。

‘你们没钱回国算了，不是还有退休金吗？在这熬着干吗？！’

老伴儿实在控制不住了，大声吼道：‘放屁！你这个混账东西，过河拆桥，良心让狗吃了？’

‘你干嘛骂人？’

‘我还要打人呢，你等着！’老伴儿周围寻找有什么东西可以拿起来抡过去。

闺女吓得跑到门外打了个电话。不一会儿一男一女两名警察推门进屋。分别同闺女和老伴儿说了几句话，我一句没听懂，不到一刻钟就离开了。老伴儿学过英语，事后告诉我，警察说一般家庭纠纷不要喊他们来，除非动手了。

这出戏让老伴儿彻底绝望了，自此一蹶不振。精神一天不如一天，身体也明显地消瘦下来了。直到有一天是个周末，我在楼上卧室坐在老伴儿床边陪他说话，外孙到附近草坪上玩棒球去了。听到闺女在楼下给人打电话说：‘我现在实在没有办法。请神容易送神难，赶不走了。你说得对，哪有父母一年到头赖在闺女家不走的啊？害得我老公都要搬出去住了。’

对方说的什么听不到。只听到闺女接着说：‘你这个主意好，把老公逼走，我们的婚姻也就完了。我找机会把他们俩赶到街上去，无家可归政府就要管了，叫政府给他们找地方住去。你这个主意太好了，这不算得罪他们吧？’

这些话我们听得一清二楚，听到要把我们赶到大街上，我的心咯噔一下。

眼看老头子突然满脸虚汗，右手紧按前胸，痛苦地对我说：‘我恐怕不行了。你快回国吧！讨饭都不要再来了呀！’随着一声吼，‘啊……’昏厥了过去。

闺女电话还没打完。我跑到楼梯口大声呼叫：‘你爸不行了，你快上来看看！’

“什么事大惊小怪。不行了，什么不行了，喊我有什么用？”

我赶紧跑下楼，跑到外边草坪上找我的外孙。

‘你姥爷昏倒不省人事了，快回去打电话叫急救车！’

刚好在场一位家长带了手机，赶快拨了急救电话000，说了地址和简单病情。不到一刻钟，急救车呼啸而至。

我进门看到那个混账东西还在打电话，不耐烦地问我：‘又怎么了呀？’

这种畜生我能搭理她吗？

两位医务人员手脚麻利地用担架把老爷子从楼上抬下来，放进急救车。急救车又闪着警灯，响着撕心裂肺的警笛，开进了一家医院。虽在急救车上就进行了救治，但终因心肌大面积坏死和抢救不及时，医院大夫也回天乏术了。”

说到这里珍妮再也控制不住情绪，呜呜呜地趴在餐桌上哭了起来，惊动了周围用餐的客人，服务生也赶了过来。葛太冲他们摆摆手，让他们离开了。

“让她哭吧。她恐怕难得有机会把肚子里的苦水倒出来。”

葛太小声对我说，生怕打扰珍妮。

我说：“珍妮说的这些经历我听说过很多，但如此绝情的女儿我还头一次见识。墨尔本的华人比较多，凡与子女住在一起的，毫不夸张地说，没有一家清静的。两代人之间的差距太大，生活在一起矛盾重重。时间久了语言交流的兴趣都可能没有了。你想，老人的话题多是养生，治病；年轻人爱听吗？再就是子女如何不孝顺，谁敢在子女面前掰扯？老年人喜欢吃清淡少油腻的饭菜，他们可好，一餐没有鱼肉就要抱怨。你想看个言情连续剧，他一下就给你换到流行歌曲排行榜频道上了。你老了，嘴笨了，他们会耐不住性子来一句‘说不清别说了，听着累人’。我碰到过几个老伙计，外语一点儿不懂，很多需要英语的事都要麻烦子女，受气挨训的事就更多了。这里不像在国内，亲属朋友一大堆，有冤屈还容易找地方排解。在国外可以说举目无亲，朋友寥寥无几，偶尔见面才有机会发发牢骚。我碰到过一对夫妻，一起聊天时只要谈起在子女家遭受的折磨，总要禁不住哭上一场。”

葛太睁着大眼愣愣地听着，若有所思自言自语冒出一句：“多亏我没生孩子。生了这种孩子还不如不生呢……”

我说：“是啊。你看现在丁克家庭越来越多了。一是生孩子怕麻烦，二是怕子女不孝顺。国内孝顺子女也不多了，要不怎么出台政策，规定子女必须经常去看看父母呀？可是如果子女不是东西，你让他们来看你，不是找不痛快吗？他们经常来看你是为了要钱要房啃老咋办？随子女移民国外的父母现在有几十万，基本都在子女家里当保姆当佣人，帮他们做饭洗衣带孩子。人家白天上班上学，回到家里也是各有各的兴趣爱好。与你也没有什么共同的话题，都懒得搭理你。你在家里不过是个摆设，可能还是个讨人嫌的摆设，说不定哪天把你扔了，赶出家门。生活在墨尔本的这些父母们，经常自嘲自己是‘贱骨头’，放着在国内自由自在的日子不过，非要跑出来受洋罪。当然，能移民澳洲按说挺好，这里福利好，医疗条件好，食品安全，社会安定，又能同子孙在一起，不错。但如果经济上不能独立，英语也不懂，来到澳洲一切都要靠子女，而子女是否孝顺心里无数，那你千万别来。即使来，也把国内房子保住，给自己留条后路。”

珍妮抬起头，仍然泪眼模糊。

“对不起，我不该说这些。挺开心的一餐饭，让我把气氛搞坏了。”

“说出来也好。你还没怎么吃东西。想吃什么，我给你拿去？”葛太问道。

“我吃点甜点就行了。我自己来。”

珍妮起身去取了甜点回来。

“下个月我要回国了，你们有什么事没有？”珍妮说。

“我去你家住几天，陪陪你好吗？最近我也没什么事。”葛太说道。

“不要了。闺女他们不欢迎我的朋友，你也别去看他们的脸色了。我回国的事除了你们两位谁都没告诉，我闺女也不知道。”

“那你回去住哪儿？”葛太问道。

“我有个侄子，读高三时在我家里住了近一年，让我辅导他高考，后来考取了一所名校。毕业后自己创业，现在已经是千万富翁了。他听说了我的情况，让我免费住进他闲置的一套房子。我回去想先在他那里落落脚，也给他交点房租。最终我是要住养老院的。我有好几个朋友现在都住养老院。管吃管住，日夜还有医护人员值班，都挺满意。”

“也好，免得在这里受气。不过澳洲这边就一点儿牵挂没有了？”葛太问道。

“没有了。我这个闺女已经让我彻底绝望了。如果说还有什么牵挂，那就是我还有个外孙。外孙又聪明又帅气，真舍不得离开他。他和姥爷的关系最好。我把他姥爷的一部分骨灰撒在了布里斯本河里，让姥爷在这里看他长大成人吧。剩下的骨灰我带回去，以后陪我一起烧掉。”

珍妮的眼圈又开始红了。

“怎么又说我的这些破事了。说说维克特。”

话题突然转到我身上了。

“葛太对我提起了你。可惜我们这辈子没有缘。回国我就自己过了。什么都不想了。说说你想找什么条件的？”珍妮问道。

“不提我了。什么条件不条件，也就是找个能在一起过日子的伴儿就是了。”我随便答了一句，脑子里还满是她的故事。

“那好，我还真能给你介绍一个。我走之前一定给你联系一下，等我的电话。”

我还沉浸在珍妮的故事中没缓过神来，对她的热心肠有点似懂非懂。过后一想，她说的是什么？是呀，她要给我介绍对象！是她说的。

什么样的对象？

第十章　画家夫人（上）

“维克特，这个周末你有时间吗？”

与珍妮分手不久接到她打来的电话。

“有啊，有事吗？”

“我当个红娘，给你们牵个线。”珍妮说。

“您可真是热心肠，谢谢了。具体什么时间？”

“上午十点以前能过来吗？星期天。”

“没问题。您能简单介绍一下对方情况吗？”我说。

“她在国内是位大学老师，丈夫是位画家，跟别人走了。她已经单身二十几年了，无儿无女。已经有了澳洲身份。”

“单身二十几年没找对象？性格脾气都还好吗？”我想多知道一些。

“你们先见个面再说吧，你们有得聊，她很健谈。在我这里见面不方便，闺女女婿都在家。我们到图书馆见，我告诉你地址，好吧？”

星期天我来到珍妮在布里斯本住处附近的图书馆，她已经在图书馆门口等我了。她把我引到报纸杂志阅览处，只见沙发上一位表情严肃却还有几分姿色的女士在那里正襟危坐。

“王太太，这是维克特。”珍妮把我介绍给了王太太。

“我总让王太太起个英文名字，她就是不干。说起什么洋名字，听着别扭。人家都是入乡随俗，她是死不改悔。”珍妮有点嗔怪有点玩笑地说道。

“星期天早晨图书馆没什么人，白人都去教堂了。你们可以在这里聊，也可以到外边花园里聊。中午维克特请王太太吃个饭，男士嘛，第一次见面，大方些。”

“莫闷抬呀！”我来了一句“没问题”的粤语。“珍妮你也来，我一起都请了。”

“吓吓侬。莫闷抬呀！”珍妮也没客气，上海话广东话一起来。想不到人生经历那么纠结的珍妮还可以幽默。

“十二点请你过来，带我们去个便宜饭馆。”我玩笑道。

“没问题。肯定找个便宜餐馆，狠宰你一刀！”珍妮说完先离开了。

图书馆虽然人少，但总有人出出进进。我请王太太一起来到图书馆外的院子里。院子里有一块很大的草坪，修剪得很平整，绿茸茸的很是养眼。稍远处有个小型儿童活动场所，有滑梯、跷跷板、攀爬绳索等游乐设施，附近还有免费饮水处。我们在一条长椅上落座，开始了第一次约会。

“听珍妮说你在国内大学是教政治的，具体……”

“不准确，我是教马列主义基本原理和政治经济学的。”

“噢。”

“澳洲的政情你关心吗？”王太太问道。

“不太关心了。原来忙于挣钱养家糊口。退休后关注养生养老，对政治变得麻木了，不太关心了。”我答道。

“那你就快跟不上形势了。知识分子总要家事国事天下事事事关心。心怀祖国，放眼世界嘛！”

多么智慧动人的口号，怎么变得如此陌生几近忘却了呢？我暗自思忖。

“上个星期二ABC电视台播出的‘问与答’节目你看了吗？”王太太问道。

“没看，第二天的新闻报道我看了。”我说。

“你有什么体会？”

“还没多想。愿闻高见。”我对这位女士产生了兴趣。

ABC电视台是澳洲官办电视台，不允许有任何广告，经费全部来自政府拨款。“问与答”是非常著名的一档时事节目，主持人也赫赫有名，叫托尼·琼斯。每周一晚上播出，通常邀请六位正反两方政府官员和社会名流，就事先搜集或当场提出的有关社会热点问题给予解答或进行辩论。

王太太说的那场辩论，涉及政府即将出台的惩治恐怖分子的新政策。中心意思是，持有双重国籍的澳大利亚公民，凡参与恐怖活动者，移民部部长有权撤销他们的澳洲国籍。已经在境外的，将吊销护照，不准入境。

澳大利亚首位被起诉的恐怖分子嫌疑犯扎可·玛拉是一位穆斯林男青年，他曾赴中东极端分子控制地区，并有用死亡威胁澳洲官员的言论，曾被澳洲警方关押。

此一恐怖分子嫌疑犯在澳洲官办电视台“问与答”这档收视率极高的节目中出现，立刻在社会上引起轩然大波。大批观众和政府官员都认为ABC电视台没有考察参与互动现场观众背景，让一位有污点的穆斯林青年在向全国播放的节目中恣意发泄不满、发表煽动性言论，犯了大错。当晚主持人即向全国观众表示了歉意，认为不应邀请此人参与互动。第二天各大媒体就此事做了大量报道。

“你知道澳洲总理都明确表态了吗？”王太太将事件过程详细叙述之后问我，未待我回答王太太接着又说:

“总理说ABC电视台必须要有人‘掉脑袋’了（意思是有人要承担责任受处分了）。你看我在国内就对学生讲过，西方的民主自由也不是绝对的，也必定是有底线的。”

王太太这句结语没错，澳洲或西方国家宣传的民主自由也不是没边的。你的言论行动必须在法律允许范围之内，没边的民主自由是无政府主义。

比如鼓吹暴力、种族歧视、性别歧视、宗教歧视的言论不允许在媒体上出现。如果你的招聘广告中出现诸如必须是女性、必须三十岁以下等词语，那你很可能惹上官司。应聘者告你一个性别歧视或年龄歧视，你会吃不了兜着走。

前些年在关塔纳摩因“9·11”事件被关押的澳洲嫌疑犯被释放回到澳洲，试图出书赚钱。有人想为目前还被关在印尼监狱里的澳洲美女贩毒者作传，都被澳洲法庭明令禁止。不允许这些人出书，如若出书，收益将全部没收归公。由此可见，所谓的出版自由，也是有条条框框的。正如在德国，凡吹捧希特勒法西斯的言论出版物都是犯法的。民主自由都是有框框约束的，根据不同国情，或有明确的法律底线，或有共同价值观的制约。

“您说得没错。可言论自由和舆论控制之间又如何掌握尺度啊？”我提了个问题，想听听这位政治老师的意见。

“那是一门很高的学问了。不同国情、不同时期、不同背景、不同事件、不同的国内国际环境，都可能有不同的掌控尺度。对你的问题本人没有标准答案。”王太太谦虚了。

“还有一个问题，就是国家领导人、政党头目，是否必须通过全体国民或党员直选产生才算民主？否则就不民主？”我又提出了另一个问题。

“我观察了澳洲大选。其实澳洲总理的产生都是政党首先提名，然后再交由全民公决。而各党提名的候选人也并非是由全体党员投票决定的。这点儿你知道吧？”

王太太对政治十分敏感，非常善于思考，我有点儿自愧不如了。不过对澳洲大选提名程序我还略知一二。我点了点头，默认我还不至于那么无知。

我知道2000年陆克文获议会工党议员多数提名出任工党领袖参加大选，并没有全国工党党员提名这个环节。自由党推举参选候选人也不需通过全体党员提名，也是由自由党国会议员提名而已。陆克文在总理竞选中高票当选，未料到执政不到三年，杀出个吉拉德。

无巧不成书，自由党在2001年大选前夕也出现激烈内斗，托尼·艾博特与马克·滕博争夺自由党领袖位置。全国民调滕博遥遥领先，但自由党国会议员却偏爱口无遮拦的艾博特，让他以一票的多数成为自由党领袖，并随后赢得大选，坐上了总理宝座。由此可见，选民意见并未在大选中充分体现，但你又不能说澳大利亚因此没有了民主。恰恰相反，澳大利亚政治体制被认为是相当稳定、相当成熟、相当民主的，美国的选举制度却被不少人讥讽为“犯神经病”，不惜花那么多钱财，到处讲演拉票，累个吐血还不一定当选。

“关于澳洲此次大选还有诸多新闻花絮，不知你是否给予关注了?”王太太似乎言犹未尽。

我说：“没有太在意，政党之间的勾心斗角，看得让人心烦！”

我突然觉得我哪里是在相亲，我是在上政治课吧？我意识到应该把话题转一下了。

“您现在做什么工作？您应该到大学去教政治课。”

“不好意思。我来澳洲二十余年换了好几个工种，最后几年给一位年轻的咖啡店主打工。去年咖啡店歇业，我没再找工作。再等两年领退休金了，不想干了。什么政治课，现在远离政治了。”

“可您对政治还是如此关注，而且如此熟悉，真不得了！”

“哪里哪里，我在咖啡店里有个同事，英语不错，在国内是个愤青，看什么都不顺眼。出国一看，西方社会与自己的想象有很大差距，不是那么民主自由，于是变得理性多了，客观多了。他英语好，经常对我念叨澳洲的政治风云和社会热点话题，所以知道多一些。”

“咖啡店为什么关掉了呢？”我有些好奇。

“我有兴趣回答你这个问题。我同咖啡店年轻老板相处不错。他知道我曾是大学老师，也知道我比较会分析问题善于思考，所以遇到什么麻烦事总要让我想想办法，出出主意。他的咖啡店是个加盟店，受总公司制约，被总公司欺负最后关张。心里憋气，让我给他起草个状子。打官司要花钱，他没有那个财力，所以想给国会议员写封信，看能否得到些补偿。这个信我真花了不少时间才给他写好，然后又找那个年轻的同事把状子译成了英文，寄了出去。到今天还没有得到答复。你若想听听事情的来龙去脉，因为事情刚过去不久，我可以一字不落把信给你背出来。有兴趣吗？”

哇，看来课还没有上完，刚才那是开篇。下一章王太太有何高见，我还真想听听。

“有兴趣，愿洗耳恭听。”我说。

尊敬的国会议员们、女士们、先生们：

你们都忙于处理国家大事，可能错过了本年度6月11日电视九台播出的‘时事’专题节目。节目是关于澳大利亚一家大型企业令人难以置信的商业欺诈。这家企业管理着澳大利亚众多连锁食品店，其中也包括我们的加盟店。此电视节目报道了我们与总公司之间的一项争议。该项争议在很多人看来可能是小事一桩，但对我们这个还要抚养两个幼儿的家庭说来却事关重大。

2011年12月份我们买下了这家店，花了将近20万澳币。我们全身心地投入，经常忙得没有周末或假日，因为它是我们家庭收入的唯一来源。微薄的利润大部分依赖销售新鲜蛋糕，但我们接手不久，总公司却突然将新鲜奶油蛋糕改成冷藏的了，这一改变令利润大幅下滑。2013年总公司又通知我们，我们的店面必须重新装修，却不告诉我们需要投入多少经费。一再追问之下，方告诉我们预算支出可能在四万至五万澳币之间。然而到了2014年，正当我们准备与总公司续签特许经营合同时，又通知我们必须支付11.1万澳币装修费，而且只能雇佣总公司推荐的公司负责装修，然后才能续签合同。总公司的要求都是硬性规定，不可违反。其中有一条，即顾客使用的木质座椅，必须购置皮面座椅并全部更换。装修费用比原来估算翻了一倍还要多，事先既未予通知，也未经协商，更没有给出任何理由，让我们完全措手不及。这是不公平的！这是欺骗！我们一年的利润还不到5万澳币，无力承受这么高昂的装修费用。理所当然，我们拒绝了总公司的要求，于是店被总公司在2014年年底前收回，没有给我们任何补偿。

我们的店随后由总公司负责完成了装修，木质座椅并没有用皮面座椅替代，而是用便宜的藤椅了。装修后该店又卖给了新的加盟商，当然卖店款由总公司独吞了。毫无疑问这又是一个毫无诚信可言的骗局。我们花20万澳币买的生意，经营期间其他投入不计在内，总公司一分钱没花就捞到自己手里了！这是什么行为？这是强盗式的掠夺！令人难以置信，一间名声在外的澳洲企业，竟能做出这等事来。据说这家企业的利润在不断提升，我们相信，它不是靠管理的更上层楼，或食品质量的提高，而是靠使用不道德手段对我们这些加盟商的欺骗和盘剥！

咖啡店丢了以后，我同我的丈夫简直像跌入地狱般生活了相当长一段时日，两人都被诊断出有忧郁症迹象。我们靠向父母朋友借债度日，要养活自己，还要养活两个孩子，一个刚三岁，另一个还只有三个月！

如果你们看过了“时事”播出的那档电视节目，肯定看到了在电视台记者背后，有七个人站在暗处。他们都是这家咖啡连锁店的加盟商，都面临与我同样的窘境。他们害怕在摄像机前露面，担心被总公司进一步惩处和欺诈。澳大利亚是个自由民主的国家，如果面对不公正、谎言、欺瞒和强盗般的劫掠，连话都不敢讲，这就是个严重的应该引起我们选出的代表，像你们这些人的关切了。

女士们！先生们！

据我所知，投诉主要来自亚裔背景加盟商。我们没有办法调查来自其他族裔的加盟商是否遇到了同样难题。如果没有，那是种族歧视，问题将更为严重。

我们是新移民，英语不好，对澳大利亚法律也并不熟悉。我们也没有能力聘请律师与那么一个庞大的商业帝国御用律师团队抗衡。除了向你们各位求助，我们别无他法。

王太太把信背完了，我也舒了一口气，觉得写得好，解气。内心对王太太增添了敬意。

“哎，你们聊得怎么样？好像很投机吗？”

珍妮不知不觉来到我们身后。

“珍妮最不爱听我啰唆。维克特是知音，听我啰唆半天了也不烦。”王太太在表扬我了。

“你过来一下。”

珍妮招呼王太太走到一边耳语几句，然后又转过头对着我抱怨说：“快下午一点了，我都快饿死了。怎么不说吃饭呀，维克特？”

在布里斯本著名的“阳光河岸”华人区找了一家早茶店吃了一餐，还不错，三个人花了不到50澳币。

“王太太你先回，我同维克特再聊一会儿。”

王太太先行离开了。珍妮邀请我到她家里坐坐。

“闺女一家都到黄金海岸梦幻世界去了，晚上才能回来。到我家里我把王太太情况再详细介绍一下。”

“那好，她只谈政治了。关于她本人，基本什么都没说呀！”我说。

第十一章　画家夫人（下）

“维克特，刚才我问过王太太，她对你的印象不错。不知你对她的印象怎样？”我随同珍妮来到她的住处，落座后珍妮开门见山地问我。

“因为刚刚接触，很难有个完整印象。我感觉她很善于思考，政治上很敏感，而且很有些独立见解。至于其他方面，诸如性格、脾气、身体等，我就一无所知了。另外她讲话滔滔不绝，似乎控制不住，我虽然紧跟慢赶，可还是有些跟不上，听起来很吃力。不知是我的问题还是她的问题？”我多少有些保留地回答，没有把怀疑王太太可能有些强迫症的征兆说出来。

珍妮说道：“我也不向你隐瞒什么，你的感觉是对的。她一旦打开话匣子，的确控制不住。不是一般的控制不住，她患有轻度强迫症，只要谈到政治，她就止不住话头。”

“这个病是怎么落下的？”我有些好奇地问。

“具体什么原因我也说不清楚。我只知道她经历了长时间的磨难，命不好。”

于是珍妮给我详细介绍了这位女士充满纠结的一生。

王太太年轻时貌美如花，是众多男士心目中的女神。她前夫姓王，美术学院毕业，是一位自由职业者，以卖画和教学生画画为生。两人偶尔相遇，王太太的惊艳美貌被王先生喻为天人。此后经连续五年锲而不舍地追求，两人最终走进婚姻殿堂。

一个是庄重严肃的马列主义教员，一个是浪漫潇洒自由派画家，虽然成了夫妻，却因为工作性质的巨大差异，性格兴趣爱好的格格不入，婚后七年矛盾冲突不断。两人都怀疑他们的婚姻究竟还能不能维持。恰逢此时王先生事业上出现转机，原本在国内并没有什么名气，却因与几位知名画家在澳洲办了一个联展，突然在社会上引起了注意。在澳办展期间，王先生还应邀造访澳大利亚，停留一个多月，不仅赴多处写生，还与一位陪同澳洲女画家成了知心朋友。回国不久，澳洲女友再次邀请王先生单独赴澳，在一个社区文化中心举办个展。展览结束后，又由澳洲女友担保，来到澳洲一美术学院进修。此后十年，王先生与太太分居两地，见面次数屈指可数。

王太太在国内独守空房，数次起意欲同王先生离婚，但始终下不了决心。一来自己马列主义教学逐渐变得式微，不得不从教学一线下来，成了二线教辅人员，落差太大，心情不佳；二是观察周围四十出头离婚女士，基本都在待嫁。高不成低不就，想找个年龄职业都相当的男士，有如白日做梦。四十多岁优秀男士早已被人抢光，二三十岁的窈窕淑女都求之不得，哪里轮得到四十开外的大嫂？找个五六十岁的大叔还多少有戏，但心中总感委屈。于是一天又一天，一年又一年，就这样如流水般逝去。夜深人静，认真把自己本是花容月貌的脸颊一看，竟发现了条条深浅不一的皱纹，甚至在嘴角和两鬓还出现了斑斑点点的色素沉淀和白发。真是人生易老，岁月无情！进入此种年龄和状态，还去离婚，寻找什么真爱吗？

其实王先生在澳洲的经历也并非一帆风顺。刚来澳洲他从国内带了一些积蓄，在校外租了一间房子，也经常到澳洲女友家里过夜，但澳洲女友并未邀请他长期入住。他也无意就此委身于这位长他十几岁的女人，还多少有点儿男人的骨气。心想我自己有绘画特长，不能寄人篱下，吃软饭度日。

王先生除上课之外，把时间都用来从事绘画创作。他擅长油画，一幅作品要经过一周两周方可完成。尺寸大的甚至一个月两个月都不一定收笔。画好了自己没有销售渠道，只有同画廊签订合同，由画廊代为销售，售款按比例分成。王先生联系了多家画廊，最后敲定一家，签了销售合同，收成比例六四分成，老板拿六，王先生拿四。按说王先生的画还有一定水平，可惜澳洲绘画市场太小，王先生初来乍到，没有名气，画得再好，也乏人问津。一般作品卖个三五十澳币，好了也只能卖个一两百澳币。卖价最好的是一幅肖像画，给一位富豪画的，拿到两千澳币。但这种机会并不多。画廊老板看他画功不错，让他给全家老小画了个遍，包括他的外孙外孙女。报酬？一分钱没有。王先生有苦难言，如果同画廊老板闹翻，生活就更没了着落。

与其它澳洲较大城市一样，布里斯本也有摆地摊的。小本经营的摊贩可以在那里出售自己的产品，卖礼品纪念品的居多，也有卖吃的，卖服装玩具和摆摊画画的。王先生感到经济上捉襟见肘，完全靠画廊收入不是长远之计，开始到街市摆摊作画了。最初只卖画不搞素描，但逛街市的一般都想淘便宜货，难得有人愿意掏一百两百澳币在地摊上买画。摆了几个月的地摊，卖画的钱刚好与地摊收费持平，白干了。他开始边卖画边给过往行人素描写生。这种活儿不需要交摊位费，只要到地方政府申请并得到允许，就可以在指定的街头巷尾，坐个板凳立个画板，给路人画肖像或漫画像了。所谓漫画像就是夸大人物面部特点，让人一看忍俊不禁，但又能从夸张的特写中清楚认出肖像画主人。画一张画要不了多少时间，但收费低廉，小张的二三十澳币，大张的四五十澳币，一天下来能挣个百八十算不错了。王先生起早贪黑，无论冬夏，坐在街头给人作画。渴了喝几口瓶装自来水，饿了吃两口自带的三明治。偶尔碰到难缠的顾客，挑你肖像中的诸多不是，最后或赖账不给钱，或讨价还价，把三十澳币砍成十五澳币，让王先生经常委屈地想骂娘。就这样坚持了一年多，不仅没挣几个钱，还因为经常餐风饮露，落下了胃痛的毛病。常常给客人画着画着胃就突然疼起来，疼得浑身发抖，手中画笔也不经意间突然滑落在地，往往吓客人一跳，甚至引起过往行人围观。此时此刻，王先生会感到颜面尽失，恨不得马上跑回家去，关起门来大哭一场。

王先生在自谋生路这条路上走得实在艰难，他厚着脸皮对澳洲女友诉说了自己的难处，主动提出能否在她那里借住一些时日，他将照章支付租金？

女友对他的遭遇表示了同情，还怪罪他为什么如此艰难不对她讲？女友在政府部门工作，绘画只是她的副业。她告诉王先生，绘画也好，玩乐器也罢，一般只能作为业余爱好。如果不能出人头地成为业余爱好者中的佼佼者，千万不能一棵树上吊死，得赶快想办法首先糊口。当然澳洲即使你没有任何生活来源，政府也不会不管，但总不能指望政府长期养着你吧？女友让王先生免费住在她家，唯一的条件是每个周末给她的外孙女辅导两个小时汉语。女友有个独生女，已经结婚，有个上小学的女儿，经常到她这里度周末。女友还给王先生介绍了一份工作，问他想不想去？是到一家退伍军人俱乐部餐厅帮忙。事已至此，王先生经历了这么多磨难，没有了通过艺术创作成名成家的奢望，也就同意了。随后搬进女友家，开始了一段新的比较稳定的生活。女友人很和善，很喜欢中国菜肴，什么辣子鸡丁，麻婆豆腐之类麻辣菜肴特别对她的口味。王先生在餐厅帮厨回家就担负起烧制中国菜肴的任务，到了周末也一次不落地完成辅导女友外孙女的汉语教学任务了。王先生的朋友知道了他目前的处境，经常开他的玩笑。说堂堂的大艺术家，怎么堕落到这步田地？他听了也没脾气，只是无奈地笑笑而已。心想，有啥办法？你们有几个混出点儿名堂的？

在澳洲的中国画家艺术家们混得好的的确不多。有一位很有造诣的小提琴手，在国内曾任某乐团首席，来到澳洲最初很难找到用人单位，只好在街头卖艺。面前摆放一个打开的琴盒，过往行人看客听得过瘾或动了恻隐之心，丢个钢镚儿进去，一天下来收个一两百澳币也不是难事。但与当年在国内的风光无限相比，实在反差太大。能否打道回府？也难。出国的时候是众星捧月，羡慕嫉妒者不是一人两人，混不好了再吃回头草，面子怎能放得下来？有些人出国前可能已与用人单位闹翻辞职，或东凑西借，或倾家荡产，筹集到出国资金。现在没能衣锦还乡扬眉吐气，反而是铩羽而归无功而返，这个脸面还有地儿放吗？即使回去，前景又将如何？谁有把握就一定能不走背字，柳暗花明，起死回生呢？

当然也的确有在澳洲成功的例子。布里斯本有一对来自国内的美术工作者，来澳后发现单靠纯艺术无法生存，马上改行做房地产。因为审美观念与我们芸芸众生不同，房屋设计室内装修不同凡响，很快在业界脱颖而出，经营十分成功。日前在墨尔本购进数百万澳币豪宅，在布里斯本则有多处房产，有的已经出售，有的自住。女方妈妈住的地方，两层小楼，楼下硕大的客厅厨房，楼上三间卧室，一个人居住。隔壁另一栋同样规格房子，正在对外出售，报价五十多万澳币。还有一位画家，来澳后改行开办汉语教学，现在已经办成了连锁中文培训学校，形成相当规模，招有大批华人和澳人家庭正在上中小学的子女。

王先生帮厨同时还学习研究中国烹饪，慢慢在退伍军人俱乐部传开。试用一段之后，开始在俱乐部烧制中国菜肴，受到不少人欢迎，俱乐部盈利也明显增加。由俱乐部老板提名担保，王先生准备提出移民申请。澳洲移民局每年都制订紧缺职业名单，当时厨师、理发师都在名单之列。以紧缺职业从业者身份申请移民，会增加很多分数。所以有好几年，不少国内厨师和理发师，即使一点儿英语都不懂，也来到了澳洲。有些年澳洲急需电焊工，于是从国内又来了大批电焊工。山东地区不是有个村落，因为大批村民学习电焊成功移民澳洲而成了热点新闻吗?

王先生来到澳洲之后，虽对太太无甚留恋，但也没有那么绝情。妻子既未提出离婚，也没听说有了相好。只知道工作不顺，身体也不太好。还听一位朋友说，几年没同王太太晤面，突然偶遇，未料想，一代美人竟蹉跎得令他难以辨认了。王先生动了恻隐之心，感到对太太亏欠太多，希望能给她些补偿，以免良心不安。于是提笔写了封信，询问她的近况，并表示想同时给她办理移民申请，问她是否愿意。王太太接到一年到头难得一见的信件，不免有些激动，移民澳洲可是当年众多中国女士的梦想呀。考虑再三，觉得这是一次改变命运的机会。究竟命运如何改变，心中也实在无数。但她知道澳洲福利好，医疗保障到位，空气好，食品安全，所以最终还是下了决心，冒一次险。心想即使冒险不成再打道回府，又有何妨?

王先生雇主担保移民不到一年就批下来了，王太太也顺利来到澳洲。王先生在王太太来澳之前在一户当地居民家中给她租了一间房，替她付了一年房租，大约两千五百澳币。王先生把他在澳洲这十来年的经历如实作了交代，也包括与同居女友的关系。

其实王太太也不是傻瓜，她早有预感。不要说极富浪漫情怀的画家丈夫到了国外可能出轨，就连那些在国内羞涩保守的少男少女，一旦到了国外，看到周围成双成对的同龄人，都慢慢变得十分开放。一是情窦初开而又身在国外举目无亲孤寂难耐，能有个异性朋友日夜陪伴免得落个忧郁症谁不愿意？二是国外学费昂贵，生活费用也较国内高出许多，如果家庭经济状况不甚理想，两人搭伙租房过日子要省不少银子。于是从节约费用着想，找个异性朋友一起过日子，也不能不说是个选择。当然在国外，身边没有父母老师天天瞪大眼睛保护着监督着，同谁交往与谁睡觉，远在万里之外的父母亲朋，哪个知晓？尤其在澳洲，交友同居均属个人隐私，无人过问无人干涉。于是在国外留学的成年男女，守规矩的不是没有，但究竟占多大比例，就不得而知了。

王太太听了王先生的坦白，并没有表示惊讶，更没有指责谩骂，只是静静地听完，然后问道："你把我办来澳洲，就是告诉我这些吗？"

王先生对太太说，他与澳洲女友现在无法分开了。所以也无法再与太太长相厮守，只想等太太拿到身份，领到福利，再办理离婚手续。请太太届时找个情投意合的老伴儿，重组家庭。王先生在太太来澳之前，已经给她联系了一份工作，在一位朋友开的街头杂货店里帮忙。王先生表示，有什么困难他会尽力帮助，希望太太能很快适应澳洲生活。

王太太听到这些，心里不知是什么滋味。异国他乡，初来乍到，能听到这番话究竟是喜还是忧，是感恩还是愤怒，王太太心里乱作一团。

就这样王太太留了下来，从大学讲堂彻底走了出来，成了销售牛奶面包街头杂货店里的帮工，这个反差也太大。好在这里没有熟人，没有朋友，没有同事，不管干什么，没人议论。况且还有一笔固定收入，支付日常开销足够了。

王太太尽管身体不是太好，但对待工作认真负责。杂货店里货品繁杂，顾客进来挑挑拣拣，经常把货架上的东西弄乱。每天打烊以后还要花很多时间整理商品打扫卫生，王太太都能不辞辛劳，尽职尽责。这样干了将近十年，积攒了约十万澳币，买了个两室一厅的连体房，付了首付。

国内十年无望的期盼等待纠结，来澳十年不停地拼搏劳碌憋闷，从精神上完全把王太太击垮了。她生活中所有的欢乐温馨幸福美满的因子全部被抽走了，只剩下了一副躯壳游走在杂货店与住处之间。离婚手续办完了，杂货店老板娘多次提醒她应该找个老伴儿了，否则日子会很难熬。她每次听到这些话，都感到好像不是对她讲的。只是愣愣地听着，没有任何反应。找老伴儿？找什么老伴儿？找老伴儿干什么？她似乎茫然不知，无言以对。

离开杂货店以后王太太又到菜市场、化妆品厂、餐馆打过工，最后又到一个咖啡店干了几年。今年已经64岁了，澳洲退休年龄是65岁，男女都一样。然而单身女人，离婚也好，丧偶也罢，未婚也行，只要年龄到了55岁，不管什么原因，不想工作也无妨，都可以从福利部门，每两周领取一笔固定的“寡妇津贴”。如果有自己的住房，这笔钱只用于日常个人消费，也够了。男士则不同，没有这项福利，如果55岁没有工作，也可以领取补贴，但不能像女人那样，待在家里坐吃山空。而必须定时汇报找工作情况，否则还要参加义务劳动，或参加培训。澳洲对女人还是很照顾的。王太太打工的咖啡店关门以后，就不想再干了。已经有了些积蓄，再领点“寡妇津贴”，也算过上安稳日子了。

没有了工作，王太太感到了孤独和无聊。偶尔同朋友聊聊，平时就是一个人闷在家里，慢慢又出现了忧郁症状。常常几个星期不出门，整日躲在家里不知干什么。珍妮看她再这样下去恐怕要出事，于是动员她赶紧找个对象。

我是珍妮给她介绍的第三个候选人，前边两位都没有成功。第一位是个老外，年龄大些，也曾是位大学老师，教化学的，已经退休。人很随和，经济状况很好，没有任何负担，可惜身体不行，糖尿病很严重，每天都用胰岛素。整天待在家里，外出都要随时注意身体状况。一旦头昏眼花，就知道是低血糖了，得赶快吃块巧克力。如果突然感到口渴难耐，就知道血糖增高了，又得赶快拿出注射器，给自己屁股上打一针。王太太与其接触几次，感觉与此人交往，今后是个负担。她想也是，既然独身这么多年，何不找一位健康老伴儿，共度余生？这也不是什么道德不道德吧？如果是多年夫妻，或结婚时本无病患，结婚后染上疾病，如果担心对方成为负担而离去，那是不道德的。但相亲征友期间遇到被病患折磨的对象，掉头就走也无可厚非。王太太起初有些犹豫，心想这么大年纪了还挑什么？有个人做伴就行了。但再接触一段，发现语言障碍也是大问题。一个谈话滔滔不绝，可惜都是中文，英文不会表达；另一个英文流利非常，王太太则是鸭子听雷，连蒙带猜也不明所以。除日常吃喝拉撒，其他话题一律删除了。王太太对珍妮讲了他们接触情况，也谈了她的纠结。最后珍妮也劝她就此打住，不要勉强自己。病患是个大问题，两个病人凑到一起，有啥好日子过？语言也是关键，不能顺畅交流，整天大眼对小眼，你看看我我看看你，也弄不明白彼此在说些什么，这样的老伴儿有意思吗？

珍妮在婚介所有个朋友李经理，想请她给王太太再物色一位身体健康的华人长者。她向李经理承诺，介绍成功一分钱不少，按规定付她3000澳币。李经理给介绍了一位，住在悉尼，原来是个餐馆厨子。此人听到介绍说是一位大学老师，感到不是一路人，不敢高攀。婚介所的人伶牙俐齿，经一番苦口婆心劝说，尤其是把王太太系列照片传过去之后，对方动心了。表示愿意来布里斯本见面。厨师过来住了一个月，本应把自己的拿手本领展示一下，给女友烧几个好菜，未料想此人懒得出奇，一日三餐都要王太太伺候。王太太本来对性事已经十分淡漠，但厨师似乎仍雄风不减。王太太感到十分为难，巴不得他赶快离开。但此人还是赖皮一个，声称他来一趟花费不少，哪能说走就走？非要住个满月，才可能离开。真是请神容易送神难。王太太也想到过报警，可人是自己请来的，只能说自己交友不慎，为此报警似乎也不值得。另外，从厨子的言谈中王太太也知道此人不是个善主，是位偷渡客。偷渡来澳首先在悉尼落脚，十几个人挤住在一个二十几平方米的房间，整整住了半年。半年当中到处找活儿干，基本都在中餐馆打工挣钱。悉尼中餐馆很多，到中餐馆找点活儿干比较容易。偷渡客都不愿到前台抛头露面，怕被熟人看到招是非惹麻烦。他们一般都在厨房帮工、打杂，活儿当然是又脏又累。个别真有技术的厨师也可以掌勺，但工资被压得很低，而且没有任何福利和劳保。工资再低你也没有办法，你不敢告状，你一告状就要暴露身份。一旦暴露身份，就可能被遣返。所以这些偷渡客日子过得十分悲惨，为了生存，为了归还偷渡前欠下的外债，他们害怕被遣返，一旦遣返就可能背上沉重的债务负担，一辈子不得翻身。因为经受的磨难太多，有些偷渡客慢慢染上了赌博、吸毒贩毒或打架斗殴的恶习。厨师在与王太太相处期间，秽言恶语层出不穷，甚至威胁要拳脚相加，让我们这位大学教师实在无法忍受。无法忍受也还得忍受，王太太只盼着一个月快点儿过去，让这个无赖赶快离开。好不容易走了，王太太才好不容易松了一口气，她真担心此人继续赖着不走，再赖下去她真要叫警察了。

经历这件事情之后，她把婚介所骂了一顿。珍妮也对李经理抱怨，怎么能把这种无赖介绍给她们认识。李经理也感到无奈，她说这种人终究还是少数，很少碰到。再说婚介所登记的人来自五湖四海，婚介所无法调查每个人的背景和人品，只能由征婚者本人去接触了解了。除此之外，别无他途。

李经理讲的也有道理，她那个婚介所口碑还是不错的，每年能介绍几十对有情人喜结连理。但王太太没有那个命，相亲竟遇到这种等外品。经此番折腾，王太太在择偶时也变得慎重，再也不敢未经详细了解就引狼入室了。

珍妮讲完王太太的故事，话题一转："王太太此后也没有放弃寻友努力，但都没有缘分，稍一了解就连面都不想见了。今天同你接触产生了好感有些动心，不知阁下有无兴趣继续接触？"

我也直言不讳："王太太的强迫症，我的确难以接受。至于她的忧郁病症，也绝不是好兆头。我很同情王太太，经历了如此多的磨难。但我毕竟年纪大了，自顾不暇。如果让我勉为其难去照顾别人，陪伴病人，实在是力不从心了。似王太太这种情况，我觉得找伴侣实在不易。倒不如自己一个人过算了，自由自在，不受任何人约束，不需要看任何人的脸色。'久病床前无孝子'，连你生的养的都难得孝敬你，你能指望萍水相逢的老伴儿，面对你的病痛，有能力有愿望来照顾你吗？如果她能找到，那真是上帝给她的一份重礼。又有多少人能得到上帝如此的恩惠呀？"

"你的想法我能理解。我想王太太也有思想准备。谢谢你能直言相告。"珍妮说。

"我应该首先谢谢你，如此热心。你走了王太太会不会感到失落？她的朋友也不多。”我说。

“我在尽力帮她走出过去的阴影。我总劝她，往事不堪回首，那就不要回首了嘛。过去的事不要去想，明天的事也无须操心。想它干什么？明天最好睡下醒不来，永远生活在美梦当中，那不也挺好？王太太自从开始征婚以后，有些变化，不再那么封闭自己了。最近还在议论要参加踢踏舞学习，因为听别人夸她年纪不小了，但身条还很不错，鼓励她去跳舞。”

珍妮的一番话，真有点儿看破红尘的意思。很欣赏。

“珍妮，很高兴与你认识。再次谢谢你的热心肠。你就要回国了，祝你一帆风顺晚年幸福。”

“我也同样祝福你。走之前我想再努一把力，争取把这件善事做得有始有终。”珍妮说。

“是的，我也希望你能继续关照王太太，帮她找个如意郎君。这是一件积德的善事。我爱莫能助了。”我说。

“我不是说王太太的事。”珍妮说。

“那是什么善事？我能参与吗？”

“为你介绍对象呀？我那个婚介所的朋友挺有经验，像你这种情况的男士成功概率很大呀。”

“珍妮，我连婚还没有离，去婚介所征婚不合适吧？”

“我打听了一下。应该没有问题，你们分居有些日子了吧？”

“刚一年。”我回答道。

“够了。你等我的消息吧。祝你好运！”

好运？在哪里等着我呢？

第十二章　情断义绝

与郝岚分手一年多，虽无法联系，但心中总还时有惦念，毕竟是四十余年的夫妻，怎能说断就能断呀？我始终弄不明白，究竟因为什么导致今天的局面。我们两人传统观念极强，相敬如宾，守贞如玉，没有任何花边新闻。没有钱财或房产方面的矛盾，也没有观念方面的冲突，更没有婆媳姑嫂之间的不合。即使兴趣爱好有所不同，也能相互尊重，彼此欣赏，从未引起对方反感或造成不快。

不少朋友当面夸赞："你们两位郎才女貌，实在是绝配！"此话并非过誉，唯"郎才"不敢奢望，"女貌"则并未反映郝岚全部。她不仅貌美，琴棋书画也不输常人。尤其她的评弹、越剧，稍一张口，即可曲惊四座。不能说"此曲只应天上有"，但"人间能得几回闻"却也并非夸张。她不喜张扬，从不在公开场合亮嗓，所以世间难得听到她那时而优雅温婉时而高亢清澈的歌喉。每到家庭或朋友聚会的时候，她才开心地偶尔露"峥嵘"。当然了，经常是在"再来一个，再来一个！"的欢呼声中，一个一个"来"下去，直到嗓子嘶哑，气喘吁吁。她就是这么一个人，不愿驳别人的面子。一个词可以形容她，"太善良"。

没有想到这样一位善良女性，竟到家庭法院主动提出与我离婚。澳洲法律规定，男女分居一年即可提出离婚。郝岚迫不及待刚到一年就正式提出离婚申请。法院将一份离婚申请书寄给了我，如果我同意离婚可以在上边签字，如果不同意离婚可以申述理由。我与郝岚之间既无财产分割的争议，也无未成年子女需要抚养，更没有需要了结的个人恩怨或相互的亏欠，让我讲出不愿离婚的理由我只能讲出一条：我实在太爱她，舍不得与她分手。这条理由法庭是不会接受的，法庭就是一台没有感情色彩的机器，这个爱与不爱，情感上的东西，在判决时不起作用。你还爱人家，人家不爱你了，法庭就不判你离了？不可能。因为澳洲法庭判决离婚案子，从不调查询问为什么离婚。除非你不想离婚，法庭才询问你理由何在？

法庭通知我，收到离婚申请书一个月后将作出裁决，我可以签字同意离婚，不同意需要说出原因，必须在法院判决之前知照法院。也可以对申请书置之不理，既不签字，也不申述不同意离婚的理由。法院如果听不到任何反馈，将按时开庭，作出判决，而且不需要当事人出庭。毫无疑问，结果肯定是判离。法院判离后需要再等一个月零一天，离婚文件才会寄给双方当事人，判决正式生效。

我接到离婚申请书后没有签字，也没有表示反对，仔细看了一遍前言浏览了一下内容，就随手将其撕碎丢进垃圾桶了。

一个多月后，我接到了法院判决书，无任何附带条件的离婚。

我呆呆地望着这一纸判决，心潮起伏。我实在无法理解，也无法相信，经营了四十余年的婚姻，就这样结束了？往事如同万花筒般在我脑海中浮现，多么温馨，多么精彩，多么令人难以忘怀！我无法将往事与现实衔接，美好幸福成了遥远的记忆，它们不再属于我，而是属于另一个世界，属于另一个角色。现在的我，完全被遗憾、痛心、不解、疑惑、失落，甚至愤懑压垮了。躺在床上整夜翻来覆去，满脑子都是杂乱无章记忆的闪回，时而激动，时而怨恨，五味杂陈，无休无止。就这样不问饥饱，不分昼夜，昏昏沉沉熬过了两天两夜，直到电话铃响，方从似梦非梦中醒来。

是珍妮打来的。

“维克特，你好吗？”

“还好吧。你走之前我想给你饯个行，你看什么时候合适？”我问道。

“你太客气了。还是我来请你吧，你上次请我一次了。”

“你要回国了，我怎么好意思让你请客，搞颠倒了。”我说。

“那也好。不过我能带个朋友过来吗？是婚介所李经理。”

“没问题。你选个西餐馆吧，中餐你回国有得是机会吃。行吗？你定个时间。”

“星期天中午十二点你先到我这里，我带你们去附近一家西餐馆。你看行吗？”珍妮说。

“好啊！一言为定，星期天中午十二点见。”

我准时来到珍妮住处，李经理也已到场。珍妮将我们相互介绍之后，又分别驱车来到一家西餐馆。餐馆布置很高档，窗明几净。中午用餐者不多，而且还有优惠。我说今天我做东，为珍妮送行，请两位女士随意点菜。李经理说她与珍妮多年交情，今天为她饯行理所当然应由她埋单。

“维克特，你与我是初次见面，今天算我请你陪客。如果你感到欠我一餐，来日方长。今后你再请我，有得是机会，对吧？”

看来李经理主意已定，我就恭敬不如从命了。

我们分别点了各自的食物。进了西餐店我不点牛排就点羊腿，其他菜肴凡品尝过的都兴趣不大。没有品尝过的看到菜单都头晕，弄不懂菜单上写的是法文还是意大利文。至于啥味道更是完全没有把握，也就常常放弃了。一只大羊腿一般都烧得肉香扑鼻，松软滑嫩，再配上个人喜欢的土豆泥青豆或西兰花，真是美不可言！

“珍妮，我说你再考虑一下，先别回去了。回去吃不到澳洲美食了。”我说道。

李经理也附和我说道：“我也劝过她，让她再坚持一段，等分到政府公房，同闺女分开住就免得生那些闲气了。”

李经理说的是澳洲一种福利，收入微薄的人士可以到政府机构申请公房。有些公房是政府盖的，一般都是多层单元楼房。另一类是老百姓捐赠的，或政府没收的，或无人居住也无人认领的。住进公房也要交房租，但房租极其低廉。租客一旦有了收入而且收入达到一定额度，则要搬离公房，另觅住处，足额支付租金。至于退休人员，完全靠退休金生活，一般都可以在公房里终老一生。

珍妮表示："我也想过申请公房。但我在澳洲举目无亲，年龄再大，一旦有个三长两短，我可能叫天天不应，叫地地不灵。那还不是活受罪！"

"不行你可以住养老院嘛。这里的养老院我去过，条件都不错，都很干净整洁。当然也有很差劲的，虐待老人的事还曾报道过，不过那是个别现象。"李经理说。

"你不要忘了，那里住的可都是洋人。我英语也不懂，住到那儿不把人憋死才怪！你听说了没有？里边的饭菜都是西式，根本吃不惯。住进去是活受罪。我认识一位已经年过九旬的老太太，身体很好。但女婿已经做了心脏搭桥手术，女儿膝盖也换了半月板。因为无法继续照顾老太太，把老人送进了养老院。住了不到一个月就住不下去了。一是每天连个说话的人都没有；二是吃不饱。为什么？老太太吃饭慢，没等吃饱杯盘碗盏就给你收走了。回到家一称体重，竟掉了四五斤。老太太说什么再也不去养老院了。还好，原来不知道，其实在家养老也可以请政府雇用的护工帮忙。护工可以服务到家，帮你洗澡，打扫卫生。护工工资由服务对象出一点儿，大部分由政府补齐了。"珍妮说道。

"哦，这倒挺好。过去还真没听说。居家养老，政府还有补贴。那你更应该别走了。"李经理说。

"澳洲福利的确很好。这我知道。如果家里有个重病人需要全天候照料，老伴儿或子女可以不去上班在家伺候病人，从政府领取护理人员工资。这份工资比退休金要高出一档。所以有些已经到了退休年龄的人，如果老伴儿需要照顾，不去申请退休金，而是继续领取护理费，这也是合理合法的。但澳洲福利再好，我也没兴趣留在这里了。这里是我的伤心地，老伴儿没了，国内两栋房子没了，好在我还有一条命，不能再丢在这里了。叶落归根，想家了。你们都还好，年纪比我小，又有自己的事业，英语也好，没有我这么坎坷不幸的遭遇。"珍妮说着说着眼圈又红了。

"珍妮，你的处境我们都能理解。恐怕你不知道，其实家家都有本难念的经。”我说道。

“维克特说得对，我那本难念的经你也还没有听说呀！”李经理插话道。

“你整天风风火火当媒婆儿，女强人一个。你有啥愁事！别瞎凑份子。”珍妮对李经理的话根本不信。

“我知道你不会相信我说的话。你反正也要走了，我把我的经历也给你念叨一遍。维克特，今天你的事咱们以后再说，你也听我啰唆几句，不在意吧？”

“没关系，你说。再不说等珍妮走了她也听不到了。”

看来李经理也是个有故事的人。

李经理与前夫曾是一对非常成功的商人。他们从小就是邻居，小学中学大学，一路走来可以说形影不离。李经理本来对数理化没有兴趣，但为了能与自己的发小在一起，竟选择了同一个专业“机械制造”。大学毕业被分配到同一个研究所，这一干就是十几年。期间，结婚生子，一帆风顺。知识分子下海大潮出现以后，李经理夫妇也坐不住了。于是双双停薪留职，走上了一条艰辛的创业路。他们结合自己所学专业，首先在机械制造行业寻找机会。当时国内机械制造基本都是低端产品，没有什么前途。如果引进机器设备，他们又缺乏资金。在各地游荡了整整两年，也没有找到任何机会。刚好有个民营企业家低价购得一座几近倒闭的煤矿，急需招聘工程技术人员，而且起薪不低。于是李经理夫妇应聘上岗，在山沟里一干就是三年。三年间地上地下，不知吃了多少粉尘，愣让一个濒临倒闭的煤矿起死回生。矿主见李经理夫妇为人正派，踏实肯干，又有知识，就把煤矿让他们承包了。承包以后，李经理夫妇干得更为起劲。矿上原有机械不仅全部修复启用，甚至还开始进口机器和配件，与外商打起了交道。又干了一段时间，外商开始物色在中国的代理，首先想到了李经理夫妇。经过一番讨价还价，双方签订了代理合同。于是李经理夫妇在北京开设了一间矿山机械进口配件公司，由夫人出任总经理负责日常运作，李经理的丈夫暂时不离开矿山。北京的公司经营不到一年，利润滚滚而来。当时矿山进口配件国内紧缺，获利空间非常之大。李经理夫妇眼见北京的公司前途无量，索性把煤矿推掉，双双来到北京，携手经营北京的公司。

李经理夫妇没过多久就在北京的高级住宅区买下一套二百多平方米的住宅，分别开上了奔驰和宝马轿车。李经理住的地方离公司很近，走路也就一刻钟左右。但对她说来，赚钱的事是一刻千金，所以她总是以车代步。

李经理夫妇高级轿车的招摇和生意上的春风得意，引起了一个犯罪团伙的注意。一天深夜李经理的丈夫开车回家，在一个每天都必经的僻静路口被两辆摩托车截停。坐在摩托车后座的两个人从车上下来，示意奔驰车主打开车门。李经理的丈夫不知何故，摇下了车窗询问“怎么了”？其中一人突然抽出一把利刃抵住了李经理丈夫的喉咙，轻声说道：“对不起，借车用一下！”李经理丈夫知道遇到打劫的了，环视周围看有无求救或逃跑的可能。另一人走上前先把一条毛巾塞进李经理丈夫嘴里，李经理丈夫试图反抗，脖子上立刻被划了一刀。两人联手将李经理的丈夫拉到车外，并将其双手从身后捆绑，然后推倒在后排座前边放脚的地方，又把双脚也捆绑了个结实。一位绑匪开车，另一位坐在后排座上，双脚踩在李经理丈夫身上，快速离开现场。

半夜十二点过后，李经理接到一陌生人电话：“你老公在我们手里，赶快拿50万赎人！我会告诉你在哪儿交钱。不许报警，否则马上撕票！” 未待李经理说话，那边电话啪一声挂断了。

未待李经理回过神儿来，电话铃声又突然响了起来。电话那头传来老公哀号的声音。哀号声突然停顿，老公在电话里带着哭腔断断续续地说道：“不能……报警，千万……不能……报警。保险……柜里……有钱。不够……再到……书柜……抽屉里……找……”只听老公一声惨叫，电话又挂断了。

李经理吓得不知所措，脑袋像要炸开。她深吸了几口气，心情稍微平复了一些。她不敢报警，只想赶快把老公解救出来。她试图打开保险柜，一时又把密码忘了。好不容易想起了密码，才颤抖着双手打开了保险柜。在保险柜里取出40多万元，又从书柜抽屉里取出一些凑了整50万。李经理这才倒了杯冰水，大口喝了两口，一屁股坐进沙发，等下一个电话。李经理此时头脑才开始清醒，考虑下一步怎么办？

她知道一旦被绑架，争取时间是关键。如不报警，口头上则要尽量满足对方要求，稳住对方，同时考虑下一步对策。可也不能一下答应绑架者的全部要求，要留有回旋余地，在保证被绑架者生命安全的前提下，尽量减少一些损失。李经理忐忑不安地等待着绑架者的电话，头脑里也在快速运转如何应对。

电话铃声突然又响了，李经理赶紧抓起电话。

“准备好了没有？”对方开门见山地问道。

“准备好了，准备了30万元。”李经理答道。

“要滑头？要钱不要命了？”

“不是不是，大哥。深更半夜我不敢惊动别人，不好到处借钱，我想等天亮再去筹钱，你看好不好？”

“等天亮你就来收尸吧！”

李经理突然放声恸哭。

“你们让我怎么办呀？我没有那么多钱呀！我把30万元送给你们，要杀要剐我也交给你们了。再不行就让我等到天亮去筹钱，我想再凑20万元应该问题不大吧。”

对方一听，要等到天亮？夜长梦多。只听电话那头似乎有人在说话。

“你马上过来，把钱带过来！带上你的手机！”

对方给了地址，李经理开车上路，风驰电掣般奔向郊区一指定地点。到了一看，是一座闲置不用的库房。周围没有一个人，死一般寂静。突然她的手机又响了。

“你没有到场！你老公死到临头了！”对方恶狠狠地说。

李经理听了浑身一哆嗦，赶忙回复：“我到了，我到了，我就在一座库房外边，没见到人啊！”

“你把车沿着大路继续往前开，遇右侧第二个交叉路口右拐，灭掉车灯往前开500米，在一个蔬菜大棚外停下，有人在那里等你。”

李经理提心吊胆按对方指示把车开到了蔬菜大棚旁边，见到一个头上带有头罩的人向她走来。

“把钱拿来！快点儿！”

”人呢？我要看到人才能给你！”李经理说。

“少废话，人在那边。交钱再说！”

李经理眼见不远处有几个人影，其中一人个子高挑好似丈夫的体貌，于是把钱袋交了出去。来人拿走钱袋，回到大棚附近，借着大棚内微弱灯光几个人好像在数钱。大概过了几分钟，李经理感觉好像等了几个世纪，那个高个子才晃晃悠悠走了过来。走近一看丈夫无误，李经理扑上前去，紧紧楼着丈夫把他扶进汽车。两人一句话没说，李经理发动汽车，开着大灯直奔城里家中。

经过此番惊心动魄的折腾之后，李经理夫妇行事开始十分小心。但两个月不到，李经理丈夫在办公室又接到一通电话。

“兄弟，日子过得可滋润？”电话另一端问道。

听声音有点耳熟。

“请问，您是哪位？”

“忘了？您贵人多忘事。您还欠我20万，忘了？”

李经理的丈夫浑身一激灵，知道是上次那些绑匪来的电话。犹豫片刻，强打精神继续应付。

“噢，知道，知道。不过，我的车还在你们那儿，也是一笔钱啊？”

“您记性不错，还记着车。早烧了。车是车，钱是钱。少废话，给你三天时间，不交钱看好你的孩子老婆就是了！”“啪”——对方把电话挂了。

李经理有个十岁的女儿，因为忙事业无暇顾及，一直由生活在另一城市的父母照料。经历了第一次绑架事件之后，李经理不敢一个人在家，就把女儿接到身边做伴。显然绑匪盯上了他们一家，否则怎么知道他们有个孩子？

李经理的丈夫回到家中将绑匪又来电话一事告知夫人，两人紧张商量对策。他们知道，不能一忍再忍，否则将掉进无底深渊。绑匪胃口永不会满足，索要将永无止境。必须报警了，同时为了安全起见，需要把夫人孩子赶快送出北京。

李经理夫妇一家从此陷入恐惧之中，不知道下一刻会发生什么。天天提心吊胆，真是度日如年。李经理同女儿回到娘家，平时不敢单独出门。孩子上学也不敢大意，总有两人陪同接送。长此下去也不是办法，李经理夫妇考虑移民了。委托一家移民代理，交了一笔费用，经过一番运作，在澳洲一家婚介所注入20万澳币资金，作为投资，全家移民澳洲。

办完移民手续，从公安部门也接到喜讯，绑匪全部落网。原来在审讯另一刑事案件中，绑匪也供出了绑架李经理丈夫并索要赎金三十万的案件。李经理夫妇一家，这才最终放下包袱，重新开始了正常生活。但绑架留下的阴影，恐怕要伴随他们一生。

李经理带着孩子来到澳洲，与澳洲老板共同经营婚介所，丈夫留在国内继续经营他的机械配件代理。一个家庭分居两地，每年中国澳洲，澳洲中国，飞来飞去，不厌其烦。就这样像候鸟一样飞了两年，李经理还乐此不疲，丈夫却越来越不想往澳洲飞了。原因当然是公司业务实在太忙，无法脱身。到第三个年头，与丈夫的通信也出现了问题。电话打过去不是占线就是没有开机，再不就是没在服务区。邮件联系也经常有去无回，哪怕再急的事，那边也难得及时回复。李经理感到有些怪异，询问丈夫到底是怎么回事？丈夫总是拿工作忙也无法解释，慢慢就露出了马脚。李经理回国探亲时在丈夫另一部手机上发现了端倪，原来他同另一个女人有频繁联系，经常一天数个电话，一打就是一两个小时。谈业务？不可能。李经理也是在商场搏杀的人，谎言已经无法掩盖真相，丈夫不得不摊牌了。承认他已经爱上了别人，而且不可能再分开了。

可想而知，李经理听到此话是如何震惊。一对两小无猜，一辈子共同走过来的夫妻，天南地北分开两年多，就需要面对这样一个局面？难以理解，不可思议。李经理晕了，不敢相信，这样一个经历过如此多的风风雨雨似乎超稳定的家庭，竟也如此容易解体。李经理也是位女强人，办事干脆利落，不喜拖拖拉拉。既然丈夫主动承认已有婚外情，而且到了难舍难分的地步，李经理也不想纠缠，主动提出离婚，各奔前程了。

回到澳洲，李经理连续一周没去上班，向婚介所老板请了长假。婚介所老板是位六十多岁的澳洲男士，体态高大，待人亲切，经营婚介所多年。可惜老伴儿因皮肤癌前年去世，老板尚未另娶，仍是单身。李经理虽然在婚介所有资金投入，但根据移民部要求，还必须参与澳洲公司的日常运作，最终才可能移民成功。李经理担任了婚介所副经理，负责华人婚介这一大块。老板听说李经理生病，带了一束鲜花和一盒高级巧克力，来到李经理住处探望。

李经理把与丈夫分手一事对老板讲了，老板听后也感到十分遗憾。不过他劝李经理，不要太往心里去，更不要怪罪自己的前夫。

“你们的错误是双方造成的，本来你们就不应该分居如此长时间。两年多才分手，换个澳洲家庭，一年不在一起就要分手了。分了就分了吧，另起炉灶嘛！你还年轻，身体也好，又如此漂亮，再找个好人嫁了不过是举手之劳！别忘了，咱们自己办的婚介所。你没有了老公，我没有了老婆，咱们一起从征婚者中选个好的，比赛比赛，看谁能尽快找到意中人，你看怎样？有没有信心？”

老板的一席话，把李经理说得露出了多日以来难得的笑容。

“你们都知道，澳洲男人讨好女人都有一套。礼貌、谦恭、细心，比中国男人来得到位。见面分开总要亲亲你的面颊，进门出门必定礼让女士。上车时替你打开车门伺候，下车时赶快下车把车门打开，再把姑奶奶扶下凤辇。来到澳洲与西方人接触，经常感到成了七八十岁的老妪，总要男人照顾礼让。刚开始不习惯，慢慢适应了，感到很舒服哎！”李经理边说边流露出惬意的微笑。

“就这样我被这个老头子弄到手了。也没结婚，就是同居男友吧。同夫妻没有什么区别，如果说有区别，那是都有自己的空间，更自由潇洒些。婚介所的事他不想干了，说要充分享受生活。他这辈子也没有不享受生活的时候。很多澳洲人就是这样，巴不得早点儿退休。今后退休年龄要从六十五岁延迟到六十七岁，不少人在抗议呐。现在的婚介所都是我的事儿了，好在还雇了几个人帮忙。”

李经理的故事讲完了，我同珍妮都听得走了神儿。没想到这位表面光鲜女士的背后，也有如此坎坷不凡的经历。

“不过你总算走出来了。现在是有事业，有伴侣。我们这辈子就交待了。”珍妮不无遗憾地说道。

“不能这么说。珍妮，回国也去找个伴儿。维克特，你的事我帮你，一定给你物色个高档的！”

高档的？什么样是高档的？

第十三章　华裔富婆

李经理关于“高档”的电话很快就打过来了。

“嗨，维克特，今天有时间吗？我想你不会没时间，退休了，有大把时间，对吧？不管有没有时间，你必须过来一趟，我带你去会个朋友。绝对高档的！”

李经理的热心肠很暖人心，不能不去。于是整理衣冠，按约定准时抵达李经理住处。李经理也装扮妥帖，显然费了不少工夫，看上去虽徐娘半老，却仍风采照人。比平时看上去最少年轻了十岁。

“李经理，您这是去相亲吧？打扮得如此漂亮！”我调侃道。

“是啊。人靠衣装马靠鞍，女人不打扮都是丑八怪。阁下您今天也衣冠楚楚，精神抖擞嘛。看来听到‘高档’有些动心了，是吧？”

开车来到一座豪宅门前，听到门铃声，从门边一扬声器上传出一声问语：“请问您是哪位？”

李经理报上她的大名。

“欢迎您，李经理！请进！”

镂花两扇巨大且沉重的铁门徐徐开启，我们开车进入一条直通一座大楼的车道。车道尽头站着一位身着保安制服的彪形大汉，看到我们的座驾慢慢靠近，给我们行了一个标准的军礼。李经理说这是迪娜的保镖，退伍军人。待我们停下车，李经理将车门打开，保安走过来，轻声问道：

“太太，我是鲍尔。愿为您服务。”

“鲍尔，好久没见你了。你好吗？”李经理问道。

“太太，很好，谢谢您。您好吗？需要我把车停到停车场吗？”

“谢谢你，不必了。我自己可以开过去，顺便带这位朋友看看这个大院落。”李经理答道。

李经理将车开到大楼右侧一个可停二十几辆轿车的停车场，下车后慢慢踱步往大楼入口处走去。院落很大，大楼周围被草坪环绕，草坪外围是参差不齐的树木，不少树上挂着红色白色花朵。我还注意到树木中间夹杂着一种灌木丛，身披三种颜色，俗称“昨天今天明天”，或称“鸳鸯茉莉”。头天开深紫色花，第二天变成熏衣草颜色，凋落前又变成了白色。草坪上还有两处圆形花坛，里边遍栽各色花卉。清风掠过，摇曳浮动，煞是养眼，空气中还不时飘来淡淡的花香。

大楼左侧远处是一座玻璃房子，李经理说那是一个可加温的标准泳池。

走近大楼，只见一位打扮入时体态丰满的女士，已经等在门口迎客。

“李经理，多日不见，别来无恙耶？”

“酸溜溜的，又看什么书了？学了就卖？”李经理回道。

“这位先生就是我对你提起的那位维克特。维克特，这位大美人是迪娜，我们这里的大土豪。”李经理如此把我的相亲对象介绍了。

“李经理嘴里吐不出……什么了？ 当媒婆儿的就这点儿本事，没几句真话！”迪娜也不示弱。

“你不感谢我，还损我。快带我们进去，让我们站在这干什么，又不是你的保镖。”

这是一座四层楼房，一层用于会客。设有电影录像厅，室内烧烤厅，健身房，咖啡厅等。二层是饭厅和游艺室。有卡拉OK歌厅，棋牌室等。三层用于安排客人住宿，四层则是主人卧室和日常活动空间。

迪娜引领我们楼上楼下走了一遍，然后在一楼客厅落座。

“维克特，我听了李经理对你的介绍，印象很深。您的经历极其丰富，我很羡慕，自感惭愧呀。”

迪娜开口讲出这种夸赞语，让我感到受宠若惊。本人辛辛苦苦一辈子，也没有混到迪娜这种档次，感到惭愧的应该是我吧？

“您过奖了，过奖了。看您的院落，看您的房舍，您属于上流社会，我则属芸芸众生之列，无法与您比肩啊！惭愧，惭愧。”

“你们别这样饶舌好不好？谈谈知心话，不方便我就先告辞了。还有别人等我牵线呐。”李经理有些不耐烦了。

“既来之则安之，你别想走。我租了一条船，咱们坐船在纳兰河上漂他一天，怎样？”迪娜说道。

“可以，你别想让我掏钱，我可没有那笔预算。”李经理说道。

“今天我与维克特初次见面，我要尽地主之谊，不能怠慢客人。请李经理陪客，当然不会让你掏钱。让你掏你也不会掏，葛朗台，我还不知道你？”迪娜连讽刺带挖苦地说道。

“我的钱是辛苦挣来的，不像你，是天上掉下来的。”李经理也嘴不饶人。

“我运气好。你也不是辛苦挣来的，是凭三寸不烂的舌头忽悠来的，对吧？！”迪娜也不好惹。

“对个大头！你是不是要让我把你的老底儿翻出来？”李经理威胁道。

“您可别翻。你以为我怕你翻？女汉子做事女汉子当，我要找机会把老底儿自己抖给维克特看，用不着李经理操心。”

“不打嘴巴官司了。租了一天的船不去坐船在这儿闲聊干什么？”李经理想去坐船逍遥了。

迪娜的房子建在纳兰河边，有个小型码头，一条白色游艇已泊在旁边。一位年轻舵手，潇洒帅气满脸堆笑，把我们一一扶上游艇。走进船舱，只见处处干净整洁，似水洗一般。休闲座椅，餐饮器具，一应俱全。船舱中间的桌子上摆满了各色饮料小吃。

年轻舵手熟练地将缆绳解开，走进驾驶室，拿起话筒向大家致意。

“女士们先生们，欢迎各位。”

随后又自报家门，告知他的名姓，并简单介绍了行程。纳兰河沿途各处景点都在游览范围之内。中午时分，将在“冲浪者天堂”码头停靠，著名的罗西尼餐馆将把意大利式午餐直接送进船舱，任乘客享用。

游艇起航后，沿着曲曲弯弯的纳兰河慢慢滑行，游艇舵手每经过一处景点就将其历史沿革大致介绍一遍。黄金海岸河道纵横，临河而建的房舍比比皆是。有的豪宅价值千万澳币，也有价格低廉的，五六十万即可到手。高楼大厦不多，绝大多数都是一层或两三层独立住宅。澳洲不少名人富人，都在黄金海岸置业。最有名的恐怕是澳洲的花花公子——特拉威斯·贝侬，公认是澳洲版休·海夫纳。此公经营着“自由选择”连锁店，主营香烟糖果销售。经常在豪宅举办荒唐聚会，成群美女打扮妖艳穿着暴露，通宵达旦吃喝玩乐。其结发妻子竟同另一女人，手脚着地却面带微笑像狗一样趴在地上，脖子上套着绳索，贝侬则站在两人之间，手中牵着套狗绳的另一端。该张照片在网上公开展示后，舆论哗然。某妇女组织还曾议论，要以虐待妇女罪起诉贝侬。

途经一座三层灰色楼房，舵手介绍说，整个二层，是房主的理发室。真不知此位房主，有几多头发要理，需要如此大的空间。

中午时分，游艇在“冲浪者天堂”河边停靠，意大利餐馆一位雇员骑着摩托来到码头，提了一个大保温袋走进船舱。同大家打过招呼后，打开保温袋将各式菜肴摆到桌上，有冷盘，有热炒，鱼虾肉蛋，少量面包通心粉披萨等主食样样不缺。还提了两瓶法国葡萄酒，餐巾纸一次性刀叉饮料杯等餐饮用具也配备齐全。

临走送餐者说了声：“请享用午餐吧！”

澳洲服务行业没有收取小费硬性规定，多数情况顾客也不给小费。送餐者刚想离开，迪娜把他叫了回来，塞给他一张十元钞票。

这一餐吃得十分过瘾，两位女士胃口太小，我是吃了个酒未醉，饭已饱。舵手小伙也应邀与我们共进午餐，他吃得比我还带劲，但酒是一口没喝。他要驾船，哪敢饮酒。四人全部填饱了肚子，剩下的饭菜再喂饱一两个人绝无问题。

边吃边喝酒我感到脑子缺氧，有点犯迷糊。血液都集中到消化器官，顾不得脑子了。三个人喝掉了两瓶红酒，我看迪娜和李经理也喝得眼神迷离脸颊和眼白开始泛红，多少有些醉意了。我起身给每人冲了一杯浓咖啡。

“嗨，两位。来杯咖啡，提提神。”

咖啡进肚，大家的精神头儿又来了。

“维克特，吃好了吗？”迪娜问我。

“吃撑了。干嘛点这么多菜？”

“人家就是这种服务，四人套餐。不管你胃口大小，是男是女，分毫不差。”迪娜说。

“下次四人吃饭点三人餐，免得浪费。”我出主意。

“你聪明。今后你开餐馆一定到你那里定餐。可是餐具你得送四套，否则我要吃手抓饭了！”

游艇又在河上游荡了三个多小时，有些地方两次经过。近黄昏了，楼房里的灯光开始调皮地眨起眼睛，太阳在变换着颜色的云彩中慢慢落下，与今天依依不舍地道别。游艇开始回程了。

“迪娜，谢谢你，安排了全天如此开心的活动。下次我做东。”李经理说。

“不言谢。有你们两位陪同我也很开心。我也要谢谢你们的陪伴。下次做东就免了，你的承诺有一车了，不指望你兑现了。今天与维克特谈话没有进入主题，因为阁下在场。我想下次单独请维克特，想你大经理阁下不会在意吧？”迪娜说。

“嘿，过河拆桥！我陪你们一天还不落好。你们爱单独见就单独见，与我有啥关系？不过你们要是成了，介绍费3000澳币一分也不能少！懂吗？”李经理是三句话不离本行。

“好啊。两人3000澳币，一分都不多给！”迪娜说。

“赖皮。一人3000澳币，俩人6000澳币。给你们俩人优惠价，一人2999澳币。讨个吉利，天长地久嘛。”李经理说。

“你可真能算计！”迪娜说。

迪娜给我留下的印象正面的多一些。富足、大气、开朗、健谈，很有幽默感。分手后又电话多次联系，主要是闲谈。国内国外，谈事论人，交谈还比较投机。大约一个月以后，接到迪娜的邀请。

“嗨，维克特，我知道你还没有去过新西兰。我已经定好了下月12日去新西兰旅游7天的船票。没有什么事缠着你吧？”

我似乎对迪娜产生了爱慕，听到她邀请一起出游，心里很有些兴奋。

“好啊！我正想到国外走走。憋在这里一年多了，想动动了。多少钱买的票？我把钱网上给你汇过去。”

“以后再说，先准备出发吧。新西兰气温比澳洲低很多，多带些厚的衣服。羽绒服要带一件，我们要去冰山上玩儿。”

“冰山就不去了吧，不是咱们这个年龄段的人玩儿的地方了。”

“你也真是。身体也没什么毛病，冰山怕什么！去！一定要去！你要不去我拖也要把你拖上山！”

这个倔强婆娘，这不是强人所难吗？

出发的日子转眼就到了，我们双双从布里斯本登上了一艘豪华游轮。迪娜定的是上层高级舱室，卧房宽敞，窗户临海，视野开阔。

整整7天，很多时间都在船上度过。船上娱乐项目很多，看电影，跳舞，游泳，各取所需，十分随意。一日三餐，饭菜非常丰富，西餐有法式、英式，还有日式，可惜没有中式。每到一个港口，大家都忙不迭登岸活动。可以随团参观游览，也可以自己安排活动。因为很多时间都在船上，所以一点儿都不觉得劳累。唯独冰山一行，可真把我累垮冻坏了。有些地方路面打滑，数次险些摔倒。幸亏遇到路滑的地方我小心翼翼，尽量把身体重心放低，否则不知股骨颈要摔断几回。迪娜几次及时把我扶住，但也不停地抱怨：“真笨，路都不会走！跟你出来太受罪。以后没事多锻炼锻炼，不要未老先衰。”

我的天，还未老，都年过古稀了，什么时候才算老啊？

迪娜在船上也闲不住，主要是跳她的排舞。我对跳舞半点儿兴趣没有，硬被她拖着去舞场看了两次。所谓排舞，也就是一个人把两只脚左右前后不停地挪动，不需要舞伴，也没有什么高难度动作，舞场上基本都是年长的女士在跳。我发现跳得最好的还就是迪娜。

“宝贝，你怎么跳得那么优雅？简直是鹤立鸡群呀！”我好奇地问她。

于是引出了这位舞王的故事。故事太长，这这里只能简述个大概。

迪娜毕业于国内一所舞蹈学校，是学校里的尖子。上学时同班同学兼班长向她频送秋波，处处关照，最终感化了这位舞蹈公主，刚一毕业就走进了婚姻的殿堂。两人很幸运，被分配到了市文化局下属的同一个现代舞蹈团，担任舞蹈演员。迪娜是独舞演员，丈夫则是群舞演员。舞蹈团团长很看中迪娜，不仅舞跳得好，人也长得水灵阳光。尤其酒量特好，半斤八两不在话下，是女中豪杰。团长只要有接待安排，有饭局，总要把迪娜带上。迪娜的丈夫则屋漏偏逢连夜雨，独舞没有他的份儿，就连群舞也因为一场车祸而跳不成了，被转到文化局宣传处当上了个小科长。小科长似乎当得有声有色，可能大学里当班长有些领导经验，也可能天生就是块当领导的料儿，去宣传处不久，就传说要越级提拔成宣传处处长了。

迪娜出于女人的敏感，觉得团长对她有所图谋。宴请时不仅每餐必邀迪娜到场，而且还要紧靠团长入席。团长右侧是主宾，而左侧就是既非宾客也非领导的迪娜。团长不仅让她陪酒，还经常在客人面前夸赞她是“我们团的团花”！几次趁人不注意，还在夸赞她的同时，用手捏她的大腿，让迪娜感到十分不安。

回到家中她把团长的不轨行为多次对丈夫说了，丈夫听了竟毫无反应。迪娜感到再去陪酒实在不妥了，想就此打住，免得团长得寸进尺。随后几次宴请迪娜都借故推托了。

有一天丈夫回来，脸色很不好看。迪娜问他何故老拉着脸，这么不开心？

没想到丈夫开口竟指责她：“为什么团长请吃饭你不去？那是抬举你。团长对我讲了，说‘你老婆现在摆谱了，谁都不放在眼里了。她这个独舞，你这个提拔，还不都是我一句话的事儿’。你知不知道，文化局局长是团长的亲家。他要是在局长面前给我上点眼药，我这个处长还当得成吗？看你把事情闹的，这样下去，你我都没有好果子吃。怎么办，你看着办吧！”

因为这件事丈夫三天没有搭理她。迪娜感到十分为难，不知应该怎么办才好。团长与她的亲近，团里早有风言风语，她实在不想再去陪酒了。可丈夫一席话，又让她感到有了压力。丈夫的提拔是箭在弦上，如果因为她不去陪酒而导致丈夫不能提拔，很可能毁了他的前程。她知道，丈夫一心是要当官的，他的人生目的就是一步步往上爬。她不得不咬紧牙关又去吃了几次，不过尽量坐得离团长远一些。

有一次丈夫出差去外地办事，迪娜一个人在家。周末晚上，团长突然来访。迪娜从门镜里看到是团长驾到，不敢不开门。刚一开门就被团长堵住嘴巴拖到床上。迪娜拼命挣扎，但无法摆脱那个混蛋的魔爪。迪娜想喊救命，但又怕丑事传出去，今后无法做人。直到迪娜拼得筋疲力尽，最终还是被那个畜生强暴了。

“今后你要听我的。你放心，处长的位子我让局长给你老公留着。看你的表现，表现好，过几年我提拔你当我的副团长。我够意思了吧？”

“你滚！我非去告你不可！”

“丈夫出差回来，我对他哭诉了我的遭遇，我的这位丈夫竟又是一言不发！我说我要去警察局告他，丈夫竟劝我什么‘小不忍则乱大谋’，不让我去告。我实在无法继续忍受了，后悔嫁错了人。嫁了一个为了自己升官而完全不知羞耻没有半点儿骨气的混账王八蛋！离婚！唯一的出路是离婚！我别无选择。

婚离了，但舞团也不能待了。传言满天飞，那个混账团长还恬不知耻公开说我是他的‘红颜知己’。中国就是这样一个传统，好事不出门，坏事传千里。尤其是有关女性的丑闻，从来没有人指责男人，往往都是拿女人开涮。我知道，无论我走到哪里，我与这个狗屁团长的性丑闻，会跟我一辈子。这种日子我无法面对。我还年轻，我要另辟蹊径，找自己的出路，找自己的未来。于是我开始寻找出国的机会，网上看到了李经理的婚介公司，于是就委托李经理帮忙物色对象了。

李经理给我推荐了一位大叔，比我大整整25岁！当时我一门心思就是往外走，想尽快离开那个是非之地。外界的传言已经把我压得喘不过气来。李经理把这个老外介绍给我，如实把对方情况都对我讲了。她说此人年纪偏大，但非常富有。夫人已经去世三年，因为夫妻感情深厚，旧情难忘，始终未曾再婚。但年龄越来越大，身体也渐感不支，慢慢把很大一个企业交给了独子掌管，自己则退休在家，颐养天年了。原来在商海拼搏，精神有所寄托。退下来之后，每日里除去吃饭睡觉晒晒太阳打打高尔夫之外，无事可做，无人陪伴，就感到寂寞难耐了。听他的一位与亚洲女人结婚的朋友讲，亚洲妇女贤惠体贴，性情温和，是理想老婆。尤其到了晚年，能娶个亚洲女人为妻，那真是福分。于是他在朋友的鼓动下，也找到李经理，登记注册开始寻找亚洲妻子了。

当下的确在澳洲上流社会，有不少人士以结交或迎娶亚洲女人为荣。当然了，善始善终能有几人，就不得而知了。但李经理给我介绍的这位老外，却能与我厮守终生。我当时出国心切，却也担心自己一不懂英语，二无甚可以施展的专长，若嫁个穷光蛋，日子肯定难熬。而李经理介绍的这位，非常富有，心想先出去有个落脚地方再说，管他年纪大还是不大。于是义无反顾，闪电般嫁到了澳洲。

嫁过来与老公相处一段时间之后，发现此君人品很好。他首先不厌其烦辅导我英语，还把我送到英语培训机构系统学习。不到一年，英语生活用语我基本都掌握了。同时他还请了驾校老师，教我学车，并亲自陪我练车，来澳不到三个月我就可以开车上路了。他自己开了一辆旧奔驰，却专门给我买了一辆高档奔驰车，并花钱申请了一个特殊车牌，'DINA 001'。我们在一起生活一年后，他也对我有了充分的了解，并给我办了一张信用卡，取钱没有上限。

我看他对我是真心实意，也开始对他全身心投入，对他的照顾可说是无微不至。他因为年纪大，腰腿时有疼痛，我就专门去学习按摩，以便随时在家为他服务。他看我还年轻，也没有什么社会交往，建议我出去与社会多接触接触，免得总待在家里发闷。我说：'同你在一起我很开心呀？怎么与社会接触啊？'我没有想到，他竟把近处一个购物中心里的一家冰淇淋店买了下来，让我当老板。同时还请了一位很能干的经理负责日常运作。我不过是每天到店里收账，闲来无事到店里走走看看，或搭把手。这份工作给我的生活确实增添了不少色彩，我不仅与几个店员相处融洽，也与不少常客认识，有的还成了很好的朋友。我的交友圈子越来越大，现在我几乎每两周都在家里举办派对，邀请的客人一般都有二三十人。吃饭、喝酒、唱歌、跳舞，已经成了我生活中不可或缺的内容了。

我陪同老公25年，三年前老公病故。临终前他向我表示，与我一起生活25年，他感到很开心。他谢谢我对他的精心照顾，不离不弃。她说我管理的冰淇淋店很好，认为我很善于同顾客交流，财务管理尤其出色，询问我他百年之后，有无兴趣投身商业，参与管理他儿子经营的公司？我表示不想再过多参与商业事务了，希望能彻底休息下来，安度晚年。他说我的想法他能理解，于是在他的遗嘱里，把我们的住宅留给了我。他说，我们的住宅价值千万澳币，但毕竟只是不动产。生活需要活钱，家有万贯，不如日进斗米。于是又把他早年购置的一栋高级住宅楼整个一层也留给了我。现在我的活钱就是靠这层楼的租金。够了，足够了。我感谢李经理，当然也要感谢我的老公，这两位是我生命中的贵人。”

与迪娜的旅游结束了，又回到了黄金海岸。我对迪娜的专一、热情、大方，很欣赏。但对她的固执、任性，也有深刻体会。她的善于交际也让我感到压力。她的“我两周一次的派对基本是雷打不动的，我希望我未来的朋友能与我分享。曾有男友因为我频繁派对离我而去。另外我不想为出租那层楼房再多去操心，我希望未来的男友能接手这件事。物色租客，处理租客各种需求和投诉，我以后不想再管了”。

对迪娜提出的交往条件，我考虑再三，感到不好接受。社会交往我基本是做减法了，那些派对等热闹场面已经让我感到心烦。至于管理她的房舍，我也毫无兴趣。我的宗旨是“安度晚年”，物质金钱的引诱在我身上不再产生任何作用，如果再让我参与商业经营，无异于背上了新的十字架。我最后同迪娜表明了态度，同她讲，我们可以做朋友，做夫妻，不合适了。希望她另外寻觅更合适的，共度余生。迪娜是位豪爽女性，不会纠缠，同意了我的选择。我将新西兰旅游花费从网上转给了迪娜，没想到让迪娜把我一顿臭骂，说我羞辱她。

“我说是我请你，请你陪伴我。我怎么有脸收你的钱啊？你这不是羞辱人吗？小男人！以后不搭理你了！”

她没有不搭理我，每两周一次的派对她还总是邀请我参加。我没事也去，但点个卯就走，不参加后半截的活动。

遗憾得很，李经理的“高档”客户也不是我的菜。

我的那个“她”到底在哪里？何时能现身啊？

第十四章　按摩女郎

李经理是个热心肠，也可能是敬业精神使然，有一种非要成人之美的倔劲儿。

"高档不行，咱介绍个低档的。这位朋友职业低档，是位按摩店老板，但人品没问题。现年53岁，来澳已经十多年了。外籍老公已去世多年，始终未再物色对象。我是在按摩店认识的，知道她已单身多年，曾动员她另起炉灶，寻找自己的第二春，她则一再拒绝。我定期到她的按摩店按摩，每次都要询问个人问题解决没有，她则一再推托，说无意再找了。我猜想她不是无意再找，应该是没有遇到合适心仪的而已。"

李经理继续说道："这位女士姓佟，大学毕业，学工程的。南方人，性格极好，待人真诚，手下雇了几个人，个个正派敬业。你知道有些按摩店是提供色情服务的，在她那里绝不允许。一旦发现有人不轨，立刻解雇。其他按摩店雇员与老板分配提成往往是三七或四六开，在她那里是五五分成，所以真正以按摩为生正派敬业的职员，愿意跟着她干。与其他按摩店相较，她的雇员队伍非常稳定，口碑极好，有很多回头客。"

"对她在国内的生活工作我知道不多，她也谈得很少。据我所知，她在国内没有婚史，十多年前嫁过来的，白人丈夫业已去世。父母均已作古，有个弟弟，因患上了肌肉萎缩症，年纪轻轻也过世了。她是上无老下无小，孤身一人，简单得很。同你一样，她也来自南方。我见过她年轻时的照片，天生丽质，窈窕淑女。江南女子的柔美清丽，一览无余。如果你能打动此人的芳心，真是你的福气了！”

我怀疑李经理用的是激将法。不过我还真有了会会这位“天生丽质”女士的冲动。经李经理介绍，我们在一家咖啡馆见了面。李经理介绍我们相识后就离开了，我们则进行了一场非常简短的对话。

“李经理把您的情况对我讲了多次。毋庸置疑，您是位有故事有经历的人，我要说，很欣赏、很羡慕。但容我直言相告，我已经无意再谈什么恋爱了。与您见面主要顾及李经理的面子，这样一位老朋友的善意和关注，我不能置若罔闻。对此，您能够理解吗？”

我万万没有想到，谈话竟是如此直截了当，如此无趣无聊。

“噢，理解，理解。今后还需要见面吗？”

“为什么不可以见面？交个朋友嘛！交朋友同谈恋爱是两码事，不是吗？恋爱不成，交朋友当然可以了。”

我仔细端详了一下佟女士，虽然已届花甲之年，但皮肤白皙，五官端正，举手投足，风韵犹存，完全不像年过半百之人。我心里纳闷，这样一位无牵无挂单身女士，为什么对恋爱如此反感？凭她的外貌，稳定的收入，为什么不找个伴侣，享受生活呀？

我的好奇心让我产生了深入了解面前这位女士的兴趣。

“好吧。下个周六我邀了几位朋友在“冲浪者天堂”海边烧烤，您能大驾光临吗？”

“我一定到场。请告具体时间。”

“下午六点。”我说。

“冲浪者天堂”海边烧烤很是方便，六个朋友聚在一起热热闹闹海吃海聊了足足三个多小时。佟女士也毫不见外，就像老朋友一样聊得吃得喝得十分尽兴。一般烧烤的地方不允许喝酒，我们则偷偷喝了几瓶红酒助兴。烧烤结束后来到与黄金海岸一街之隔的我的住处，四位朋友玩起了麻将，我则与已经醉酒的佟女士坐在沙发上闲聊。

“看来您喝得有些高了。来杯牛奶巧克力解解酒？”我问道。

“不要，你给我来杯蜂蜜水就行了。”

等我起身弄好蜂蜜水回来，佟女士已经歪在沙发上睡着了。

四位牌友打了几圈分别离开后，我看佟女士仍歪在沙发上呼呼大睡，不忍心打扰她，我给她盖上一条薄毯走回自己的卧室也躺下睡了。

这一觉醒来竟是第二天早晨六七点钟了。我走进客厅，见佟女士已经醒来正坐在沙发上看电视呢。

“早晨好，维克特。对不起，失礼了。”佟女士见到我开口说道。

“早晨好！昨晚看到你睡得正香，没敢打扰，让你在沙发上过夜，不好意思。”

自此之后，佟女士就把我视为可以结交的挚友了，我们经常相互邀请走动。蒙在她身上清高自持的面纱也慢慢揭开了，让我走进了她那不堪回首的以往，明白了她拒绝伴侣的苦涩心态。

佟女士出生在一个知识分子家庭，爸爸是一个普通政府公务员，妈妈是一所重点中学图书馆管理员。1957年妈妈肚子里正怀着佟女士，爸爸被戴上右派分子帽子下放农村劳动，一去就是五年。爸爸去后不久妈妈生下了佟女士。劳改结束，爸爸被分配到市园林局干些植树造林的营生，此后又给她添了个小弟弟。1966年“文革”开始的时候，佟女士刚好九岁，正在上小学三年级。爸爸因为“历史问题”被造反派揪斗。所谓“历史问题”也就是因为1957年曾批评有些党员干部“不懂装懂，瞎指挥”而惹上的麻烦。爸爸自认为已经改造了五年，“债”已经还完了，对又被隔离审查反复批斗十分反感，情绪极其对立。越对立越被整治，最后发展到批斗会后拳脚相加，受尽污辱和迫害。连续批斗十余天，爸爸实在坚持不住，在隔离室中用剃须刀片割腕自杀了。在让他写交代材料的一张白纸上，爸爸留下了最后的遗言：“冤！冤！冤！”

爸爸去世了，妈妈成了家里的顶梁柱。妈妈白天需要出去工作，无法照料两个未成年的孩子。好在当时学校停课，姐姐学会了烧饭做菜照顾弟弟，给妈妈减轻了一些负担。晚上妈妈回来，才能给两个孩子做点像样的饭菜。

妈妈也是大学毕业，学哲学的。虽然学校停课闹革命了，但她对两个孩子的教育却丝毫没有放松。几乎每天都要督促两个孩子学习，把小学全套课本买了回来，给两个孩子从头教起。两个孩子也不负妈妈的期盼，很争气，只用四年时间就把小学语文算术全部啃下来了。此后又辅导两个孩子的中学课程，直到学校复课。两个孩子在同一中学同一班学习，一九七七年同时考上大学，姐姐学的是土木工程，弟弟学的是工程物理。一九八一年毕业后，姐姐被分配到市水务局，弟弟被分配到一个科研机关。

参加工作没有几年，弟弟患上了肌肉萎缩症。这是一种到目前为止无法治愈的病患，需要长期治疗以期控制病情。最初弟弟还可以上班，病情逐步加重，最后只有长期卧床。妈妈一边工作一边照料弟弟，身体慢慢也出现了问题，血压增高，精神恍惚，丢三落四。弟弟的治疗需要钱，肌肉萎缩患者需要增加营养，多食高蛋白食物，这又是一笔不小的支出。弟弟让疾病折磨得骨瘦如柴，精神上的压力更是无法言说。最后他对生活完全失去了信心，竟吞噬安眠药试图自杀，因及时发现而被救活。妈妈因着急惊吓身体每况愈下，因担心弟弟再有不测，不得不辞职在家全天候照料。没过多久，妈妈因脑梗住院治疗。妈妈出院后恢复尚好，但左侧手脚很不利落，需要长期锻炼方有可能恢复。这是一个不幸的家庭，两个病号需要照料，医疗费用，生活费用，让这个家庭走入了绝境。经常寅吃卯粮，到处借债，不少亲友已经疏远离去。姐姐的工资是个死数，一个月也就800多元，全部贴补家用，也还差一大块。怎么办？姐姐打定主意，机关下班回家以后，争取晚上再找份工作。刚好看到住家附近一间歌厅在“高薪”招募夜间服务员，姐姐去打探了一下。经理说可以上半夜或下半夜上班，也可以上全夜班。全夜班底薪每月5000元，半夜班底薪每月2000元。服务好，还有提成或奖励。提成或奖励不封顶。

“佟小姐条件非常好，如果愿意应聘，我将把你的底薪提高。半夜班全夜班都给你翻番。希望你认真考虑。”歌厅经理的承诺让佟小姐兴奋不已。

佟小姐没有多做考虑就答应了下来。她太需要钱了，弟弟的病需要钱，妈妈的病也需要钱。这是救命钱啊！为了救亲人的命，她还犹豫什么啊？她曾想过，是否问问夜间都有什么工作？但转念一想，问有何用？既然是歌厅，就是为客人服务。至于服务内容都有哪些，她也隐约感到恐怕不是那么干净。但月薪10000元，这个价码太吸引人了。她曾联系过多个单位，想夜间打工，但对方开出的价码都很低，更没有什么奖励或提成。这间歌厅待遇如此丰厚，让佟小姐见到了经济上的一线曙光。因为歌厅离家很近，又方便照顾家中病人，这等好事，还犹豫什么？

就这样佟小姐这位良家妇女，一夜之间沦落成了风尘女子。接客时她并不浓妆艳抹，恰恰因为她的天生丽质，更受嫖客喜好，生意特好，小费多得令人乍舌。再则她受过高等教育，言谈举止与那些没有受过教育的风尘女子，差异很大，所以更能得到档次较高嫖客青睐。经理很快就看到此位雇员的价值，根本不让一般嫖客碰她，而是专门推荐给那些大款和手头阔绰的土豪等高消费人群。于是在底薪之外，佟小姐每月都能拿到远远超出底薪的奖金和提成。几个月工夫，家里的外债结清了，弟弟和妈妈的医疗营养费用都迎刃而解。佟小姐感到身上的压力减轻了，但心里的压力却如山重。

“我无法原谅自己，为什么非要走这么一条自毁的邪路。但如果自毁可以挽救我的至亲，我的自毁难道不能原谅吗？来到澳洲我才意识到，生老病死是一个社会需要时时关注的事情，是需要政府时时关注的事情。最近听到一条消息，一位老奶奶因为孙女得了白血病而选择自杀以便减轻家庭负担省点钱给孙女治病。这是社会的悲剧！”

佟女士讲到这里有些激动了。

“毕竟中国人口太多，问题太多，很多事情需要慢慢来。但我走上这么一条自我作践的邪路，难道社会没有责任吗？如果有个医疗保障，我仍然是个良家妇女，可以名正言顺地谈恋爱、结婚、生孩子嘛。我就这样堕落了四五年，直到妈妈弟弟双双去世，我才最终又找回了自我，不再为了几个臭钱而继续糟蹋自己。”

“我走出歌厅，希望翻开新的一页，好好工作。我对物色对象已经毫无兴趣，一来对性生活已经十分厌倦；再一个是无法对人交代自己的经历。不交代是欺骗，交代了则肯定告吹。我只想安安静静地过个单身日子就知足了。但我的这样一个简单的愿望也难以实现。”

“我在我们那个小区已经臭名远扬，经常看到邻居路人在我背后指指点点，甚至与我相遇的时候，吐口吐沫，还骂一句，‘丧气’。邻居吵架也经常听到，‘不开心你找隔壁那个婊子去呀！’生活在这样一个环境里我压抑地几乎要疯了。后来搬了家，但国人信息特别灵通，没多久原本见面还热情打招呼的邻居们，见到我就像避瘟疫一样扭头走开。甚至原本见面称呼我‘阿姨’的孩子们，见到我也‘横眉冷对’，再也听不到‘阿姨’的称呼了。我知道，就我这点本领，我无法摆脱过去的阴影。哪怕我走到天涯海角，我那不光彩的经历，如影随形，将伴我一生。”

佟女士意识到自己在国内将没有前途，她不甘心在一个千夫所指的环境中郁郁寡欢了此一生，毕竟她还是一个不到四十岁的女人。她想到换个环境，找一个无人知晓的角落，度过余生。于是她开始在澳洲一个英文交友网站上寻找对象了，并把一帧面目模糊身条诱人的全身照放到了网上。未承想不到一个月，收到数十封希望同她建立联系深入了解的邮件。内中有华人，更多的是老外。年龄跨度较大，五六十岁的占多数，七八十岁的也有好几个。佟小姐不谈华人，她知道自己的那段经历很容易被华人挖掘出来，一旦挖掘出来她的日子就会很难过。她希望找一位年长的白人，一来白人不太容易了解到她的既往史，二来即使知道了，因为年龄大了，也不会太计较。另外她也听说，白人对自己心仪女人的过往婚史或个人经历无甚兴趣，一般不会在意。找年长白人佟小姐还有一个考虑，那就是她对性生活已感到厌倦，不想奉陪了。找个如狼似虎的男人，她没有兴趣，也受不了了。找个七八十岁的老者，可以解除她这方面的顾虑。即使对方有病都没有关系，她巴不得对方是个性无能。于是她把注意力放在了年长的网友身上，并很快物色到了对象。

肯当年75岁，原是一位公司高管，早已退休，老伴儿也已去世多年。他是意大利裔。佟女士知道，意大利人与华人有很多相通之处。意大利人喜欢吃通心粉，据说是利玛窦从中国带回去的面条改良而成。意大利人家庭观念很强，与中国人一样。比如隔代亲，在意大利家庭中，奶奶带孙子的现象也很普遍。肯在网上与佟女士交流了各种个人信息。他住在澳洲布里斯本，有房有车，没有子女，因为有近百万存款，无须领取政府退休金，生活悠闲自在。唯一的缺陷是上班时开车走神，失去了一条腿，常需轮椅代步。另外还有高血压和糖尿病，均得以控制。

佟女士考虑再三，决定同肯见个面。肯行动不便，特邀请佟访问澳洲。佟办理了签证，来到澳洲，与肯相处了一个月，双方都感到满意，于是办理了结婚手续。佟女士返回国内，一年后通过中介准备了各种材料，办理结婚移民成功，来到澳洲，与肯生活在了一起。

“肯是个很有责任心的人。我来到澳洲后，无法用英语交流，加之举目无亲，经常感到孤独无助。肯看在眼里，不仅耐心辅导我英语，还安排我参加英语培训，不到半年，我的口语水平大幅度提高，日常口语交流问题不大了。另外他还经常带我外出旅游，因为行动不便，他一般都是乘坐游轮，吃住都在船上，靠岸后他怕我受累，多数情况自己留在船上，让我随其他游客上岸参观游览。他的朋友较多，常常邀请到我们家里聚会。他们聊天喝酒，我也难得插话，就端茶送水，热情招待。朋友走后，肯总要一再向我表示谢意，谢谢我招待他的朋友，让他们尽兴而归。人一多，一热闹，生活就不那么单调无聊了。我也是乐在其中。”

“肯因为年纪大了，身体经常出现些问题，我就学着给他按摩。日久天长，我对穴位和按摩手法技巧都有了相当到位的了解。肯尝到了甜头，还把我推荐给他的朋友，为他的朋友们按摩治疗。后来我想，整天待在家里除去照顾肯，基本无所事事。很想到外边找份工作接触一下社会，扩大一下视野。我征求肯的意见。我知道，肯可能不会不同意，他是宠着我的。其他需要动嘴的工作我有自知之明，无法胜任。但到按摩店去，应该没有问题吧？肯在与我结婚前，经常光顾按摩店，他知道有些按摩店作风有问题。如果我提出去按摩店工作，他会否同意，我还真不敢说。”

“当我提出到外边工作的想法时，肯不仅没有反对，还主动建议我去按摩店。他说其他工作不适合我，我的按摩技术很好，可以为更多人服务，也可以让生活更充实一些，这对我有好处。他说他过去经常去的一间按摩店服务好，干净，没有任何作风方面的传闻。老板是一位来自中国的女士，因为年纪大了，想卖掉按摩店养老了。肯让我去找一下老板娘，先去工作一段，如果喜欢，肯答应出钱把按摩店给我买下来，大约需要十万澳币。他说他毕竟年纪大了，随时可能走在我的前边。如果他走了，我如何生活，他要给我做些安排，这是他的责任。如果我能把按摩店经营好，有了稳定的收入，他走后也就放心了。”佟女士接着说。

“此后我开始在按摩店工作，没过多久肯就把店给我买下来了，于是我成了按摩店老板。我与肯一起生活了近十年，我们在一起也就是个相互陪伴。有这么一个富有爱心责任心的人陪伴，我真的知足了，很知足了。我对肯是全身心地付出，尤其在他病重期间，我是24小时全天候护理，无怨无悔。他也是看在眼里疼在心里，几次对我讲，真想一死了之，免得太劳累我。对这样一位老者，一位伴侣，一位贴心人，我愿意付出，愿意尽我所能，延缓他的生命。但我回天乏术，我在他的床边，一直陪他离开人世。他离开前对我说了几句话，让我感激涕零。”

“他说：‘佟，谢谢你的陪伴。在你妈妈弟弟生病期间，我知道你受了很大的委屈。你没有告诉我那些事，我可以理解，因为那是你刻骨铭心的伤痛。忘却吧！我不会怪罪你，你只应获得同情。将近十年了，我在努力安抚你的心灵，试图让你忘却那不堪回首的记忆。但我知道，我没有成功。佟，对不起。原谅我。答应我。不要再纠结过去，好好生活……’”

“肯走了。我伏在他身上，轻声对他说：‘肯，谢谢你，谢谢你。我听到了，我知道了。我听你的话，把过去忘掉……’我禁不住泪如泉涌，伏在肯身上长时间不起，直到护士过来把我搀走。”

“维克特，你是位正派人，谦谦君子。是一位可以托付终身的男士。我谢谢你能与我交往，让我有机会把心中的垃圾倒出来。一次次的接触，你对我的经历可以说了如指掌了。你没有表示反感，没有流露出任何歧视鄙视的目光。我尊敬你，羡慕你，但我无法成为你的伴侣。我曾走上了歧途，无论何种理由都不可原谅。我是个脏人，不忍心污染你一个干净正派的君子。我自惭形秽，面对那些干净纯洁的男士女士，我无地自容。肯让我忘记过去，我答应了。但真的忘记，可能吗？我不想自欺欺人。事情虽然已经过去，但那是历史。历史是抹不掉的，是无法更改无法美化无法隐瞒的。原想肯不会知道我的那段丑陋史、堕落史，不知他是如何打探到那些消息。我不怪罪他，我应该感谢他。在他了解了过去的我之后，竟还是那么真诚地待我、关心我、爱护我、原谅了我。你这位中国男士，能有肯这种胸怀吗？不可能有。即使有，我想也不能持久。”

听了佟女士上边一番话，我无言以对。我不知道同意还是不同意她最后的观点。但我知道，让有佟女士这般经历的女士作我的生活伴侣，我是无法接受的。

“我是通过网络物色到了肯。我建议你也到网上试试。现实生活中我们的接触面太窄，网上则海阔天空，任阁下驰骋。国内的澳洲的世界各地的，只要有兴趣可以先网上联系，待到彼此基本了解了，再见见面，处一段看看是否合适。我相信，凭阁下软硬件条件，找到心仪的女士，不会很难，但也不会很容易，看阁下运气了。祝你好运！”

接受了佟女士的建议，我开始上网征婚。与佟女士的交往还一如既往，作为朋友相处，很融洽，很投机，很随意。我甚至感到胸中出现了类似肯的感受，面对这个女人，我应该同情她，善待她。任何的歧视鄙视，都可能是罪过。

第十五章　非你莫属

决定上网征婚后，我开始寻找有关网站。打开电脑输入诸如“寻友”等有关词汇，会出现众多选项，令人目不暇接。有英文的，也有中文的；有海外的，也有国内的。海外网站洋人征婚者多，华人很少，浏览一番兴趣不大，放弃了。进入国内网站发现有大量寻友征婚人士，散落世界各地，男女都有，年龄跨度也很大。当然身处中华大地的女士们人数最多，各个省市自治区都有。职业背景，教育水平，长相身高，脾气秉性，千差万别，选择面十分广阔。于是付费进入两个网站，开始了寻友历程。

男人们在择偶初始阶段，恐怕没有一个不是“外貌协会”会员，我也不能免俗，首先要看长相。我并非条件过高，非要什么“天生丽质”，“窈窕淑女”，只要面相看上去顺眼即可，关键还是脾气秉性。当然需要有一定的学历，不能是扫盲对象吧？肯定还必须能“自食其力”，有养活自己的能力。本人已是退休之人，还要靠退休金生活。虽然为祖国奋斗了一辈子，但并无甚积蓄。找一位经济上不能自立，还需要我供养的伴侣，很不实际，有点难为自己，坑害别人了。

上网征婚，首先要做个自我介绍。年龄学历职业经济状况等一应事务最好有个交代，对女方的要求也应明确，免得浪费双方的时间和感情。我的

“广告词”很快写出了草稿，征询朋友意见后又作了些修改。修改部分主要涉及我的年龄，朋友劝我年龄不能如实禀报。

“你把出生年份都写进去了，人家一算，哇！七十有零了，哪位女士还想搭理你？瞒几岁，待搭上关系谈得投机了再如实交代也不晚。”朋友给我出主意。

接受了朋友提醒，“广告词”中删除了出生年份，笼统写了个“年方六十八”。

朋友建议我隐瞒了年龄，但对我在自我介绍中就学历职业和居住地点等未做如实交代提出异议，我则作了一番解释。

我说我的寻友一事不想让亲朋知道，思想上有些顾虑。觉得这般年纪，还去征婚，有些丢脸。前妻陪伴我风雨同舟四十余年，不离不弃，怎么退休了，却要分手？可以说人人都会怪罪我，误认为是我把郝岚给甩了，绝想不到是郝岚把我给休了。他们会说：“你落难的时候人家死心塌地跟着你，怎么可能现在要离开你呀？肯定是你的问题，喜新厌旧，见异思迁。再不就是脑子进水了！”

如果在我的“广告词”中，如实写上我的学历、职业和居住地点，很可能被人对号入座，发现是我在征婚。于是我很可能成为他人讽刺挖苦的对象，或茶余饭后的笑料。

“丢不丢脸呀！这老家伙怎么不安分了？这大把年纪了还做梦娶媳妇，太自不量力了吧？”

“你看这个人有没有良心？人家郝岚陪了他四十多年，人老珠黄他把人给甩了！他要遭报应的！”

这类议论甚至谩骂会铺天盖地而来。我害怕，害怕被人误解被人指责，被人取笑。于是在我的自我介绍中不仅年龄隐瞒了，经历也篡改和编造了一些，没有恶意，是出于自我保护。婚恋网站上出现的名字是杰夫，英文名。自我介绍词变成了：“本人年方六十八，在中美两国受过高等教育，从事过科研工作，担任过跨国公司高管，现在澳大利亚居住，希望寻找一位性格温柔处事理性经济独立的女士为伴……”。

除年龄外伪造之处还有几个，不是在“中美”受过高等教育，而是在“中英”；与“科研”单位不沾边，也未曾担任“跨国公司高管”，却在高校和国家机关干过。

我想如果能在网上先搭上关系，再抓住时机主动交代，披露真相，说出造假初衷，对方应该原谅和理解吧？

征婚“广告”登出后，连续多日，每天都能收到数封希望进一步接触了解的邮件，令我十分兴奋。

对于来函，我首先要把对方自我介绍看一遍。如果没有照片，或有照片但看上去没有感觉，我就不予回复了。这样怠慢别人似乎不太礼貌，但如果来函必复，也有点儿多此一举，甚至有打扰和误导别人之嫌。我担心暴露自己，网上没放自己的照片。一般网站如果不放自己的照片，对方照片也看不到。遇到这种情况，如果对方其他条件能让我心动，我也及时回复，并把我的近照传给对方，并要求对方把近照传给我。看到照片后如果不满意，我会礼貌地拒绝，当然借口是“感觉不太合适”。至于为什么不合适，对方也不会不知趣地来函追问了。

经过一周左右的筛选，我发出几封邮件，表达了希望进一步联系和交流的意愿，并告知对方我的私人邮箱。每封邮件开宗明义首先检讨自己在年龄和经历上的造假错误，向对方道歉，请对方原谅。强调造假本意不想伤害任何人，没有恶意，完全出于自我保护的目的。有多位女士回函表示同意深入交往，其中三人均表示“非你莫属”，令我印象深刻。一人系退休大学教师，收到我的邮件并知道了我的真实年龄和经历之后，直截了当地表示“非你莫属了”。这让我吓了一跳，可以如此轻率吗？我回函反问：“我们刚刚开始交往，您对我并不十分了解，为何如此匆忙作出决定，心里没有疑惑吗？”

未料想她竟对我的经历一清二楚。

“我已经拜读过阁下的自传，对阁下应该说有了全面的了解。如果您的自传内容属实，我将当仁不让，非你莫属了。”

原来如此。我写了一本自传，数年前在香港出版。因为没有在国内发行，知道的人不多，读过的人更少。我在书中谈到了半个多世纪的个人经历，有家庭背景，求学历程，还有“文革”期间经受磨难可怕的回忆，以及出国留学、任职大学、国家机关和出国从事外交工作的春风得意。这本书在我征婚过程中抓住了不少女士的眼球，起了很大的作用，这是我始料未及的。

随后对方把QQ号码、微信号码、电话号码统统告知于我，希望同我多渠道联系。当时我既不使用QQ也未下载微信，只是希望借助邮件先作些了解。交往一段之后，感觉对方过于急切，处事风格轻率，婉言谢绝了。

第二位女士曾在高校担任教辅，大学中文系毕业，文笔很好。网上有年轻时一张照片，娇小玲珑，面目清秀，印象深刻。看到近照后感觉与年轻时差别过于显著，“外貌协会”会员有点疑惑了。她也是在往来几封邮件后表示“非你莫属”了。我直爽表白：“我感觉我们之间年龄差距太大，整整十八岁，对你有些不公。”

对方来函中表现出犹豫，说：“我们之间年龄差距的确大了一些……”

我马上表示：“让我们终止进一步接触吧。祝你早日遇到心仪男士，生活幸福。”

接到我的回复她马上回函，明确表示：“对不起，年龄差距不是问题。请你马上把我牵走……”

年龄差距是我的一条底线。我在“广告”中给自己设定的对象是五十五岁以上。五十五岁以下者，或五十五岁以上者一旦在年龄上表现出纠结，我都会马上终止来往，免得浪费双方时间。因为年龄是无法改变的，不同于其他。

第三位女士放在网上的是近照，非常漂亮，有一儿子在美国留学。了解了我的情况后，表示很满意。至于经济状况，她说她完全可以自立。孩子留学费用，她自己的生活费用，都可以独立承担。她在一个大型国营企业上班，效益很好，还有提成。业余时间开了一家网店，收入可观。她表示如果来到澳洲，她仍然可以网上赚钱，不会成为我的拖累。这位女士说她性格豁达，丈夫去世后一直单身，因为要照顾因病长期卧床的老爸。最近老爸去世，她才开始寻友征婚。网上的照片是随便拍的，也没有化妆。她说她不喜欢化妆，也不喜欢照相。

我仔细审视了她网上的照片并认真阅读了她的自我介绍，感叹此人真可谓天生丽质，理想伴侣。在婚恋网站上经常可以看到一些统计数字。你如果打开某个寻友者的页面，往往能看到多少人浏览过她（他）的自我介绍，多少人将她（他）设为好友等。在此位女士的统计资料中，竟有上千人浏览过她的自我介绍，数百追求者将其归为“心仪者”或“好友”一类。

与这位女士交往将近一个月，不仅邮件往来，还通过多次电话沟通。这位女士也在此后邮件中明确表示，“非你莫属”了。但表白之后的第二天，又急发邮件，“对不起，昨天表态不够慎重。我尊重您，很想与您继续交往。可惜我们年龄差距的确过大，考虑再三，还是就此打住吧。祝您幸福，早日找到自己的伴侣……”

这三个“非你莫属”让我对寻找心仪伴侣充满了信心。此后两三个月当中，我又同多位国内女性交往，因各种原因，均半途而废。

一位很会唱歌的女士与我交往一段时间，对自己的家庭状况，个人婚史，始终守口如瓶。我与每位女士交流都是掏心掏肺，直言不讳。到我这个年龄，还需要隐瞒什么？只要能找到一位愿意与我共度晚年的伴侣足已。无须大富大贵，无须年轻貌美，无须事业精进，无须教子有方。我往往把我的想法，我的状况，包括身体、收入、婚史等，毫无保留摊给对方，也期待对方如此待我。但这位歌者，却始终在打太极拳，躲躲闪闪，很不爽快。最后我实在忍耐不住，写了最后一封邮件。我说：“我已经把自己剖开示人，而您还严严实实地包裹着自己。我的表演已经结束，希望您能真诚待人，把一个真实的自己，展示给人。无论您有多少难言之隐，讲出来，那是真诚；掩盖起来，则是虚伪了。”

收到她最后一封邮件，我对自己在邮件中使用“虚伪”等字眼感到后悔了。

她在回复中说道：“谢谢你的提醒。我知道自己的问题。你不知道，我有个儿子正在新西兰留学，丈夫已经去世多年，儿子的留学费用对我是个很大的压力。我的退休金每月只有三千多块，还有个长年生病卧床的老母亲也无生活来源，全靠我供养。我曾想在国内物色对象，与我共同承担生活重担。物色多年，找不到一个愿意与我分担的男士，于是开始在境外物色对象。心想境外人士可能不太在意我的经济状况，也不太好了解我的窘迫现状。与阁下交往我仍然把持此种观念，不愿也不敢把我的真实情况和盘托出，怕你会掉头走开，不再同我联系。谢谢你了，我们虽然认识时间不长，但我欣赏你，欣赏你的真诚和耐心。对不起了，浪费了你的时间和感情。我也不想成为你的负担，只有祝福你能尽快找到自己的另一半。至于我，我会按你的提醒如实向有意与我交往的男士吐露真情。希望能找到理解我有能力帮助我的朋友。但人的命天注定，我无法左右自己的命运，只有听天由命了。”

于是一段姻缘就此结束。心里总感到不是滋味，是同情，还是遗憾？如果我有财力，能把此人娶回家吗？说不清楚。

至于与一位富婆的交往也是一段故事。

这位女士在网上的自我介绍中写了一句“本人事业有成”引起了我的兴趣。我主动与其联系，很快得到回音，并推心置腹做了交流。她很聪明，竟上网看到了我同妻子在国内参加一些活动的照片，还知道了妻子的姓名。此君是唯一一个从网上对我和我的家庭做了更多了解的女人。

她还在上高中的时候赶上了上山下乡，从城里来到了偏远的大西南云南农场。

1968年3月，经周恩来总理批准首批55名北京知青来到云南农场，后来农场又陆续来了数万人。几年后她因为病痛折磨曾试图办理病退，但没有成功。农场里的知青按部队编制，连长及连长以上均由现役军人担任。她提出希望办理病退后，连长找她谈话。

“这件事好办。晚上你到我办公室来一趟，我告诉你如何办理。”

晚上她去了连长办公室，连长把办理程序对她讲了。然后提出了上床的条件。她早已听说有些知青在农场或农村被人借口可以帮助办理病退或回城惨遭猥亵和强奸的事件，没想到这种事情要轮到自己头上了。她抬腿要走却被连长拖了回来，按在地上强行发生了关系。

完事后连长威胁说：“这件事你不要对任何人讲。讲了也没人信。想办病退，好好等着，包在我身上。否则让你在农场待一辈子！”

她不是个怕事的人，写了一份状子递到团部。团部借口“证据不足”把那个王八蛋连长调回部队就算完事儿了。直到知青遭性侵案子积累多了引起北京的重视，才大张旗鼓枪毙了一批，关押了一批。那个王八蛋不仅性侵了一个人，而是好几个女知青。最终被开除军籍，判了十多年徒刑。

云南知青除在当地结婚的后来都陆续回到原籍。我这位网友回到城里后，她爸爸提前退休，腾出编制让闺女到工厂接班。闺女很争气，从普通工人做起，慢慢提升为车间主任，厂办公室主任，直到担任厂党委副书记。其间与同单位一位技术员结婚生子，但因为婚前失贞，被丈夫反复羞辱，直至发展成家暴。实在无法忍受，办理了离婚手续。刚好与厂方合作的一个外资企业要在中国设立办事处，询问党委副书记有无担任办事处副主任的意愿。因为与离异的丈夫在同一单位工作，感觉并不舒服，早就产生了调动工作的念头。现在机会来了，未多考虑就答应了下来，于是下海了。

下海后与外方合作顺风顺水，不久又被委任为办事处主任。外方对她的工作十分满意，为了扩展业务，又全权委托她为某一品牌视频监控器中国总代理，让她赚到了第一桶金。几年的时间她开办了数家实体店，专营视频监控器，赚了个盆满钵满。买了房，购了车，还把儿子送到了加拿大，在那里也开了间专卖店。她也多次去加拿大，发现加拿大店经营情况并不理想，对那里冬天天寒地冻尤其不习惯。两年前与儿子儿媳来澳洲自驾游，对澳洲产生了兴趣，对黄金海岸更是情有独钟。网上与我结识后，知道了我的经历，表示很高兴同我相识。她刚刚60岁出头，上网征婚对男士年龄要求的底线是65岁。我写的是68岁，她也认可了。待我交代隐瞒了年龄，比她要大十岁左右，她有些犹豫了。

“不瞒你说，我的心态身体还像个小女人似的。70多岁的人，据说不行了，你还行吗？”

我知道她发问的潜台词是什么，也毫不避讳直言相告：“各项功能一切正常，还没有发现衰老的迹象。”

我们继续交流，并已相当深入。她说：“因为过去穷怕了，现在有钱了，我变得特别宠自己，碰到喜欢的东西，不管多贵都要买下来。与儿子儿媳欧洲旅游的时候，在瑞士看到一块手表，需要20万元人民币。我的信用卡额度不够，把儿子儿媳的借来，把它买了下来。我是激情购物，不太理智。今后一起生活，你受得了吗？”

“钱是你挣的，怎么花你做主，我无权干涉也无意干涉。不过我是理智购物，小气得很，你不在意吧？”

“有多小气，说来听听。”

“一个月生活费3000澳币，吃喝水电煤气等日常支出都在其中。剩余部分争取每年国内旅游两次，国外旅游一次。仅此而已。”

“够了。我也出3000澳币，服装化妆品我自己买。出游两人分担。日子应该不错了。”

“你在那边能不能物色块地皮或需要拆除的旧房，我想买下来自己盖房。另外请你了解一下视频监视器在澳洲销售情况，如果有戏，我想让儿子关掉加拿大生意也移民澳洲。”富婆接着说。

没过多久，接到她的邮件，说道：“你的婚姻还没有彻底从心底结束，我想等你彻底放下以后，再继续交流，可好？让我们静待播下的种子来年开花结果吧！”

人家的要求合情合理，毕竟离婚协议书我没有签字，是法院强制判决的。我没有理由不同意。于是中断了联系，但我并没有中断与其他网友的交流，而且进展神速。待她再主动与我联系，我已经有了心仪女人了。

有一天楼下值班女士通知我有个包裹单，需要到邮局领取。我想不出何人会给我寄东西。来到邮局才知道是那位女士从加拿大寄来的一双名牌休闲鞋。回到家中打开一看，里边放了锦书一封。

“……希望你能喜欢。穿着这双鞋，让我们一起奔向未来。未来就在眼前，阳光灿烂，无限美好，无限诱人……”

看着这张纸条，我思绪万千。

第二天我写了一封邮件表示了谢意。

“……昨天突然接到楼下物业值班女士通知，告有我的包裹。下楼时我还在琢磨，是谁给我寄来的包裹啊？拿到包裹之后，才知道可能是你不远万里从加拿大寄来的礼物，本想无功不可受禄，准备退回；但转念一想，毕竟我们有那么一段推心置腹的交流，退回似乎很不礼貌，何不打开看看，说不定内中会有片言只语，能让我知道阁下用意。打开一看，竟是一双名牌休闲鞋，还有一张贺卡，说是祝贺我生日的礼物。我顿时感到十分感动，也十分愧疚。

在与阁下联系的同时，不瞒您说，我也在与其他数位女士交往，但都未曾谋面。我对晚年婚恋十分慎重，十分认真，也十分急切。我们之间年龄差距的确大了，这是事实。尽管我对您各方面的条件很是欣赏，但我也能感到你在年龄上的纠结，我觉得这种纠结恐怕会影响今后的生活。我从不愿让对方感到勉为其难，只要对方流露出在年龄上的纠结，我一般都会及时刹车。另外，您提出的需待我彻底走出前一段婚姻的阴影之后方可继续深入交往谈婚论嫁，我也认为无可指摘，应该尊重您的意愿。但在我与其他数位女士交往中，她们对我的年龄和婚姻状况没有表示担忧，于是我们就在不断交往中，深入了解了彼此。到目前为止，我似乎找到了可以托付终身的伴侣，并准备明年三月就立刻结婚。

也许我应该把此信息早些告知阁下，但我的决心也是最近才下，此时告知也不算太晚吧？我对我的选择在此向您表示歉意，对您还记挂我表示谢意，对我们曾短暂却温馨的交流表示怀念，对您的未来表示衷心的祝福。您是位非常优秀的女士，我绝对相信，您定会找到自己的如意郎君，长相厮守，幸福美满。

结婚不成友情在，如果你愿意，让我们做个朋友吧。什么时候来澳旅游，一定到黄金海岸来看看，看看这里的海浪沙滩，也看看这位你曾多少还有些好感的老年朋友。

再一次谢谢您寄来的礼物，这是一份厚礼，一份我深感自豪也深感愧疚的厚礼。

遥祝心想事成，幸福永远！”

第十六章　湘女情结

任女士来自湖南长沙，网上征婚已经三个年头，但始终未找到心仪男士。从照片上看，也是一位端庄秀丽皮肤白皙的江南美女。看到近照以后，虽面容变化较大，身条竟与年轻时相差无几。

我经常浏览网上多位征婚者，如果有了眼缘，往往同时发出多封邮件试探对方有无兴趣同我交流。任女士也及时回复了，几封试探性邮件过后，开始切入正题。

任女士出身豪门，祖上曾是洋行买办，父亲解放前是著名律师，解放后出任大学教授，母亲是位全职太太，钢琴弹得极好，可谓有专业水平。从小耳濡目染，加之母亲精心调教，任女士琴棋书画样样精通。看到她网上一篇品茗散文，方知她笔下功夫了得，叙事寄情，洋洋洒洒。

任女士大学修的也是法律，有意女承父业。在校时与年长三岁的学长相恋，毕业后均分配到长沙，并在同一新开业的律师事务所供职。夫妇俩相敬如宾，恩爱有加，结婚不久就添了个胖儿子，给生活增添了更多乐趣。

长沙毕竟是个二线城市，工作数年律师事务所业务似乎并无大的起色。恰逢此时，先生大学时的同学在北京干得风生水起，诚邀同窗好友，到北京打拼。任女士鼓励夫君到北京发展，并自愿带着孩子留在长沙二至三年，让丈夫全力开拓事业，待在北京立住脚跟，再赴京团聚。

丈夫不负妻子的期盼，在京很快打开局面，连接数个大案，个个赢得漂亮，在法律界掀起不小波澜。手下一位年龄小他一轮的女性助理，对其佩服得五体投地，不仅在工作上全力配合，生活上也精心照料。知其单身一人在京，更产生了超出同事关系的恻隐之心，久而久之，擦出了办公室恋情火花。恰逢此时，他接到一个有关外地黑社会的大案，出差四川，竟被黑老大雇凶破相，脸上留下一个深深的刀痕。住院期间，女性助理端茶送水，日夜守护，感人至深。回到北京休整一段，又披挂上阵，继续办案。未料想，此案牵扯方面太广，背景极其复杂，不知哪个环节出了问题，他竟被诬蔑串通被告，知法犯法，违法乱纪，被判了一年徒刑！任女士委托亲友照看孩子，只身赴京探望丈夫，竟只在监狱见了几面。任女士不可能在京久留，于是委托律师朋友，帮忙在京打官司，以期还丈夫一个清白。任女士离京后，探监的事情都由女性助理代劳了。女性助理不辞辛劳，每月最少探监三次，每次都要给他带些衣物和食品。因为公共假日不允探监，女性助理基本都是利用工作时间请假探监。拳拳之心，由此可鉴。

经过多方努力，最终任女士的丈夫被宣布无罪释放。此后又打起了国家赔偿的诉讼。最终胜诉，获得一笔赔偿。

丈夫出狱后任女士带着孩子来到北京，与丈夫团聚。丈夫在一高级餐厅定座，特别嘱咐餐厅服务人员，准备山东大个莱阳梨一只，作为饭后甜点。

任女士随同丈夫来到餐厅入座，美美地享受了一顿丰盛的晚餐。用餐时，丈夫不停地替爱人夹菜，劝吃劝喝，极尽殷勤。饭后甜点上来，出她所料，竟是一只梨子。任女士正在疑惑当中，只见夫君拿起刀来，一刀切下，梨子立时一分为二。任女士突然好像意识到了什么，眼里流露出疑惑，不解，甚至多少有些惶恐。

“亲爱的，我首先要说对不起。我出轨了。而且很严重，已经不能自拔。她是我的助理，比我小整整一轮。我曾试图回避她，但在我因伤住院以及含冤入狱期间，她能不离不弃，令我无法不动容。我已经与她有染了，如果抛弃她，我良心上实在过意不去。我知道你是我的最爱，初恋。你对我也是一往情深，我谢谢你，从心底感激你对我的真情和多年的照料。更要感谢你给我们生了个这么可爱的儿子。离开你我真不情愿。如此这般与你分离，我感到羞耻。可面对这样一个局面，我别无他途，只能忍痛割爱。她毕竟还年轻，我同她的关系在圈子里已经是满城风雨。抛弃她我担心她的结局、她的未来，甚至她的生命。她是一位极其感情用事的女士，敢恨敢爱，无所畏惧。我希望你能理解，理解我的纠结，理解我不应为而不得不为的尴尬。”

任女士面对切开的梨子，“分离（梨）”，无言以对。她意识到她的婚姻已经走到了尽头，是出于对这位曾经爱过的人的同情，还是出于对他现在爱上的女人的怜悯，还是出于对自己不能夫唱妇随跟到北京与他分享苦乐的悔恨，她理不出个头绪，她也不想去理出什么头绪。

“不要再说什么了。我理解你当前的状况，不想难为你。唯希望你好自为之，善待新人，不要经不起诱惑，再见异思迁，不能自持。谢谢你这些年的陪伴，明天去办离婚手续吧。祝你幸福。”

任女士态度如此决断是丈夫没有想到的，他允诺将国家赔偿全部转交任女士，并答应孩子的抚养费他一人承担。任女士当场拒绝了，但待任女士回到长沙，她的账户里增加了一大笔现金。她原想把钱转寄回去，但对方账户已经关闭，她想要新的账户，前夫始终拒绝。回复说：“我对不起你们母子，我应赎罪。这笔钱算是我赎罪的一点表示吧。你如果不能接受，我的良心要受到谴责，希望你收下。你们现在住的狭窄了些，买栋大些的房子吧，不要亏待了自己和孩子。”

任女士后来买了一栋房子，产权所有人写的是她同前夫两人的名字。

与前夫离婚后任女士很长时间郁郁寡欢，她想不明白，怎么大学相逢恋爱多年，结婚生子之后短短一年不到婚姻竟走到了尽头。如果婚姻如此脆弱，那还结婚干什么？人的感情可以如此迅速地转移，什么样的感情才可以持久可以让人信赖啊？她想不通，也不敢想。将近二十年，她摆脱不掉这些问题的困扰。

最初十几年，孩子是她精神上的唯一寄托。孩子长大成人出国留学之后，她才感到无法排解的孤独和郁闷。曾有一段时间，她精神萎靡，失眠多梦，找到大夫被告知属忧郁症前兆，需尽快调整心态，防止进一步恶化。

已经年过八旬的妈妈看到她天天郁郁寡欢，劝她赶快物色个伴侣，以摆脱单身的孤独，疏解负面的情绪。妈妈是位非常豁达的母亲，对女儿第一段婚姻以离婚收场，心中也十分憋闷。但她酷爱音乐，视音乐为生命。每天无论闲忙，她都要抽出时间在钢琴上弹一两个小时。她在钢琴上寄托喜怒哀乐，在音乐中抒发自己的情怀。心情压抑时一曲幽怨的梦幻曲可以疏解她的情绪，惆怅郁闷时一曲欢快的圆舞曲又可以让她兴奋异常。那铿锵有力的单音在传递着坚强，那快速轻柔的滑音在传递着心境的舒展和松弛。看着自己的闺女生命中遇到此种挫折，她心痛，她着急。她曾试图给她安慰，拖着她一起靠音乐疗伤，但不见成效。她知道，闺女还是个中年妇女。婚姻的失败已经无可挽回，但她还必须重整旗鼓。作为母亲，她无法让她振作起来，唯一可以让她摆脱失败婚姻的阴影，恐怕只有一个办法，那就是让她重新找个对象，重新组织家庭。老年丧子，中年丧夫，是人生中的两大灾难。改变命运，“救灾”最为有效的办法，就是重新找个丈夫，另起炉灶。

在妈妈的一再劝导下，她开始上网征婚了。征婚三年，无功而返，始终物色不到合适的对象。在她将近彻底失望之际，与我取得了联系。

通过一个月左右的交往，我对她的家庭、经历，都有了不少的了解。我欣赏她的家庭，认可她的为人，同情她的遭遇。我试图说服她，要勇敢面对挫折。我对她说，昨天无法改变，明天由上帝安排，只有今天，此时此刻，你可以做主。享受今天，享受此刻，享受已经到手的现在。此时此刻你幸福吗？你开心吗？你满意吗？此时此刻幸福就好，开心就好，满意就好。为什么要纠结已经逝去的过去？让无法挽回的往事折磨自己，值得吗？

她似乎听进了我的劝告，从每次交流都要“忆苦思甜”，到开心地叙述自己工作如何顺利，生活如何安逸，妈妈如何啰唆，孩子如何长进了。电话里聊得兴奋了，还将电话设为免提，坐在钢琴边当场给我弹奏一曲！

“嗨，维克特，又到了层林尽染收获的季节了。有没有回国旅游的安排呀？”

任女士显然认可了我这位远方朋友，愿意同我见见面了。我的感觉是需要再做了解，有些害怕见面。一旦见面，会出现什么状况，我有预感。我们的交往已经有些时日，而且相当深入，几乎到了谈婚论嫁的阶段。两个孤男寡女走到一起，有可能双方都把持不住。一旦把持不住上了床，生米成了熟饭，如何反悔？我认为自己是个责任心很强的人，对做过的事勇于承担，从不推诿。如果同人家上了床，又把人家甩掉，那是不道德的，我良心上受不了。即使我本人把持住了，对方把持不住，局面会更显尴尬。对方有可能误解我，认为我感情另有所属，待人不够真诚。我则可能视对方不能自重，产生厌恶感。如果届时我没有把持住，被对方拒绝，我将无地自容。考虑再三，这个面不能见，但又不好那么直白。于是转个弯，想把此事压下去。

“与你交往这段时间，我也有意尽快同你见个面。但去年我刚回国一趟，对国内空气污染印象深刻。尤其雾霾，各地的雾霾，有时可谓遮天蔽日。太可怕了！暂时没有回国的计划，如果方便，欢迎你来澳洲看看。这里空气清新，不知雾霾为何物。访问澳洲最佳时间是每年的十月至来年二月，其他时间天气稍凉些。当然也可以顺便到新西兰走一趟，新西兰气温较澳洲要低，可以十一月份先来澳洲，然后再去新西兰。新西兰南北岛都应该看一下，从容一些需要两周时间。至于澳洲，最好也安排两周。悉尼、墨尔本一定要去，大堡礁也应该去。当然黄金海岸也一定要来，这是我住的地方嘛！有时间有兴趣还可以去澳洲中部观赏一下大红石头，那是澳洲独有的一处景观。”

任女士接到我的回复后，没有立时表态。大概过了一周，她才把母亲生病的消息透露给我。她说：“澳洲新西兰一直是我向往的地方，我有不少同事朋友已经去过，回来对我讲了他们在澳新的见闻和经历。我母亲尽管已经八十有三，但心态很好。她说她的心理年龄也就六十来岁。其实她有慢性病，有高血压，还有痛风。听说我有去澳新旅游的打算，她也想同我一起去。八十三了还出国旅游，我实在不放心，就劝她不要去了。你知道，‘老小’‘老小’，年纪大了有时就像小孩儿，她变得特倔，听我说不让她去，好几天不思饮食，情绪非常低落。这不，日夜陪伴她将近一周，她才慢慢好转。今天陪她去岳麓山玩，她竟同我一起爬了近一个小时的山，走的慢些，但能坚持下来也真不容易。看来她的身体还可以，血压控制住了，痛风也是偶尔出现手脚红肿疼痛。不行我也带她澳新走一趟？人家旅行社还安排八十开外的人参加旅游团吗？我得去问问。”

没过几天，接到任女士邮件，她说：“旅行社说了，可以参加老年团，但必须有家属陪同。当然了还必须上境外医疗保险，还需要有体检报告，说明身体没有什么毛病。一般高血压、痛风，不影响参团。我把旅行社意思对老娘讲了，她又高兴得几天没有睡好觉，一量血压，又是一百八十多了。你说我带她出去行吗？心里实在没底。你帮我拿拿主意。”

我真不知应该如何表态。不要说八十，就是七十，要否出国旅游，都要三思而后行。毕竟年纪不饶人，体力下降，反应迟钝，都是问题。如果心脏血压再有点毛病，就更让人不放心。但任女士的母亲除高血压之外，没有什么特别让人不放心的病患，如果不让她在晚年实现这么一个澳新旅游宿愿，也的确让人于心不忍。

“既然她想来，又没有查出什么大的毛病，那就让她与你同行吧。但一定要买医疗保险，最好在境外买保险，心里踏实些。希望用不上，只是为了以防万一。一旦出事，因为有境外保险，处理起来方便些。否则你自己还要先行付费，回国以后才能报销，麻烦啰唆些。”

任女士最后决定了却母亲的心愿，带她一起参团访问澳新。办理签证前必须在国内到指定医院体检，体检通过再上保险。我自告奋勇替任女士在澳洲为老太太办理了一个月的全额医疗保险，这才拿到了赴澳新签证。旅行社代为预定了机票，就等出发了。

任女士显然很是兴奋，邮件中表达了渴望尽早见面的愿望，但也流露出些许的担忧。她在邮件中写道：“俗话说人生有四大幸事，久旱逢甘雨，他乡遇故知，洞房花烛夜，金榜题名时。我看还应加上两条，梦中戴凤冠，晚年披嫁衣。虽然我们认识不久，但通过前一段交往，我似乎感到我们已经成了无话不谈的老友，就像两个已经认识很久的故交了。于是他乡遇故知的幸事，我们马上也要体会到了。你说呢？至于我加上去的两项幸事，能否实现，说句实话，本人心中无底。也许只是镜中花水中月罢了。生活的无常给了我太多的打击。所谓乐极生悲，也许恰恰因为我的过于乐观，过于急切，事情也可能走向反面，弄个无果而终，前功尽弃。让上帝保佑吧！面对命运，我无能为力。……”

未料想任女士的担心不幸而言中。距离旅游团出发仅剩一周左右，也许是情绪激动多日失眠所致，任妈妈清晨起床突然摔倒，口眼歪斜并失语，半侧肢体无法活动。任女士未敢怠慢，立刻电话叫来救护车送往医院。可惜因恰逢上班高峰时段，交通十分繁忙，多处道路堵塞。救护车虽闪着警灯，仍多次夹在大小机动车中间，动弹不得。救护车上随行医生做了简单处理，车开了近一个小时方抵达医院急诊室。经医院抢救和检查，判断是脑梗。命保住了，但讲话十分吃力，而且身体半边瘫痪。任女士给妈妈办了住院手续，在医院继续接受治疗。至于澳新旅游一事，彻底泡汤了。

住院近一个月，说话能力有所恢复，但右侧偏瘫未见起色。任女士询问医生：“像我母亲这种情况，预后效果好吗？生活还能自理吗？”

“预后如何，真不好说。需要康复一段再看。不过年过八十了，还是要有个思想准备。生活完全自理恐怕困难。”大夫说。

任妈妈在康复科又待了两个月，语言能力又有改善，口眼歪斜也大有好转，但肢体活动仍然受阻。右侧手脚完全没有自主活动能力，用力搀扶着也无法行走。大夫建议每天都应搀扶着下地活动，任女士虽尽了最大努力，也难得扶妈妈走几步路，而只能让她在地上站一会儿而已。

康复科也没有什么办法让任妈妈尽快恢复了，任女士不得不把妈妈接回了家。靠任女士一人无法很好照顾妈妈，于是雇了一位中年妇女帮忙。即便如此，任女士也是一天到晚操持家务照顾妈妈，就连通过邮件与我联系也大受影响。

大概又过了月余，任女士忐忑不安给我发了一封邮件：“维克特，对不起，这些日子怠慢阁下了。我实在是不得已啊！白天要同保姆一起照顾老妈，两人搀扶能让她在地上站个把钟头走个三五步，就累得我们大汗淋漓。洗澡搓背，吃喝拉撒，即便晚上，也不得清闲。只要老太太稍有动静，我就要问一下，是否想喝水或上厕所。生活中似乎没有了乐趣，说实话，与阁下联系还有何意义，我说不清了。谈情说爱，卿卿我我，对我讲来，有些奢侈，简直有些不着调了。”

她接着说：“人说‘久病床前无孝子’，我看这句话是个大实话。伺候老妈还没有多久，我就感到自己快成不肖子孙了，心中开始烦躁，开始变得不耐心了。有时甚至在老妈面前也开始抱怨。这是个不祥的征兆。如果真的成为不肖子孙，我良心上受不了。我自感老妈要完全康复恐怕无望，她毕竟已经八十多岁了。究竟还能拖多久，心中也无底。她除却血压高和此次脑梗引起的半瘫之外，其他诸如心肝肺等功能一如常人。虽然我不想成为不肖子孙，但长期拖下去，我真保不住最终还是会变成不肖子孙。尤其与你认识之后，在我心中你成了第一，老妈成了第二。现在只要想起你，只要坐下来想同你交流谈谈心，恰逢老妈喊我帮忙做事，心中的不耐烦立时点燃，恨不得吼她一句，‘能不能等会儿！？’长此以往我不变成不肖子孙才怪！你说是吧？”

我说：“我十分同情你当前处境，也为无法替你分担而感到遗憾。老妈一定要放在首位，毕竟是她生了你养了你。我只不过是个半路杀出来的程咬金，不要太在意我。”

话虽这么说，我心里也在敲鼓，我同任女士的关系应该如何处理啊？她妈妈的病我也知道，一时半会儿不可能好。又是这么大年纪，只要不寿终正寝，任女士不可能同我谈婚论嫁把她妈丢下不管。即使她狠心把老妈丢下，嫁到澳洲与我团聚，我也会觉得理亏，有点不近人情。我同任女士做了多种探讨，均无结果。曾想把老人送进养老院，可养老院不收瘫痪病人；要收，则费用惊人。住养老院还必须有在当地有户口的亲属担保，以便随时联系。任女士是独生子女，在长沙无任何近亲。联系过程中任女士一再强调，送养老院也好，不送养老院也罢，她都不会离开妈妈一走了之，这是她的底线。

“我想问个不该问的问题，你有兴趣回国养老吗？”任女士到底还是问了这个我害怕回答的问题。

“我知道，这是个让你为难的问题。澳洲是个福利非常好的国家，医保也很完善。你的子女都在澳洲，怎么可能为一个将近六十岁的老太婆，还有沉重的家庭负担，抛弃那么好的生活环境社会福利回国同我一起受罪呀？我不过是舍不得你，聊表一下我的心迹而已。不要纠结，不要过虑，不要难堪，我的问题是个玩笑，不要往心里去，也无须回答。我只想告诉阁下，我们的关系，到此结束了。我不想耽误你，也不希望你再来打扰我，不希望让你把我异化成一个不肖子孙让人唾骂。谢谢你的陪伴，谢谢你重新点燃了我追求幸福善待生活的欲望。如果可能，我争取在国内再物色个懂我爱我的对象，共度余生。祝福我吧，我曾经的亲爱的维克特！”

任女士的话语在我耳边长时间回响，沁人肺腑，催人泪下。

第十七章 兄妹相称

与任女士的故事结束之后，有两三周的时间我感到郁闷得很，做什么事都提不起精神。其间又接到多封邮件，懒得打开，心思仍然沉浸在与任女士接触往事回忆之中。直到有一天墨尔本朋友打电话过来，说给我发了邮件，却始终没有接到回复。

我说："对不起，这些日子没有上网。有何吩咐？"

"有位大学同学最近要来澳洲访问，日程中有黄金海岸一站。届时阁下能否照应一下？"

"没有问题。具体什么时候过来告诉我就行了。"

"大概一周前给你发的邮件，具体日程里边都有，你打开看看就知道了。你这个网虫怎么不上网了？是不是谈恋爱谈昏了头，把老朋友都忘了？"

"你还别说，就是因为谈恋爱谈昏了头。"我说。

对这位几十年的老朋友，我也没什么需要隐瞒。于是把与任女士交往的故事向他作了简单介绍。

"我的故事你不要碎嘴子跟别人乱讲，让别人耻笑我。对你讲是把老友当作倾诉对象，说出来让我心里舒坦些。另外也想听听阁下高见。你要知道，这么大年纪谈恋爱，很费精神呀！我真不想再谈了，太伤神。”

“老伙计，别灰心。你知道，晚年有个伴侣在身边，可以延年益寿啊！我看你在国内找不是条路子，了解起来困难，以后还要办理移民，也挺啰嗦费事。还是在澳洲找吧，省心。我在这边也给你物色，看有没有与你般配的。具体有什么要求吗？”

“谢谢你的好意。我先看看你的邮件再说吧。”

打开邮箱，除墨尔本朋友邮件外，还看到有数位女士的来函，均表示希望建立联系，深入了解。我看了每个人的自我介绍，凡学历太低又无照片的，都打入了另册。照片看着顺眼但没有近照，也暂时放置一边不予理会。只有一位杭州女士，引起了我的兴趣。从照片上看，面容姣好，体态优雅，笑容灿烂，非常阳光。

“淑婉女士，谢谢你的邮件……”接下来就是更正自己网上自我介绍中虚构或误导的内容，顺便把个人经历详尽诉说一遍。当然了，仍然把已经出版自传一事也告知对方。

总拿自传说事儿，自感有点儿老王卖瓜自卖自夸了。可交友过程中，能拿出一本出版物，里边详细记录了自己的人生轨迹，为人处世的风格，比较容易博得对方的信任和好感。自传没有产生什么社会影响，也没有什么经济上的收益，却在我的交友过程中，起了很大的作用。

淑婉女士也投桃报李，将她本人不平凡的经历告知于我了。

她是位富三代，祖父在杭州办实业，1949年前办航运，赚了大钱。解放后父亲接班，抗美援朝期间捐了大笔钱财，被称作爱国企业家，受到新政府礼遇。航运公司先是公私合营，后被收归国有，父亲被任命为总经理。“文革”期间因为不是党员，父亲被戴上“资产阶级代理人”的帽子被反复批斗。直到“文革”结束才得以平反并恢复名誉。原拟恢复他航运公司总经理职位，被他拒绝。他却调动了内地香港等各方面关系，在内地组建了一个民营合资公司，专营船舶和航运器材进出口贸易。几年工夫即成为同行业翘楚、利税大户，很快就开始议论如何在香港上市了。

她上高中的时候赶上上山下乡，被分配到江西农村插队。稻田里摸爬滚打四五年后被分配到县城一所重点小学当外语教员。其实她在中学也就学了三四年英语，会话写作能力基本没有。但发音比较准确，语法也还略知一二。好在教的都是些未成年的孩子，一学期下来有那么三五十句话也就对付了。

学生中有不少都是当地各级领导的后人，包括一位地委书记的外孙。因为发生了多起小学生被拐事件，学生上下学多数都有家长陪同。至于接送孩子的方式，真是五花八门。走路陪同孩子的是多数，但也有使用自行车、三轮车、摩托车、小轿车接送的。地委书记的外孙在淑婉老师班上上课，平时由书记的司机负责接送，开家长会的时候，孩子的爸妈就必须出面了。在一次家长会上，孩子妈妈与淑婉老师相识。淑婉当时刚刚二十出头，正是花季年华。因为在乡间农耕多年，刚进城的时候，皮肤黝黑。但瑕不掩瑜，黝黑的皮肤遮挡不住精致的五官和苗条的身段。几位年轻的男老师，背后称她为“黑牡丹”。进城不到半年，待黑色褪去，皮肤又变得白白净净。那几位小伙儿又改称她是“白牡丹”了。背地里议论：“你看她的皮肤，又白又嫩，好似一口气可以吹破的样子！”“咱们县城如果选美，淑婉老师肯定夺冠！”

地委书记的女儿接孩子时与淑婉女士第一次相遇，也被这位美女老师深深吸引。她端详片刻，对这位新来老师的言谈举止，都发生了兴趣。新老师落落大方，谦恭有礼。说话铿锵有力，浑身洋溢着年轻女人的柔美和活力。她马上想到了自己正在解放军大熔炉里锻炼的弟弟，已经二十有七，还没有对象。一家人都为他的婚事操心，发动各路亲友想法尽快给他物色一个对象。当然长相是第一位的，因为弟弟长得十分英武，一米八的个子，棱角分明的面相，加上无可挑剔的家庭背景，找个漂亮媳妇理所当然应该不难。但忙碌多时，始终未能如愿。见到淑婉老师之后，书记的女儿认为，这个姑娘才能配得上弟弟，于是紧锣密鼓开始撮合了。

“淑婉老师，我们见过几次面了。孩子也对您印象很好。我们的孩子有点儿淘气，在家里也不听话，让他外公惯的。您什么时候家访啊？想同您聊聊家教问题。”

这是借口，但淑婉老师并不知晓。

“家访没有固定时间。我找个周末去你家拜访，可以吗？”

于是淑婉老师找了个周末，还带了一些水果来到书记家。书记与闺女一家住在一起，院落很大，据说是解放前一个大户人家的私宅。

书记，书记的老伴儿，还有书记的女儿女婿外孙都在家。另外还有三四个人，都是书记的亲属。

落座以后没有谈什么孩子的家教，而是询问起了淑婉老师的家庭、经历等，与孩子家教毫不相干。很多问题在淑婉看来，都应该是属于隐私了。诸如哪年哪月哪日出生，属相是什么？家里几口人，父母都是干什么的，谈过朋友没有等。国人对隐私的概念认识模糊，所以对外人探询自己的隐私一般并无反感。甚至可能把挖掘别人的隐私误认为是关心人。淑婉老师虽然对有些问题感到尴尬，但出于礼貌，又是在当地最大的父母官面前，也不好拒绝，只有“如实招来”了。

“拷问”进行了大约一个多小时，书记、书记夫人等一干人马退到帐下，留下了淑婉老师和书记女儿两人继续探讨“家教”问题。探讨不到半个小时，书记女儿也被叫到帐下，留下书记夫人与淑婉继续谈话。谈话内容转到书记本人的光辉革命奋斗史上了，也谈到了书记子女的经历和如何能干如何要强如何进步了。书记夫人谈兴正浓，书记女儿又出来换班，把老妈又赶到帐下。

“淑婉老师，不瞒你说。我今天请你来是准备向你提亲的。今天来的人除我的父母之外，还有几位亲戚。他们都对我弟弟的婚事表示关心。刚才像《西厢记》里拷红一般把你拷问一番，实在对不起。他们刚才在后边开了个会，谈对你的印象。他们一致认为你是理想人选，知书达理，长得又清秀漂亮。希望我做做你的工作，让你同我弟弟见个面，认识一下，看最终能否走到一起。”

她将弟弟作了全面介绍，并捧出一堆照片，详细介绍了弟弟的成长历程。

弟弟经历很简单，中学没毕业就通过关系参军，现在在汽车连担任连长。从照片上看，十分英俊。淑婉看到照片，的确被小伙子挺拔的身躯，男子汉的面相吸引了。

“噢，你弟弟很帅气呀。”淑婉毫不掩饰对小伙子的好感。

“你们找个机会见个面，先认识一下？”姐姐马上抓住机会。

“可以呀！谢谢姐姐的热心肠了。”

没过多久恰逢春节，弟弟请假探亲，淑婉同他见了一面，印象很好，与照片无甚差异，的确是个美男子。

“您是位美男子，怎么到现在还单着呢？”淑婉也直言不讳。

“部队里都是些和尚，到哪儿找合适的？”

“家里也很关心你的婚事，没给你物色一个？”

“物色了啊。足有一打了吧。没有缘分。”

两人首次见面相互都有好感，于是热度迅速升温，不到一年光景就开始谈婚论嫁了。

“你还在部队服役，结婚以后两地分居，要分多久啊？”淑婉问道。

“我也不知道。但我有个‘曲线救国’方案。”弟弟回答，卖了个关子。

“啥意思？别故弄玄虚。”

“去年不是大学开始招生了吗？我想让部队推荐我去上个大学，大学毕业后我到杭州找份工作，然后把你也调过去，咱们不就团聚了吗？你也解决了思乡之苦，一举两得，多好！”

“你想得挺好，能实现吗？”淑婉对如此美好的前景还是将信将疑。”

“我一定努力。同你一样，我在中学外语也学得不错哦。我抓紧时间把外语再抓一抓，争取明年如愿以偿，上个外语学院，毕业后到外事部门找份工作。我有这个自信，一定成功！”

“可咱们的婚事要推迟了，到你毕业我成老太婆了！”淑婉说。

“没关系，不行咱们先把证领了？”

淑婉心理暖洋洋的，庆幸自己碰上这么一位有上进心而又体贴温顺的暖男。她也二十好几了，再不结婚也要加入大龄剩女行列了。可对方要去念书，通过念书可能改变他们的命运。如果现在结婚，肯定会影响他的学习，分心嘛。可如果现在不结婚，等对方毕业再说，到时候会不会结不成啊？

想到这里淑婉心里咯噔一下，她不敢再想下去，但又无法放下。她想，我江西小县城一个小学教书匠，敢攀人家大学生吗？敢想调回杭州与人家团圆相聚吗？哪个单位会要我呀？

车到山前必有路，突然间她作出了一个过去想都没有来得及想的决定，“我干吗不也去上大学呀？我的外语一直没有放弃，我不相信他能上我就不能上！”

1970年至1976年，想上大学又难又不难。难在需要单位推荐，单位若不推荐，哪怕你是个天才也上不了大学。如果单位推荐了，平时又没有完全与书隔绝，参加个文化课考试走走形式，一般都能录取。这批学生被称作“工农兵学员”，因为它们基本都是从工农兵当中选拔出来的。

淑婉明确表态了：“结婚的事暂时免谈吧。我不能让婚姻影响你的学习。你赶快抓紧准备上学，我等着你。你能等我吗？”

“我对苍天发誓，今生今世就是你了！”

苍天不负有心人，第二年两人双双被单位推荐，并双双被同一所高校录取，还被分配到同一个英语系！唯一的遗憾是没有分到同一个班！

淑婉准备考取大学的事情没有对弟弟透露半句，一来当初她对能否上学心中无底，如果上不成怕在对方面前丢脸；再则是想给对方一个惊喜，恋人之间干吗不搞点浪漫搞点意想不到的惊喜呀？

同窗学友长达三年，双方恋情不断升温，临近毕业迫不及待想登记结婚了。系领导建议待毕业分配结束，去向明确以后再行办理是否更好？淑婉回说：“我们想现在登记还不是希望领导开恩，毕业分配能把我们分到一起？听说在校学生不鼓励谈恋爱，如果违规，往往毕业时领导会有意把他们拆散，分到不同地区，用以警示后人。”

“那是过去的皇历了。现在对在校生谈恋爱也不提倡，但也不作为纪律约束学生了。工农兵学员一般年龄都大了，更不能对你们的恋爱结婚横加干涉。你们的顾虑没有必要，不论你们结不结婚，我们知道你们的关系，分配工作时会给予照顾的。”看来领导水平不低。

系领导没有食言，毕业后淑婉被分配到杭州一外贸机构，弟弟则被一外企雇用，双双实现了团聚杭州的夙愿。淑婉的爸爸给他们准备了一套婚房，于是参加工作不到一个月，就喜结连理了。

两人经过这多年的等待磨难最终如愿以偿走到了一起，心中是幸福满满。加之两人都是才貌双全，又受到西方文化的影响，经常被看到手牵手出双入对，亲密无间，真是羡煞人也。

“生子当如孙仲谋。我看不要生什么孙仲谋，能生出像这两个年轻人一样的孩子我就知足了！”邻居们说。

“你看人家淑婉那一对儿，那才叫郎才女貌！”同事朋友们说。

幸福的日子如脱缰的野马，过得飞快，拉都拉不住。而苦难岁月，度日如年，推都推不开。不知不觉淑婉夫妇生了儿子，把儿子也拉扯到十五六岁了。可惜生产的时候遇上难产，把婴儿憋了一段时间，孩子出生后智力上出现了问题。小学马马虎虎过了关，到中学就不行了。中国的中小学要求非常严格，考试频繁，成绩出来还要在全班或全年级排名。成绩不好的学生，眼见自己排名总是押后，精神上受的刺激无法形容。于是本应欢快幸福的童年少年时代，便成了煎熬变成了屈辱变成了无法忍受。原本开朗活泼的孩子，或变得沉默寡言，或忧郁内向，或自暴自弃。眼看孩子因学习成绩不好而郁郁寡欢，淑婉夫妇最后决定把孩子送到国外试试。他们知道，国外中小学压力不大，小学不留家庭作业。无论小学中学，没有考试成绩排名而且还公之于众羞辱学生的做法。

孩子来到澳洲，先入读一所语言学校，英语考试成绩过关又被一职业学校录取，学习旅游管理。这一去就是七八年，现在受雇于一间五星级饭店，在客房部工作。收入还不错，但暂时还无身份。如果能长期雇用，用人单位保荐可以申请移民，否则随时可能被解雇而不得不离境回国。

儿子还在澳洲读语言学校的时候，淑婉就退休了。丈夫当时还在外企工作，已经做到一部门主管，收入颇丰。刚退休的人一般都有个适应过程，从忙碌突然转到清静，心里会闲得发慌，找不到自我找不到寄托。他想带她做一次长时间旅游，把五岳走一遍，让她去“一览众山小”，开阔一下视野，排解一下突然闲下来可能带来的寂寞。

“暂时不想去五岳了。我很久没有回去看看公公婆婆了，总感到心里有些缺失。听说江西的神农源和大沩山是著名旅游景点，我们顺便在江西境内带爸妈看看好不好？”淑婉说。

淑婉是个知书达理的姑娘，原地委书记夫妇的眼力不错。于是在淑婉正式退休之后，夫妇两人马上出发，江西自驾游了。他们先驱车至九江市，拜见公婆并送上一堆礼品之后，还诚邀他们一同在江西境内参观旅游。公公婆婆表示年事已高，不宜远行。在九江市内走走还可以，其他地方他们就不去了。

在九江市停留数日，陪公公婆婆在市内走了几个地方，淑婉同丈夫就驱车向大沩山进发。上午天气很好，阳光灿烂，杜鹃花遍地盛开，甚是壮观。

淑婉夫妇兴致来了，一同哼起了美国猫王唱红了的歌曲，《Love Me Tender》（爱我温柔些）。

“爱我再温柔些，要掏心掏肝，

我所有的梦想不再是奢望。

亲爱的宝贝，我永远爱你，

直到海枯石烂地老天荒！”

不料傍晚下山时，突然下起了细雨。山中雾气重，能见度很低。万万没有想到，因路面湿滑，为控制车速保证安全，不断踩闸竟致使车闸失灵。在一急转弯处，一头栽下了山崖。在冲下山崖的一瞬间，丈夫大声呼喊：“淑婉！两手抱头！抱头！抱头……”。

淑婉在医院里昏迷了三天，全身多处骨折，严重脑震荡。大夫说多亏她及时抱头，才把性命保住。淑婉醒来第一句话问丈夫在哪里？医生安慰她要挺住，丈夫已经不幸离世了。淑婉的泪水夺眶而出，悲痛过度又昏了过去。昏睡中还默念着丈夫的名字。

待淑婉再次醒过来，已经没有了泪水，而是一脸的木讷。两眼呆滞，面无表情，甚至连饥饱都不知道了。到了吃饭的时候，她自己不动碗筷，需要护士喂食。无论你问她什么，她一概不予回答，似乎根本没有听到。偶尔睡梦中她会突然哼出一句：“直到地老天荒……”。

此种状态持续了大约两周方有好转，淑婉听大夫护士介绍情况竟对自己的表现毫不知情。

“是吗？我怎么一点都不记得了？就好像做了一场梦。梦到些什么一无所知。谢谢你们的照料。”

“后来怎么样啊？没有什么后遗症吧？”我问道。

“恢复得还好，只是脾气有些变化。原来我很温和，现在却是急躁的不得了。”

“你受得刺激太大，可能完全恢复需要一段时间。”我说。

“完全恢复？估计不可能了。”淑婉接着讲她的故事。

出院后淑婉仍时时想起与亡夫相处无数美好时光，他们毕竟是三十多年的恩爱夫妻，想要忘掉，根本不可能。每年五六月，大沩山杜鹃花开得漫山遍野的时候，她都要去丈夫遇难的地方，摆上一大束杜鹃花，寄托哀思。回到家里，每每想起往事，想起车祸，想起突然间天人两隔，她就禁不住泪流不止。反反复复，无休无止。这种日子持续了很长时间，她简直有些度日如年。曾有几次她甚至想到用一条丝带自裁算了，去与亡夫相会。但想到儿子还在澳洲打拼，没有身份也没有稳定的工作，又放心不下，自裁的想法也只好中途打住了。

也是在父母和公公婆婆的一再劝导下，她才鼓起勇气上网征婚。最初总感觉上网征婚对不起亡夫，公公婆婆却说：“他在世的时候对你最为疼爱，只要对你好，你喜欢，他就开心。这你是知道的。如果让他看到你现在是如此纠结，如此郁闷，影响了生活，影响了健康，他会很伤心的。如果你能找个对象，分担你的不幸，慰藉你的寂寞，让心情好起来，让身体好起来，我们想儿子也会高兴的。他是个懂事的孩子，也是通情达理的孩子，你应该知道。”

淑婉上网不久就与我联系上了，经过一番推心置腹的交流，彼此产生了好感。她也直言不讳说出了自己的打算。

“维克特，我想把心里的打算直白地告诉你。经过这一段时间的接触，我对你可以说已经相当了解了。你的经历，你的阅历，你的待人处事的风格，令我敬佩。我庆幸自己，能与阁下相识相交。阁下是一棵可以依靠的大树。我的大树曾经倒掉一棵。你这棵能让我依靠吗？另外，我还有个私心。自从亡夫去世之后，我精神上的唯一寄托是远在澳洲的儿子。我多么想与他相伴啊！他既没有身份也无稳定的工作，但他又不想回国，感觉在澳洲没有人歧视他。他说澳洲社会总体上对残障人士十分友好，歧视这个弱势群体，是不道德的，甚至是犯法的。我想如果能与阁下走到一起，成功移民澳洲，就能实现与儿子长相厮守的愿望。他是个多少有些智障的孩子，是我生他的时候造成的，我总感到内疚。我想能陪他就多陪他些日子，他在澳洲也是举目无亲。”

淑婉是位透明而现实的女士，我很欣赏也能理解。但我对她的表白没有明确表示意见，我们毕竟交往时间不长，连面都还没有见过。我只是笼而统之回复说：“瓜熟蒂落，水到渠成，让我们共同努力吧！”

又过了一段时间，她告诉我，孩子有一周的时间不接她的电话了。她实在放心不下，希望我能与他联系一下，看是怎么回事儿。

我按她给的电话号码与她在墨尔本的儿子联系上了，她儿子说妈妈自从爸爸不幸去世之后，性格变得很糟，经常在电话里无厘头地教训他。他听得不耐烦了，就回两句嘴，那可不得了，妈妈会歇斯底里发作。最初他很害怕，次数多了他感到是妈妈过于情绪化，控制不住自己，让她把脾气发完也就完事了。他知道，妈妈变成这个样子，恐怕还是因为爸爸去世情绪压抑而又无法排解造成的。他能理解，但听着妈妈几乎每天的教训和大发雷霆实在有些受不了，所以有一周的时间不想接她的电话了。

“叔叔，请您劝劝妈妈，每周来一次电话就可以了。有事我会主动同她联系，让她放心，请她好好调整心态，保重身体。”

我遵从孩子的意愿，把意见转告了淑婉。她放心了，电话次数也减少了。后来孩子又同我联系多次，仍在抱怨妈妈的脾气不好，改进不大。

从孩子那里更多地了解了淑婉的性格脾气，诸如“歇斯底里”之类是我绝对没有想到的。对是否接纳淑婉，产生了怀疑。我是在一个非常和睦的家庭里出生长大的，父母、兄弟姊妹之间虽有矛盾有不协调，但没有一个会

“歇斯底里”。

同时在与其他网友交往中出现了些新问题，迫使我不得不放弃在国内物色对象的努力。我也在邮件中告知了淑婉我的决定：“……淑婉，我们接触的时间不算长，但我的确心动了。上网征婚数月，决断要嫁给我表示‘非你莫属’的已经有好几个，希望与我保持联系的更不是少数，但真让我动心的屈指可数，你是其中之一。你的真诚，你的专一，你的品德，你的风韵，都是我所欣赏和钟爱的。我也十分纠结，你我之间还真的难以承诺什么，因为我们之间年龄差距实在过大，彼此还不是十分了解。对你的能力，水平，档次，我毫不怀疑。但对你的性格脾气秉性，还知之不多。可惜的是我们远隔千山万水，了解起来也实在不易。

原想在国内寻找对象选择面宽一些，现在看来也有它的短板。所以决定在澳洲再看看有无合适的了……”。

淑婉回信了，没有“歇斯底里”，有的是平静沉稳的陈述和表白：“谢谢你的邮件。不可否认，我们的年龄差距是大了些，但我从没有为此事纠结。当然，两情若是久长时，又岂在朝朝暮暮？婚姻是一出感情戏，如果有了感情，其他什么年龄，长相，贫富，都成了浮云。你说是吗？回顾历史，看看现实，不是有诸多年龄差异巨大的婚恋也谱写出了令人羡慕的恋歌吗？八十二岁的老翁，二十八岁的妻子，曾引起多少议论讽刺指责和挖苦啊！有必要吗？双方感到合适，感到满足，感到幸福，这就行了。能在一起一天，是一天的幸福；能在一起一年，是一年的幸福。不好吗？幸福就好。

我们接触时间不长，但我丝毫不怀疑您丰富的阅历和人品所沉淀下来的厚重和可信，应该是位如山的男人。假如，假如我们无法走到一起，我可以把您作为兄长，今后兄妹相称吗？我知道您已经有四个妹妹了，多我一个不算多吧？……”

不多。这是一位值得我信赖尊重的女士，可以成为晚年异性挚友，不可以吗？

第十八章　百味人生

征婚过程中也碰到一些很有特色的女性网友，有三位记忆尤深。其中一位来自东北，在北京打拼。将近六十岁了，网上的照片却“萌”得出奇。不是挤眉弄眼的大幅特写，就是各种姿势的“萌萌哒”全身照。她主动与我联系，我也礼貌性地回复了一个邮件，明确表示，“谢谢您的关注。我感觉我们两人不太合适。预祝您能尽早物色到心仪伴侣，常相厮守。”

一般对方接到我的此种回复就停手刹车了，岂料此位女士锲而不舍，继续死缠硬磨。不仅连续数周诘问我“为什么不合适”，还详尽介绍了她自己的丰富经历和不俗恋爱观。

据她讲，她出生在一个富裕家庭，父亲是中医大夫，母亲是话剧演员。受母亲影响她从小就对演艺事业情有独钟，唱歌跳舞样样爱好。中学毕业后通过母亲关系进入一个演出团体，学唱二人转。二人转虽说是小打小闹，但说学逗唱还真需要功夫。学了三年，她还真的登台亮相了。合作伙伴是个粗壮的东北汉子，笔头厉害，写了几个很不错的段子。二人转的旧段子黄的不少，口味太重，一般不让演。为了吸引眼球，在山高皇帝远的偏远地区演出，文化监管部门顾不到的地方，也会穿插些黄段子。但是要想人不知，除非己莫为。也不知是哪位觉悟高的同志把他们传播腐朽没落文化的演出告到了主管部门，于是演出执照被吊销还罚了一笔钱。他们还算幸运，同他们一起演出脱衣舞的几位女郎还被关了几天。

唱二人转的往往都是夫妻对，唱黄段子不是夫妻张不开口啊。这位女士与东北汉子也是一对，二人转不能唱了，又没有其他特长，只能打点零工。工作不稳定，收入有限，夫妻关系慢慢出现了问题。发展到最后，女的歌厅舞厅美发店足浴店按摩店拳打脚踢样样都来，男方是打架斗殴保驾护航到处逞能。男子常在家里借酒浇愁，越喝越愁，愁到无解则拿老婆出气。数次将老婆浑身赤裸赶上街头，街坊邻居告到派出所，派出所也无能为力。国外如果发现家暴，有专门收容家暴受害者的收容所，国内还没有。派出所能做的，无非就是劝解。劝解无论有无效果，女的还得回去。一旦回去，也许能消停几日。过不了几天，往往又是单打或对打的全武行。经验证明，家暴同恋童癖吸毒犯 有个共性，改起来实在太难，复发率非常之高。

两位的婚姻有名无实持续了四五年，最终还是分手了。分手后女方远赴北京打拼，心想可以彻底离开东北那块伤心地。到了北京，先在一个歌厅打杂，工资勉强可以度日。慢慢人脉有了，经朋友介绍到一家快递公司当起了分拣主管，工资也不低。未料想东北前夫听说她在北京混得不错，竟又跑到北京提出希望与她复婚。她理所当然当场拒绝，但前夫死乞白赖就是不干。还威胁说如果不同意复婚，他就与她同归于尽。女士拗不过他，也不懂诉诸法律，竟答应负担他在北京的生活费，直到他找到工作为止。

就这样两人稀里糊涂又混了两三年，男方不但找不到稳定的工作，还染上了毒瘾。女方眼见没有了出头之日，想远走高飞找个地方躲起来，让他一辈子也找不到自己。于是也上网征婚了，目标只有一个，嫁到国外去！

“我在国内已经无处藏身。我一心就是想嫁到国外，让这个混账王八蛋找也找不到我。我希望你能帮帮我，行行好。可你为什么总不搭理我呀？我刚同你接触就曾邀请你回国，愿意自费陪你到各处走走，你咋就不接招呀？对待婚恋我也看透了，见识的人和事多了。真正的天长地久上哪儿找？都是大限来时各自飞。到我们这个年纪，也真没有什么爱不爱了。就是一起熬日子了，我也没有别的企图，就是想同你一起过日子。我比你小那么多，找你多亏啊，你还挑啥呀？你要不搭理我，我也要天天烦你，让你不得清静！你信不信？”

没有想到还有如此这般的征婚女士，真让我大开眼界。我赶快把她的邮箱拉黑了，拉黑之前给她回了最后一封邮件。

“对你的遭遇我深表同情，但我的确无能为力。是的，你曾邀请我回国旅游，并愿自费陪我到处走走，在此深表谢意。

我在网上征婚诚心实意是要寻找一位可以陪我养老的伴侣，不是一个大限来时各自飞的半路夫妻。如果你上网征婚的目的也是要寻找一个正派可靠的朋友，最终走进婚姻殿堂，你能认识没几天就如此轻率邀请对方一同旅游并自费陪伴吗？你敢吗？心里踏实吗？网上征婚是有风险的。对网友的人品性格还并不十分了解的时候就发出邀请，并自费陪同旅游，这样你是很容易吃亏的。如果对方是个认真负责正派的男人，他绝不会应邀赴约。如果哪位男士接到你的邀请并赴约，我看此人不是别有用心就是蠢猪一头。

对不起，你我之间没有继续进行下去的必要了。但我还是要衷心祝福你，祝你能找到真正爱你的伴侣，共度余生。

最后想提两点建议，供参考。希望没有冒犯你。

一、以后征婚过程中，千万不要邀请网友到国内旅游而且承诺自费陪同了。正派人收到此种邮件不会再搭理你。

二、您网上提供的那些照片，赶快撤下。它们无益于你的形象。一个年近六十的太婆（对不起，直言了）还去扮嫩，像个十六七岁的小姑娘卖萌，会给人什么印象？除去感觉你不严肃，有点玩世不恭或缺乏自知之明或不着调之外，还会有什么好印象吗？

如果你真心有意物色生活伴侣，而且是天长地久的伴侣，就接受我的建议，改一改你的征婚套路，也许还能如愿。否则你将会竹篮打水，白忙活一场。切记！切记！”

另一位网友是搞艺术的，女画家。与她交往之初被其豪爽大度所吸引。也对她谈到画家圈中的一些趣闻轶事发生了兴趣。

她来自南国，体型纤细，性格谈吐却像个北方人。父辈也是位画家，一生辛勤耕耘却并无建树。女儿从小耳濡目染，也对绘画产生了兴趣。其父感觉女儿有绘画遗传基因，于是将宏伟理想转寄到女儿身上。从小学起就有意引导孩子，培养兴趣。并不惜重金聘请高人指点，意图让孩子早日成名成家，光宗耀祖。孩子也还争气，中学时参加学生绘画比赛，赢得头奖，被保送进入当地一所美术院校，接受了四年本科教育。毕业后进入一杂志社担任美术编辑，慢慢还真的搞出了点声响。可惜待在杂志社，大部分工作都是为他人做嫁衣，画画插图，设计个封面，很少有自主选题机会。工作几年之后感到无法充分发挥，于是辞职，变成了一个专职画家，自由职业者。

可惜画坛水深，不知何故，有些画作在别人看来，不值一文，构图完全违背常理，毫无章法，既无造型美，也不知传递何种信息，在拍卖市场却可以卖出千万百万高价。而一些构图精美，画工细致，格调高雅的作品，却经常被打入商品画一类，标个几百几千元人民币也鲜有人问津。还有一些作品拍卖会上被人高价购进，媒体稀里糊涂跟着宣传，误导公众。最后曝光，方知作品竟被画家本人自己买回，目的是为了炒作，变相提高自己的知名度，为后续作品的升值不惜重金铺垫。还有一种现象，就是画作一旦被洋人收藏，身价往往倍增。北京的洋人外交官们，的确有不少人对艺术品钟爱有加。有些人经常到画家村或旧货市场寻宝，若能发现自己欣赏的物件，不惜重金收入囊中。有些画家在国人当中并不知名，但在洋人圈子，甚至在境外，却已大名鼎鼎。此种现象圈内人都知道，但没人能够给出令人信服的解释，或改变一下潮流。于是本是个三流画家，有可能一夜成名。而功底深厚者，却也可能终生默默无闻。

女画家“自由职业”了数年，仍无法出人头地。原拟全力以赴，成名成家，实现父亲夙愿，对婚恋一事一拖再拖。未料想，成名成家并非易事，再痴心不改，眼见芳龄已近四十，再不找个人嫁了，另一个“家”恐怕也耽误了。于是在熟悉的画家圈子里，选了一位多年追求者，办了一场西式婚礼。画家嘛，就要浪漫些。西式婚礼比中式婚礼高雅，浪漫，洋气。走进教堂，在牧师的主持下，交换戒指，宣誓如何海枯石烂相互忠贞。穿起那套白色婚纱行头，意味着姑娘还是冰清玉洁，尽管肚子里已经孕育了三个月的小生命。离开教堂，又在高级饭店预订了八十八人的婚宴，吃的也是西式大餐。杯盘碗盏，刀叉器具，全部西式。用餐期间尽管不像西式餐厅，绅士淑女，静谧安详，却也不乏中国特色。呼朋唤友，猜拳斗嘴，杯盘叮咚，刀叉碰撞。吃剩下了，以示友好，赠送邻座朋友。吃撑了，则大声“嗝”上一声，好不痛快。至于鼻孔发痒，“阿嚏”一声，可让四座皆惊。至于口中正在咀嚼食物，却还滔滔不绝争先恐后抢话说，更是随处可见。餐罢起身离座，还要把没有消耗掉的面包黄油一并带回家去享用。红包礼金都给了，不拿不是白不拿吗？小气什么！

婚礼完事了，婚后日子并不轻松。怀孕半年左右，丈夫开始经常出差。临近产期不足一个月，任职学校又安排他赴外地联系学生写生事宜，为期一周。妻子妊娠反应不大，身体状况良好，不便阻拦，让他去了。等丈夫返家，洗涤衣物时搜索口袋，掏出一张纸条。丈夫发现突然发疯般一步冲到妻子面前，夺下纸条张开大嘴试图一口吞下。妻子也不顾身孕，啪地一声将纸条打到地上，并扑下身去，压住了纸条。丈夫眼见丑事就要败露，一屁股坐到床上，狠抽了自己两个嘴巴。

妻子小心翼翼从身下抽出纸条，赫然发现竟是丈夫在外与一女子开房的收据，女画家当场雷霆大发。待妻子起身，方发现身下已是血水一滩。没承想，怀孕大半年的孩子，流掉了。

“维克特，你知道不知道，人一旦出轨，有了一次，就难免有二次三次。虽然他在我面前一再对天对地发誓，可又被我发现，他是一再出轨。什么空姐、接线员、甚至公交车售票员，他都不放过。你不知道，画家圈绯闻特别多。画家嘛，不乏浪漫，激情四射，是极富情感的动物。我在这个圈子里混了多年，深知这群人身上的优点和缺憾。他们欣赏美，追求美，可以为美废寝忘食，甚至为美献身。他们爱起来往往全身心投入，无所顾忌，甚至可以惊天动地。但也禁不住诱惑，感情很容易转移。有言画家们每天就是白天画模特，晚上画老婆；画烦了老婆换老婆。你听说不爱江山爱美人的故事了吧？政客当中还真不多，但画家当中还真不少。我的那位画家丈夫，最初对他的不忠我还愤恨不已，但看看周围他的这些同类，再想到他当年正是满腔抱负，年富力强，似乎还是个潜力股，所以我始终下不了离婚的决心。眼见他一再出轨，又无计可施，心里十分郁闷。后来我突然想通了，既然你不仁，老娘也不义了。让老娘待在家里守活寡？没门儿！于是我也在外边找乐子了。

我是名门之女，也是位艺术人士。加之虽然徐娘半老但风韵犹存，羡慕者垂涎者仍有不少，找个人风花雪月一番也不是难事。就这样把我们之间这场缺德的婚姻又维持了好几年，直到那个潜力股变成了垃圾，我也腻烦了那无德无趣的偷鸡摸狗生意，才最终了结了这段早应了结的冤情。

与你认识之后，激起了我新的欲念和幻想。如果我们能走到一起，我希望生活能重新开始。请你相信，我将彻底摆脱不幸的婚姻让我养成的玩世不恭的生活态度。今后我将守贞如玉，好好享受爱情，善待生活。另外，我自信我的绘画作品，因为抽象一些，在国内不太被人接受。到了国外我可能会充分施展，很快打开局面。君不见，好几位在国内并不知名的画家，现在已经名声在外了吗？难道我就不能步他们后尘，也在国外搞出点名堂？”

我感谢女画家对我的信任，但我并不欣赏她那段玩世不恭的经历，也无法接受她到国外施展的设想。我找的是一位愿与我同行安心养老的伴侣，不想当别人获取功利的跳板。对不起，失陪了。

另一位女士的经历极其不幸。父亲是一位很有才华的科研人员，母亲是行政干部。1957年父亲因为附和“外行不能领导内行”的言论而被打成右派，在被遣送劳改农场前夜，思想纠结实在想不通，一气之下把毛主席的石膏像摔到了地上。母亲原本同父亲卿卿我我恩爱有加，眼见父亲变成了右派，知道政治上想翻身将十分困难，思想上有了微妙变化。母亲是行政干部，正干得风生水起，传言有可能提干。但摊上个右派丈夫，提干很可能泡汤。考虑再三，决定同丈夫离婚，划清界限。于是她把摔毛主席石膏像一事告知了领导。这下在科研所炸开了锅，被定性为严重反革命事件，右派帽子上又加了一顶更可怕的帽子，“现行反革命”。最后被判了徒刑，在大牢里整整待了七年。等放出来，已经是妻离子散。

她同母亲相依为命，直到结婚生子。她丈夫在政府机关当司机，有次夜间出车，与一辆逆行卡车相撞，抢救无效不幸去世。她带着儿子与母亲住在一起。母亲为了升迁不惜出卖自己的丈夫并没有得到什么好处，无非在大会小会上被表扬几句“大义灭亲”，就连提拔的美梦也没有做成。由此母亲心理失衡，逐渐患上忧郁症。每天上午烦躁难熬，只有到下午、晚上方有好转。还经常自言自语：“我怎么那么蠢？愣把他送进了监狱！”“我是活该倒霉！这是报应！”“下辈子吧，下辈子让我好好待你。下辈子再让我还债吧！”“快点死了算了，现在是活受罪！”

有一次母亲当着她的面说：“闺女，我知道我这个病没治了。不想连累你们。等哪天我把煤气一开，我就解脱了。你们也省心了。”听了这话，她心头一震。

为了照顾母亲，以防意外，她提前几年办理了退休手续。好在儿子也已成家，开了个电器修理店，吃住都在店里，收入还算稳定。后来儿子儿媳添了个男孩，母亲的忧郁症方有好转。儿子儿媳上班，她则同母亲一起在家照料孩子，操持家务。但好景不长，一天太外婆带着三岁的孙子在筒子楼楼道里玩耍，因回家方便，太外婆一时离开，待返回时却发现孩子不见了。寻找半天无果，母亲精神又一次受了巨大刺激，极度自责，竟跳楼自杀了。其实孩子没有丢，是被邻居连同自己的孩子一起带到街心公园玩去了。

母亲走了，她思绪万千，悲痛不已。但看到一天天长大的孙子，她多少感到些宽慰。万万没有想到，天有不测风云，在孙子十岁的时候，更大的一场灾难降临到她头上。她的儿子儿媳在自己的小店里因电器短路引发的火灾而双双身亡。她听到噩耗，当场昏厥过去。孙子一直守候在侧，泪如泉涌，不停地呼喊着：“奶奶！奶奶！你怎么了？你怎么了？”邻居打了急救电话，直至救护车将她送到医院，才慢慢苏醒过来。

亲人纷纷离去，甚至白发人送走了黑发人。生离死别，刻骨铭心。可生活还要继续，还要活下去。不是为了自己，而是为了这个可怜的孙子，她也必须活下去。她除了一点可怜的退休金和妈妈留下的这个破旧的筒子楼宿舍，再没有一分钱的积蓄。儿子儿媳因为是个体经营，一场大火倾家荡产，没有留下任何遗产。现在祖孙俩人，要吃要穿，生了病还要求医问诊，孩子上学还要交费，生活中还需要支付电费水费煤气费等等。可单凭那点退休金，如何应对？她一辈子再苦再累没有求过人，现在不行了。她放下自尊，出入政府有关机构，低三下四，为孙子争取到了一些福利。待孩子进入中学，花费较小学增加一大块。孩子吃穿用与其他同学相较，寒酸至极。就连校服都小心翼翼，能不穿就不穿，绝不用洗衣机洗，以便多穿几年。于是在学校里，经常可以看到唯一一个总是短打扮的孩子，那就是她的孙子。

她看到家中的拮据，看到孙子眼神中的自卑无助，心如刀绞。可她该怎么办呀？去偷？去抢？她这辈子是不会干那种事了。亲戚朋友也曾帮忙想给她物色个对象，与她分担生活的重压。但见个一次两次，或是因为她曾结过婚，或是知道了她经济状况不佳，还有个需要负担的孙子，都知难而退了。同样，如果对方给她的印象是没有礼貌，没有教养，不上档次，无论多么富有，她也会毫无悬念地给予拒绝。

后来有位退休的同事，提醒她，何不上网在境外找个老伴？境外年长华人，尤其是老外，一般不挑是否有婚史，也不太在意是否有未成年孩子需要供养。只要看着对眼，相互有好感，就可能成。

“于是在网上我与您认识了。我没有什么奢望，只要能让我和孙子吃饱饭，让孙子穿上体面的校服，过上有尊严、有自我的平常日子，就知足了。我已经把不堪回首的往事都告诉你了，是为了博得你的同情，还是找人倾诉？我自己也说不清。但我知道，我不会勉强任何人，不企求施舍。一切的一切，前提是对方要信任我，懂我，关爱我。没有这些，其他一切都免谈了。”

我真不知道如何面对这个不幸的女人。我能给她所期盼的生活吗？我同情她，深深地同情她。她善良，悲惨的经历听来让人动容。可我能给她什么？如果我同她结婚，首先她的移民申请不会被批准。因为我是靠退休金生活，只够养活自己。如果我有可以养活另一人的存款，或对方有能力负担在澳两年的费用，移民还有希望。因为即使移民成功，除公费医疗之外，来澳头两年享受不到澳洲政府的福利。如果还要带个未成年孩子过来，我和对方都无法保证孩子在澳两年的花费，移民更是毫无希望。考虑再三，我也只好把自己的为难之处告知对方。对方也能理解，理解我的有心无力。于是相互祝福之后，就此也断了联系。

我心中有时难免自省，为什么我如此无能，没有存下点钱，成就这么一件利人利己的好事呀！

第十九章　热心教友

网上忙活一阵没有什么收获，却感到疲累了。因为感情过于投入，网友多数都有一段或几段不堪回首的经历，或因婚恋，或因病患，或因子女，弄得自己也跟着伤心，流泪，遗憾。一次两次可以，一而再，再而三，情绪上就有些受不了了。不是厌倦，而是感到压抑。心想，我找老伴是贪图快乐，怎么找来找去，尽在听别人“痛说家史”呀？听了不要紧，还自作多情，经常陷入那些跌宕起伏的悲催情节不能自拔。何苦啊？赶快找个热闹快活地方排解一下这种负面情绪吧！

在我住的黄金海岸，想找热闹的地方容易。从我的住处漫步通过步行街到达海边只要十几分钟。我停止上网，每天吃过晚饭就到海边散步。经常脱掉鞋袜，在又细又白的沙滩上走一个半个小时左右。上岸后在沿海设置的多处淋浴点任何一处冲洗干净，再穿上鞋袜，步行回家。也可以不穿鞋袜，趿拉一双拖鞋即可到处游荡，无人干涉。穿拖鞋的游客一年四季到处可见，因为此地没有冬天，气温总在温热之间。回家路上，我经常坐下来久久不想离去，或观看活人装扮成的雕塑纹丝不动娱乐孩童，或聆听歌者哼唱各类歌曲，或欣赏吉他小提琴手演奏动听乐章，或观看杂技表演、街头魔术。看得开心给人家丢几个钢镚儿以示感谢或鼓励。没带零钱人家也不会怪罪，因为这些人一般都不是乞讨者。有些人表演的目的是取悦路人，予人开心自己也开心。有些年轻人，甚至孩童，也在大街上表演，目的则是在广庭大众面前锻炼胆量，寻找感觉，提高技艺，或满足表演欲。

有一次我正坐在那里观看活人雕塑，一位看似华人的中年妇女带着一个四五岁的男孩走了过来。我看了她一眼，她嫣然一笑，立刻礼貌地用英语打了个招呼："你好！您旁边有人坐吗？"

"没有。您请坐！"我也用英语回答。

"我叫凯特。你是从中国来的吗？"妇人自报家门。

在澳洲，如果你与路人目光刚一接触，对方一般都会友好地一笑，并问候一句"你好"。是礼貌，也是习惯，传统。如果有意谈两句，认识一下，则首先主动报上名字，但姓氏往往不主动告知。

"是呀。我叫维克特，从北京来的。您从哪里来？"我用的仍是英语。

"我也是从中国来的，不过在澳洲已经三十多年了。"她转为标准的普通话。

于是我们用汉语开始交谈。

她说她三十年前随父母从香港移民澳洲，最初落脚在悉尼，开餐馆。悉尼竞争太厉害，后来搬到黄金海岸居住。三十年前黄金海岸华人不多，中餐馆更少。他们开了一家中餐馆，生意很好，赚到了第一桶金。她是学财会的，大学毕业后也参与家族生意的管理，直至退休。她说黄金海岸是块宝地，但因为早期华人少，社会交往不多，常感觉寂寞无聊。后来走进教堂，白人教堂，与教友慢慢接触，才感到有所寄托，心境也趋平和，孤独感从此慢慢消融。用她的话讲，"与教友在一起，与主在一起，不会感到孤独"。她曾得过胃癌，教友们听说后，连续数周，周末集会时共同为她祈祷。祈祷上帝保佑，降福予她，让她渡过难关，早日康复。果不其然，她的胃癌手术之后，完全康复了。由此她变得更为虔诚，不仅自己每日修炼，时刻感恩，也时时关心身边教友，不惜花费大量时间，甚至金钱，疏解教友困惑疑难。后来华人移民涌入，教友中华人数量也逐渐增多，目前已经在教会内部，组织了华人小组，经常单独组织活动，使用中英双语交流。

“维克特，你既然现在孤身一人，何不到我们教会来看看？我知道孤独的感觉，时间长了孤独是很折磨人的。”

“可以呀。我在这边没有几个朋友，倒想多认识几个人，平时可以走动走动。不过我可是个‘无神论者’，不太可能入教，您不会在意吧？”

“不在意。每个周末的礼拜和集会也有很多没有受洗的朋友参加。平时教堂组织活动，诸如观看录像电影，学说英语普通话等，也邀请他们参加。对受洗不受洗的教友，我们一视同仁。”凯特说。

“那就好。我这个无神论者您不要误解。我并不专注某个宗教。您信奉的是基督教。在我看来，无论是基督教，还是天主教，还是佛教，不管你属于哪个教派，只要教义是劝人向善，不是制造仇恨，都应该受到尊重，不应被歧视，被视为邪教。我这个‘无神’，意思是心中没有明确的尊崇对象，不是耶稣，不是穆罕默德，也不是释迦牟尼。但我相信有个万能的存在，他是谁，长什么样，是男还是女我无法得知。但他是个客观存在，时时刻刻主宰着我们这个世界，这个宇宙。”

凯特女士耐心听我掰扯一番，说道：“您说的也有道理。人要有信仰，只要有个健康的信仰和生活目的，都应该受到尊重。您看这位活人雕塑，我不知道他是否信教。但他能如此执着，几乎每天都在这里为印度一个孤儿院站台筹款，一站就是三四个小时，实在令人敬佩。”

“得便欢迎你到我们教会来看看吧。”凯特再次发出了邀请。随后她把教会地址和她的电话号码留下了。

“这个孩子是我的外孙，今年刚四岁，叫罗伯特。我们总叫他宝儿。他特别喜欢来这里看这尊雕塑。”

“宝儿。该给印度孩子捐点钱、跟雕塑爷爷击个掌了。”凯特说道。

小家伙从凯特外婆手中接过一枚两元硬币，跑到雕塑爷爷面前将硬币丢进一个小铁桶。本来纹丝不动的雕塑爷爷，突然伸出右手，握住了孩子的小手，摇晃两下，又握拳相碰。这是雕塑爷爷与每位捐钱孩子互动的程序。最后一项内容则是五指并拢相互击掌，雕塑爷爷身体两侧的两排蓝色灯泡，突然亮起，不停地闪烁，此情此景往往让孩子们兴奋不已。击掌之后，雕塑爷爷机械性地将胳膊收起，又恢复了纹丝不动的姿态，耐心等待着下一位捐赠者。捐赠者当中多数是孩童，但也有成人，与雕塑互动方式完全一样，握手，碰拳，击掌。

与凯特认识之后，我多次利用周末参加教堂活动，并与华人教友接触。教友中年长者居多，但也有不少年轻人。华人年长者中多数原并不信教，只是来到国外，与国内亲朋好友慢慢失去联系，生活变得孤独空虚，走进教堂却可以结交新友，充实生活。再说年纪大了，人生百味已经体验，是苦是甜都成过眼烟云。一旦看破红尘，心灵失去依托，活着就失去了意义。走进教堂，却让人看到另一精神境界，催人自省，洗涤灵魂，企盼能如愿以偿，百年之后到天堂享福，而不要到地狱受罪。至于年轻华人信教，两类人不缺。一类或事业发达，或家庭幸福，或突然中了乐透大奖，感到冥冥之中似有神明相助，于是走进教堂，念经诵典，顶礼膜拜，企盼苍天继续施恩。另一类可能是工作不顺，或一再失恋，或久病难愈，反正是倒霉透顶，也发狠走进教堂，拜托上帝看能否助兄弟一把，弄个拨云见日，事事顺遂。当然有个别留学生，为了操练英语，或为了交些朋友，或为了一顿免费午餐，也来到教堂。西方教友喜欢攀谈，尤其见了新人，难掩喜悦之情，总会主动搭讪。刚到澳洲的留学生们，上课可以听点英语，下课基本都是在同胞中混，难得有说英语的机会。到了教堂，则随时随地可以操练英语。不是没有机会，而可能是应接不暇。至于通过教堂活动，与澳籍人士搭上关系，最终走进婚姻殿堂，走个捷径弄个身份，也时有所闻。

凯特是个热心人，是华人小组召集人。每次教会活动，她都跑前跑后，热情招呼，细致安排。她与其他女性华人教友都是姐妹相称。只要见面，完全西方一套，不是拥抱，就是亲亲脸颊。“凯特姐”、“凯特姐”，姐妹们叫得十分亲热。

“凯特姐”，慢慢我也使用这个称呼了，“您的人缘可真好。”

“多亏姐妹们捧场，我没什么。不过我可成全了几对美满的婚姻哟，人缘能不好吗？维克特，你现在也是单身，要不要我帮忙物色一位伴侣呀？”凯特调侃道。

“那可要谢谢您了，凯特姐。”我也不失时机接了话茬。我知道她认识的人多，说不定真能给我帮上忙哪。

“阁下有什么条件没有？”

“没什么条件了。你看着合适就行了。”我说。

“那好，你等我的话吧。我认识的单身女性有好几位哪，中西都有。”

“白人就算了，咱HOLD（把控）不住。”

凯特在女教友中首先物色了一位刚从悉尼过来的琳达女士，她是通过家庭团聚移民成功的。在悉尼与女儿女婿住在一起整整三年，受尽了女儿女婿的窝囊气。女儿在澳洲拿了个计算机培训证书，本来前些年很好找工作，不知何故始终也没有找到理想的雇主。没有办法，注册了家公司，在家里承揽电脑修理业务。婚姻也不顺，嫁了个男人，是室外安装卫星大锅的蓝领，脾气暴躁，还沾上了赌博恶习。他们的住房狭小，只有两间卧室。一个客厅变成了女儿的办公室，堆放着待修或待处理的各式电脑。只能停放一辆汽车的车库，变成了女婿卫星大锅的储藏室。如此拥挤的环境，怎么能没有矛盾？何况两代人生活习惯不同，爱好不同，矛盾碰撞经常发生。时间长了，成见越来越多，最后闹得不可开交，多次被女儿女婿试图赶出家门。每当此时，她就责问女儿：“你出国留学花了我30万元人民币，你还给我，我马上搬走！”

这一招还真灵。她女儿房贷还没有还完，哪里去找30万呀？于是吵闹暂时告一段落。

但一而再再而三地这么折腾，母女双方都受不了了。女儿于是主动提出：“妈，这些年也委屈了您，我也是没有办法。这样吵下去，我的婚姻恐怕都要吵黄了。您看这样好不好，您就搬出去单过，也别为难我非要30万，我帮您付点房租行不？”

“你帮我付多少房租？我现在可只有两三千块人民币的退休金了。”

“我每月给您1000澳币，租套房子应该差不多了。实在不行您同哪位合租一套，那更没问题了。生活费您用自己的退休金吧，一个星期100澳币左右您自己也付得起了。”

女儿开出的条件还是可以的，在悉尼偏远地区租房，三年以前，1000澳币差不多了。好在琳达也是位知识女性，懂得上网。她上网一查，发现一个非常有用的网站，整个澳洲房屋租赁出售信息都在上边。她看了悉尼各处租赁情况，又查了墨尔本布里斯本和黄金海岸等多地租赁信息，也发现黄金海岸房源最多租金却最便宜。于是开始专注黄金海岸信息，并在黄金海岸南港区找到了一套公寓房。这是一套一卧一厅的单元房，地点很好，距离购物中心很近。但究竟如何，最好亲自去看看。

琳达也是个急性子，趁澳洲捷达航空每周五促销日花40澳币买了张机票飞到了黄金海岸。房屋中介根据事前约定接待了琳达，并带她参观了新居。新居就在黄金海岸第二大购物中心即澳大利亚大卖场隔壁，隔了一条马路就是临海而建的著名南港公园。琳达很满意，当场拍板，签了一年合同，交了订金，租下来了。琳达当天返回悉尼，紧锣密鼓准备搬迁了。

住在悉尼虽然郁闷，经常与女儿女婿拌嘴，但并不感到十分孤独。一个人来到黄金海岸，刚开始还行，新鲜感嘛。东看看，西逛逛，不知不觉几个月也过去了。但日久天长，回到住处，连个说话吵架的对象都没有，孤独无聊感油然而生。恰在此时，在教堂里认识了凯特，闲谈中也向凯特倾诉了孤独难耐的心境。凯特是个细心人，有意帮她物色个伴侣，但苦于教友中华人男士屈指可数，条件均不合适。白人教友中男士很多，但琳达又不感兴趣。

经凯特牵线我与琳达在教堂多次接触，互相印象很好，但谈话总是深入不下去。我是频送秋波，对方却总是躲躲闪闪。若有所思，若即若离。

有一天，琳达反常竟主动约我喝咖啡了。我是满怀期望赴约。

琳达开口直奔主题："维克特，与你接触这段时间我想了很多。我们都是过来人了，有过婚姻，有过经历。现在年纪都不小了，从而变得更现实了。晚年我也没有什么奢望，只要能给我一个安身立命的住处，我就知足了。吃什么穿什么都无所谓了，拿出个三千五千澳币，可以置办全套行头，一个星期有个百八十块澳币，也可以吃得很满意了。唯一让我不踏实的是没有个固定的住处。像你我现在，都是租房养老。一年一签合同，随时可能被房东赶走，这种日子怎么能'安度晚年'？现在我闺女每月还帮我一把，如果你我走到一起，估计她不会再管我了。你我都健健康康还好，两个人共同负担房租水电日常开支，不会感到有什么压力。说句不好听的话，你不要在意。哪天你先走了，把我一个人撂下，仍然要租房住，又没有任何外来援助，我的苦日子恐怕要开始了。这是我最怕的。”

琳达的顾虑我完全理解，我预感到谈话的结局了。因为没有自己的房产而同我稍一接触就说“拜拜”的已经有好几个人了。

有一位悉尼女友曾在电话中对我说了一句，让我好生惭愧：“如果要找没有房子的对象，我早就嫁了！”

下边一句潜台词我给补上算了：“你算老几，一边待着去！”

琳达还没有如此直白，如此刺激，我更应该理解知趣别再自作多情了。

凯特另外又介绍了一位叫南茜的教友也没有成功。此人的经历既复杂又悲惨。父母“文革”期间因为是“地主阶级狗崽子”在北京被红卫兵活活打死。南茜被一位好心邻居大妈收养，未料想小小年纪被养父性侵。她将此事告知养母，养母求她千万不要对任何人讲。养母说自己早已绝经，无法与养父同房。养父性欲旺盛，数次要挟若拒绝同房将提出离婚，以便再娶。养母不愿离婚，养父便开始打已经出落得水灵灵的十三岁养女的主意。提出如果不同意离婚，则不能干涉她与养女来事。于是南茜成了这桩荒唐无耻交易的牺牲品。

苦熬了三四年，赶上上山下乡大潮，南茜巴不得赶快报名离开北京，远赴山西农村插队，同养父母彻底断绝联系。这一去就是四五年，受尽了农村锻炼的磨难。下乡知青返城政策出台以后，城里有父母亲属的都先后离去，最后她们那个知青点只剩下了两个女孩。一个因为嫁给了当地一个穷苦人家，另一个就是不认父母也无亲属孤苦伶仃的南茜。多年的田间劳作，简单粗糙的饭食，把一个本是如花似玉的姑娘折磨得几乎变了形。但瑕不掩瑜，她的苗条身姿，动人五官，仍是远近闻名的美女。

同学们纷纷离开，她越发感到无助，感到孤独，感到无望，甚至感到恐怖。她曾想过用一条绳子了此一生，摆脱痛苦。但想想自己刚刚二十岁出头，又心有不甘。

恰在此时，村革委会主任登门拜访了。

“姑娘，为什么大家都走了，你还待在这个穷地方呀？”主任语气中充满了善意。

“人家城里有父母亲朋，我什么也没有。没人帮我。”

“哦，有人想帮你，可不知道你领不领情啊？”

“谁能帮我？谁能帮我，我会涌泉相报。”

“什么是拥泉相报？我不懂。只要拥抱就行了……”

主任一双有力的臂膀把她紧紧地揽在怀里，使劲把她按倒在床，硬生生把她强奸了。

主任此后又多次光顾，南茜把眼睛一闭就随他去了。心想男人都是些王八蛋，养父，主任，有几个好货色？又不是第一次，只要能回城就行。丢几次脸，受几次辱，总比一辈子待在这个穷地方受罪好多了吧？

南茜如愿以偿回到了北京，被分配到一个街道被服厂当工人。不知是动了哪根筋，她利用业余时间学起了英语，而且学得还相当不错。学了不到三年，参加自学考试还顺利拿到了大专毕业证书。

同一被服厂一位十分帅气的小伙子喜欢上了南茜，不断找机会猛献殷勤。南茜也投桃报李，经常买些零嘴与他分享。时间久了，两人确定了恋爱关系，开始议论喜结良缘大事了。两人分别从厂领导那里拿到了同意结婚的介绍信，准备第二天去民政部门登记。当晚两个人控制不住，睡到了一起。这一睡不要紧，真可谓一着不慎，全盘皆输。当夜小伙子发现自己要娶的女人不是处女，责问何故？南茜终究涉世不深，毫无掩饰把被养父性侵，被革委会主任强奸的情节和盘托出。她心想自己的屈辱经历应该博得深爱自己并准备与自己结百年之好睡在自己旁边这个男人的理解和同情。可是她想错了，彻底错了。刚才还同她鱼水交欢明天即将成为丈夫的人，一连扇了她数十个耳光，然后又把她拖到地上暴打一顿，口中高声辱骂：“你这个臭婊子，被人玩够了，又跑到我这儿糊弄人！你臭不要脸，别把我的脸也丢光了！滚！”

他把两张结婚介绍信撕了个粉碎，把南茜半夜赶出了家门。

南茜写了辞职报告，第二天就离开了工厂。她报名参加了一个出国培训班，专攻澳洲雅思考试。她已经打听过了，澳洲学校收费低，录取成绩只要达到雅思五分就行了。考试成绩出来了，她顺利过关，阅读还拿了个六分。与此同时他还认识了一位针灸大夫，开始学习针灸。学了半年多，基本掌握了针灸技术，还同针灸大夫夫妇成了无话不谈的忘年交。

20世纪80年中期澳洲留学一般需要“四十千”的担保。什么是“四十千”？“四十千”是留澳学生发明的，是英语国家“四万”的说法。澳洲也没有“万”这个量词，表达“万”则用“四十千”代替。南茜要拿出“四十千”，当时在国内干一辈子也难得凑齐。天无绝人之路，针灸大夫出手相助了。

“太谢谢您了。我去了澳洲一定想法子留下来。等我找到工作挣了钱，一定还给您。可以吗？”南茜激动地向针灸大夫承诺。

“不谈谢，也不谈钱。只希望你好好读书，学有所成，能尽快在澳洲立住脚。你若有心，今后发个邀请，让我到澳洲去看看西洋景就行了。可以吗？”大夫半开玩笑半认真地说。

“当然可以了。钱我还是要还。借钱不还，良心难安。请您去澳洲看西洋景，包在我身上了！”南茜慷慨激昂，大包大揽，似乎澳洲行是板上钉钉的事了。

随后南茜通过中介联系了澳洲一所学校，还真办成了澳洲留学各项手续。南茜学的是护理专业，她知道，澳洲护士当时奇缺，毕业后一般都可以找到工作。一旦找到工作，再通过雇主提名，很容易成功移民。

南茜的理想最终实现了。毕业后当了几年护士，工作中能尽职尽责，很受病人和同事好评。后经雇主提名，成功移民。待有了些积蓄，自己又辞掉工作，开了一间私人诊所。仅靠一只银针，治疗了诸多疑难病症，名声慢慢在社区传开。到后来不少人慕名而来，并需要提前预约。大部分都是慢性疾病和运动中产生的各类伤痛。

这期间她曾同数位男士同居，有白人也有华人。

“我与这些人交往，最终目的是走进婚姻，长相厮守。可白人不同，他们与我交往，基本没有一个真正打算与我结婚的。开始都信誓旦旦，如何爱我，‘永不分离’。同你睡了一段之后，新鲜感没有了，兴趣也没有了。你若再提结婚，‘什么？结婚？结婚干什么？这样不是挺好吗？’以往的承诺都烟消云散，弄得你哑口无言，自讨没趣。”

“华人男士也有问题，我接触了几个，也都有点不着调。有些人是冲我还有几分姿色与我交往，不是真心待我。只要我提到结婚话题，往往借口‘这大年纪了，结什么婚啊？结黄昏吧！’把我推出十万八千里。还有一个比我小十几岁，也同我好了一段时间。在与我交往的同时，我发现她还同另外一个女人打得火热。他说是个老乡。后来我听说其实那个人是他在国内的未婚妻。两人先后来到澳洲，都还没有混到身份。此人与我交往，很可能是想通过与我结婚拿到身份再把我一脚踢开。我也不是傻瓜，当机立断，把他给开了。”

“自从认识你之后，维克特，我才感到心里踏实。你是位诚实稳重又有责任心的男士。如果能找到你这么一位朋友，终生相伴，肯定是一种福气。但我的经历太复杂，太不上档次。这点我也无须回避，无法隐瞒。在国内我还担心自己丑陋的经历被人知晓，出国后我的思想变了。美国著名脱口秀主持人不是大胆暴露了自己小时候被性侵的经历吗？她没有因此受到歧视，相反，她受到世人的同情和尊敬。我为什么怕别人知道我的屈辱和不幸啊？丢脸的不是我，是那些衣冠禽兽。要让世人知道，人性中有极其丑陋的一面，有人人都可能遇到都需要警惕的罪恶。人人都需要知道人性中的短板，而需要不断完善自己，牢记那些惨痛的教训。”

“维克特，你不适合我，我也不适合你。与你接触越多我越感到我们之间差距太大。你与我交个朋友蛮好，但与我正式结合，我知道，太委屈你了。无论感情上还是心灵上，我会成为你的负担。祝你好运吧！我恐怕另有所属了，对不起。”

未料想这段感情到此戛然而止，断得痛快，断得彻底，却留下了无法磨灭的记忆。

后来听凯特说，南茜在国内的忘年交针灸大夫要来澳洲访问了。他的夫人已经去世数年，他是以南茜未婚夫的名义应邀来访的。两人很可能要在澳洲结婚。

这位徐娘半老依然光彩照人的南茜的婚礼，我一定要参加。而且要衷心祝福她美艳永驻，晚年幸福！

第二十章　天生丽质

热心教友忙活一阵没有了结果，我又转向网上寻觅了。两位女士吸引了我的眼球，一位自诩是“天生丽质”，另一位则大言不惭“能歌善舞”。我一直对自信女士充满了敬意。自信是一种美丽，一种风度，一种气场。自信的女人身上似乎散发着由里到外的引力，很抓男人的眼球。即使长相很一般的女人，如果浑身充满了自信，走到哪里都可能显示出一种有别于他人的气质，或高傲，或优雅，或恬静，总之是不落俗套，引人注目。看到这种人，你可能不由自主想与其攀谈，与其接触。你会感到这个人是有内涵的，不是个花瓶、摆设。而有些女人尽管有漂亮的脸蛋，如果缺乏自信，就可能显得畏缩胆怯，甚至低三下四，不让人待见。

网上这两位女士不仅“天生丽质”、“能歌善舞”，在居住地一栏还都填的是“澳大利亚”，此点对我也十分有吸引力。如果在境外物色对象，根据澳洲法律，今后办理结婚移民，有诸多严格的规定。首先必须有一年以上交往史，必须见过面，必须有证人旁证，必须提供交往证据，诸如邮件信件照片等；必须提供足够的资金担保，最后还必须通过体检等等。缺了任何一条都可能前功尽弃，致使移民梦破碎。而审查批准时间一般都要一年左右，从交往一年，加上审查批准一年，两年就过去了。如果提供材料不足或不准确，需要再行补充，那批准时间还要拖后。这样下来，办个结婚移民没有个两三年的思想准备是不行的，而最终把你的移民申请否了也未可知。那就更是鸡飞蛋打一场空了。

“能歌善舞”女士住在布里斯本与黄金海岸之间一个小社区，“天生丽质”稍远，在布里斯本郊区。“能歌善舞”女士网上有多幅照片，看上去婀娜多姿，面容清秀。不过多数都是旧照，近照基本都是全身照，面容不是太清晰。“天生丽质”女士网上放了照片，但不提供照片的男士看不到。人家自我介绍中明确写着：“无照片男士勿扰！”

我从不信邪，管她什么“勿扰”不“勿扰”，发封邮件给她再说。当然了，邮件中一如既往把自己“吹嘘”一番，主动附上了自认为最满意的两张近照和自己的联系方式，包括邮箱地址和座机手机号码等。邮件中当然为自己不主动提供照片作了些解释。

“网上提供照片有些顾虑，一是年纪大了还网上征婚怕人说不着调；二是怕亲朋好友看到，脸上实在挂不住。所以照片没有放到网上，经历也有些杜撰和隐瞒，请原谅了。阁下如果对鄙人还有兴趣，请传些近照过来让鄙人一睹芳容可否？谢谢！”

与“能歌善舞”女士联系很是顺利，同意见面了，但具体时间还没定。我主要想“毕其功于一役”，待“天生丽质”同意见面以后，安排在同一天见过就是了。反正顺路，先见“能歌善舞”，完事后再见“天生丽质”。可整整拖了我两个星期，“天生丽质”仍无音讯。至于庐山真面目，还是难得一见啊！

一个星期天我正在教堂听牧师布道，突然手机响起，弄得我十分尴尬，赶紧把手机关掉，走到外边查看是何人来电，手机上只显示了一个手机号码，是谁来的无法判断，因为不在联系人名单之中。我怕误事，赶快回拨，接电话的是一位女士。

“嗨，维克特，对不起，最近没有上网，刚看到你的邮件，已经给你回复了。”

“请问您是哪位？”我问道。

电话中传出爽朗的笑声："本人是天生丽质呀！"

好一位大言不惭的女士！

"好的，谢谢。我正在教会，等我看过你的邮件以后再同你联系，可以吗？"

简单交谈几句我又返回教堂，继续听牧师布道。一个多小时后布道将近结束，我感到大腿一处发热，掏出手机方知道热源是没有挂断的手机。月末电话账单来了，与"天生丽质"这个不到两分钟的通话，竟多收了我近一百澳币的费用！我至今也不明白，我没挂断手机难道对方也忘了挂断？否则为什么按一个多小时收费？

到家打开电脑阅读"天生丽质"的邮件，寥寥数语，告知收到了我的邮件，并把两张近照附上了。照片是在海边拍的，一张站姿，一张坐姿，因为背光，面孔并不清晰，是否"丽质"，完全看不出个所以然。但身材修长，凹凸有致，不像年已六十多岁的妇女往往全身都"发"起来了。

"安娜，你好。"安娜是"天生丽质"的英文名字，我拨通了她的电话。

"谢谢你的邮件和附上的美丽近照，可惜面孔模糊不好辨认啊。有清晰一些的照片吗？"

"什么清晰不清晰呀，看照片有什么用？"

安娜说的也是。从照片上有时还真难以辨别真容如何。

"那好，我们可以找时间见个面吗？"我说。

"可以呀。"这位女士答应了。说话很干脆，挺好。

"你告诉我住址，我登门拜访可以吗？"

"不必了。我知道你住在黄金海岸。在你我之间找个中间地带见个面吧，你说哪儿？"

哇，"中间地带"，两军对垒还是两国谈判？不过这也是人家自我保护意识强的表现，看来不是个粗枝大叶的主。女士小心谨慎些好。第一次见面就带回家里，引狼入室咋办？

于是在黄金海岸与布里斯本之间的一个"中间地带"，网上预约了一个咖啡店，下周一下午三点与“天生丽质”见面。随后我又同“能歌善舞”女士约好，此位女士没有防范心里，约我同日上午十一点到她的住处见面。“能歌善舞”还邀请我在她那里吃一餐午饭，我先是推辞，但经不起她执意邀请，恭敬不如从命，我只好先答应下来。

巧得很，与两位女士见面基本都在“中间地带”。黄金海岸与布里斯本两市相距只有约80公里，“中间地带”车行不到一个小时就可以抵达。先查看了一下“能歌善舞”女士给出的地址，于是开车上路，约刻把钟上了一号高速。行进中思想不得清闲，考虑见面时各种可能的场面。高速路上突然出现了“能歌善舞”给出的街名，赶紧在下一出口下了高速。转了大约半个小时，始终未发现门牌号。不得不停到路边，下车进入一个商店，打听方向。营业员询问一句，“您找的是哪个城市？”这一问方把我从迷魂阵中拉了出来。澳洲各个城市中有很多街道名称是一样的，诸如市场街，火车站街，中街，高街等，几乎每座城市都有。或一条街道穿过数座城市，如果不看清是哪个城市，你找几个小时都可能是白费功夫。不知吃错了什么药，我竟在急匆匆会见“女友”时犯了这样一个小儿科错误。待找到“能歌善舞”指定的地点，已经迟到将近一个小时了。

来到“能歌善舞”住处，只见女主人已经在门前等候。她把我让进屋内，问我“午饭已经准备好了，是不是咱们边吃边聊？”

我说“谢谢你了，让你费心。”

“能歌善舞”女士准备了一桌丰盛的午餐，有西式沙拉，还有中式锅贴，另外还有数个冷盘热菜。用餐者只有两人，饭菜喂饱三人也绰绰有余。

我说“这栋房子还挺新的，是您买下来的吗？”

“是我儿子、儿媳最近买下来的，有三个卧室，主人房儿子、儿媳住，另一间租给了国内来的两个留学生，还有一间我探亲时过来住。”

她在自我介绍“居住地点”一栏里填的是“澳大利亚”，怎么又“探亲”时过来住了？莫非她还没有身份？

“您如果拿到身份了就不需要再跑来跑去了。”我探寻道。

“是啊，儿子儿媳说要给我办移民，可要排一二十年的队，太磨人了。

我这是第一次过来探亲，再有一个月签证就到期了。”

“现在有一种付费办父母移民的政策，只要一年左右就可以办成，你可以试试。”我说。

“两个孩子刚买了房子，半点积蓄都没有，付费移民根本不可能呀！”

“那也是。再等机会吧。”我说。

当然餐桌上我是有问必答，对方也大大方方介绍了自己的经历，包括出身、婚姻、子女和退休前的职业。

她出身农村，因长得眉清目秀，从小跟着一个乡间演出团体到处唱歌跳舞。年满十八嫁给了城里一位工厂工人，在幼儿园找到一份工作。婚姻维持了三十多年，据说男方一再出轨，最终以离婚收场。两人共同抚养了一个儿子，数年前移民澳洲，现已结婚并在附近购置了这套住房。

“能歌善舞”女士餐桌上不断劝我喝酒，我说开车不敢喝，一再推辞。

“少喝点没关系，听说这边警察很少见，只在节假日期间偶尔才有警察出来查酒驾。”“能歌善舞”反复劝我。

“那好，我喝杯啤酒吧。”

“我不喜欢喝啤的，还是白的过瘾。咱们就各取所需了。来，干杯！”

“能歌善舞”酒量不错，不一会儿我的啤酒喝完了，她最少二两白酒也已经下肚，还在自斟自酌。

“您的酒量不错啊，北方人能喝酒，您这位南方女士也有这么好的酒量，真不简单。”我对她的酒量的确印象深刻。

“这才喝了多少？我从十几岁就学着喝酒，老资格了，喝个半斤八两不在话下。”

也是，我看人家酒喝了不少，但仍然面不改色，眼不迷离，潜力大得很。

午饭过后，“能歌善舞”邀请我到她的卧室“看看照片”。

进到女士卧室，一张双人床，一个电脑桌，房间就塞满了。空间非常狭小，感觉很不舒服。我随女士进到房间，房门有意没有关上。我想开着门敞亮些，否则肯定憋闷。女士让我坐到床边，返身又把房门关上。她坐到电脑桌前，打开了电脑。

“我存了很多照片，大概有两千多张。黑白的彩色的都有。多数都是近几年照的。有兴趣看看吗？”

“当然有了。谢谢你！”

她让我靠近电脑桌坐，好看得清楚些。我遵嘱挪到了她的一侧，两个人的腿碰撞了一下，我赶紧说了一句：“对不起。”并乖乖地把腿挪开。

“没关系。房间太小了。”她竟又把腿有意碰了我一下。

我有些不解其意，端详了她一会儿。这是一张可能原本细皮嫩肉很光滑很白净的漂亮面孔，可因为涂了太多的粉底以便掩饰颧骨处一块较大的圆形老年斑，感觉不真实了。就像日本的歌舞伎，脸上涂的白粉太多，半点美感都没有了。可能饮酒过多，大白脸上微微显出了一些红润。

她调出了很多照片给我看，还兴致勃勃介绍拍摄背景和照片中的人物。从照片中可以看得出，她年轻时的确是一个美人。眼睛大大的，眉目传情。个子矮小些，但肢体比例很协调。虽然人已年过六十，脸上还有几处恼人的老年斑，头发似乎是染过的，但总的说来，长相比她的实际年龄要小很多。

“您很漂亮呀。年轻时肯定是位女神级的人物。”我也顺势奉承两句。

“您过奖了。年轻时没得说。年纪大了，我也不差呀！”她来劲了。

“我给你看几张五十岁时的相片，是一位专业摄影师给我拍的。不知你欣赏不欣赏？”她接着说。

“漂亮照片我怎能不欣赏？”

电脑屏幕上突然出现了一张裸体照，从背后照的，体态丰满。翻到第二张，是赤裸裸躺在浴池中的裸照。第三张则是摆出水蛇腰姿的正面照。后边还有多张各种造型裸照，站着的，蹲着的，趴着的，把我看得两眼迷离，心跳也加快了。“能歌善舞”女士的呼吸变得粗重急促，甚至慢慢把头倒向了我的怀里。我赶紧往床中间挪动一下，想躲开她，随口说了一句：“对不起，我要去方便一下……”

“……不用出去，在屋里……解决就行了……”她眯着眼喃喃地像说梦话一般，并顺势把我推倒在床，整个前胸压在了我的身上，手还不停地在我身上乱摸。

“哎哎哎，不行！你起来！你不起来，我可要喊人了！”

她这才睁开了迷迷瞪瞪的双眼，梦游般的眼神扫了我一眼，才不情不愿地从我身上爬起来。我赶快起身，整了整衣衫，轻声对她说：“谢谢你招待的午餐，也谢谢你让我看了你的照片。凡事不能操之过急，欲速则不达。您这套办法使不得，我无法接受。对不起，失陪了。”

逃上我的汽车，半天不知道我要干什么。愣了半天才突然想起，还要同下一个“女友”见面。当时好后悔，怎么把这种事安排在同一天，让人连喘气的工夫都没有！

与“天生丽质”约会的咖啡馆很好找，就在一个熙熙攘攘的闹市区。外边车水马龙，里边却播放着轻音乐，温馨恬静，是个谈情说爱的好地方。进入咖啡馆服务小姐将我带到预定座位，询问我需要什么服务。

“对不起，请稍等片刻，我还有一个朋友没来。”我答道。

咖啡馆内只有三四个客人，我是唯一一位亚洲人。距离约会时间还有点时间，我不由自主开始回忆刚才那场惊心动魄的经历。忐忑不安，还有点后怕。我想，如果被人告到官府，诬告我个“性侵”，甚至“强奸未遂”，可如何是好？

约莫过了约会时间十几分钟，不经意间抬头望了一下前台，只见一位女士的背影，后背笔挺，丰满圆润，个子高挑，腰姿纤细，穿着一条紧身牛仔裤，修长的双腿性感十足。心中暗自思忖，可能这位就是“天生丽质”？但等看到一头乌黑长发，方知可能张冠李戴了。六十开外的女人，哪里还可能有这等秀发？

只见秀发女士离开前台，带着照片中已经见过的名片般的笑容，径直向我的方向走来。看到女士的亚洲面孔，我心中窃喜，心想恐怕这位就是“天生丽质”了吧？

“对不起，迟到了。您早到了吧？”

来客毫不迟疑知道我是谁了。她见过我的照片，再说咖啡馆内也只有我一个亚洲人，另外她肯定已经在前台询问过预定座位的“维克特”来了没有了。

我赶紧起身，与来客握手，只感到“天生丽质”的手似乎粗糙些，不太“丽质”。

“安娜，你好。我也刚来。请坐！”我答道，并礼貌地将椅子挪动一下，让女士坐下。

“天生丽质”小姐从肩上卸下一只精致小包，拉链也没拉好，随便一丢，扔到了桌旁一张空座位上。

“噢”我心想，“虽然人家是‘天生丽质’，但并不娇气。还有点大大咧咧，真情随意。好，这种人好相处。”

此后接触多了才知道，人家的手提包总是张着大口，可以让她随时取出钱包、手机。即使回国省亲，提醒她注意三只手贵客，人家也毫不在意。背着张着大嘴的包包，商店、超市出出进进毫无防范。算她幸运，还真没有碰上什么窝心的事。也许她的气场太强，小人不敢接近？玩笑话。我总提醒她，总这样下去，早晚要倒霉的。她说我是在咒她，听不进去，仍然我行我素。

咖啡店里的咖啡到底还是比自己冲泡的速溶味道纯正，与安娜的谈话也逐渐品出滋味。

“维克特，我是个大大咧咧的人，没有什么心计。您是位大知识分子，做事严谨，与我恐怕差距很大，这点您应十分清楚。”

“请去掉‘大’字，可能有那么点知识，很多也是没用的，唬人的。有什么差距？真还说不好。反正科学家告诉咱，人同猪之间基因差异仅有7%。与大猩猩的差异更小，只有1%。人与人之间的差异又能大到哪里去？”

我被“天生丽质”俘获了，为了讨好有点瞎忽悠了。我带了一本自传，拿出送给了她。

“这是你电话里要的我的自传，有时间看看，消遣嘛。也请多指教。”我说。

“谢谢您把自传拿来了，我拿回去一定认真拜读。您能现在谈谈您的经历，尤其是您的婚姻状况吗？我想直接听听您的故事。恕我直言，所谓自传，有不少是在胡编乱造。美化自己，贬损别人，这种自传不名一文。”

“您说得对，我也读过一些所谓的自传，其实说是小说才更为确切。请不要误解，我的自传里，全部是我本人的经历，没有任何杜撰内容，此点您尽可放心。”我感到我是在使劲压住心中的不悦，没敢使用尖刻语言，怕得罪对方。

“希望是这样。我们毕竟刚刚接触，你并不了解我，我也并不了解阁下。仅靠几封邮件，几个电话，几张照片，就能彼此了解？天方夜谭！即使几十年的夫妻朋友，是否真正了解了彼此？也真难说。君不见几十年出生入死的战友、同伴，到头来弄得你死我活，势不两立吗？这种事例太多太多了，多得让人心寒。不是吗？”

谁说不是？世上的事就是这样难料，几十年同舟共济，可能一夜翻脸，变成仇人。萍水相逢，却可能成为莫逆之交，终生相伴。了解一个人容易吗？“天生丽质”没有说错。

“了解一个人的确不易，但也不能因为不易而缩手缩脚，无所作为。就像你我，既然互相并不十分了解，那就争取时间争取多了解一些不好吗？如果面对不易轻易放弃，有没有可能失去机会，错过姻缘啊？”我说。

“啊，您提到姻缘了。您认为我们的相遇就是姻缘吗？那可真是‘众里寻她千百度，蓦然回首，那人却在灯火阑珊处’了。你我之间能有这种缘分吗？”

“天生丽质”语气中显然带有调侃讽喻的味道，听起来有点别扭。

“也许有，也许没有。缘分并非天上掉馅饼，没有眼光，没有激情，没有祈愿，没有勇气，碰上缘分也可能错过。不是吗？缘分也需要不断探索，不断追求，甚至不断培育经营。不探索、无追求、不知道如何培育经营，缘分可能永远也找不到，找到了也可能随时丢掉、毁掉、浪费掉。”我想同这位强势女性唱唱反调，看她下边如何反应。

“噢，你是在找缘分。对不起，我是在躲缘分。”

“躲缘分？啥意思？您不是也在网上征婚吗？征婚不是在找缘分吗？”我也不饶人。

“我上网的目的是找个老伴，不要什么缘分，一起养老过日子就行了。”

“您的意思是不要结婚，但生活在一起，相互陪伴？”

“是的。结什么婚？我已经结过两次婚，够了。再结第三次，我就成结婚专业户了。找什么 缘分，何苦来哉呀！”

结过两次婚，这是我没有想到的。国人对结婚大事十分慎重，长相厮守的大有人在。尽管相当一大批人婚后并无幸福或性福可言，只是囿于嫁鸡随鸡嫁狗随狗的传统观念而凑在一起混日子。离婚结婚，再离婚再结婚，在我们四五十年代出生的人当中，确实并不多见。

我对“天生丽质”结过几次婚并不介意，那都是过去时了。但我对为什么离婚却兴趣满满，很想知道是他的问题，还是她的问题。

“你不要在意离过几次婚。两次还是三次，不过是数字概念。何为多，何为少？如何界定？不论结婚还是离婚，只要自己感到开心快乐就行。离婚能够摆脱不幸、摆脱困境、感到需要，感到快乐，那就离婚。离婚后如果又能找到伴侣，走进婚姻，享受生活，享受快乐，那你就赚了。没人会追究你为什么离了婚怎么又找到了快乐。不要怕当结婚专业户，结婚专业户找到幸福找到快乐谁说不行！”我也打开了话匣子。

我感觉话犹未尽，继续我的婚恋论。

“在婚恋问题上国人需要调整心态改变观念。人活着就要追求幸福，追求幸福是老天爷赋予人的权利。离过两次三次还要找人结婚，老夫找个少妻，老女人找了个小鲜肉，经常被人说三道四。有必要吗？人家感觉幸福感到满意就好，与你我这些局外人何干？如果抛弃嫉妒心理，旧有观念，我们应该祝福人家。如果你有本领，也能找个心上人，或弄个老少配，陪你度过余生，你满意吗？期盼吗？如果设身处地想通了，你就可能正确对待这些不被普遍接受的婚恋了。”

“你可以不结婚，但不要拒绝缘分。缘分不单纯涵盖婚恋，谈话投机，心有灵犀，互敬互爱，彼此欣赏，相处和谐，这些都是缘分。你找一个老伴，也不能找个话不投机整天无事生非哭笑无常的恶婆娘懒婆娘或河东狮吧？”说开了嘴，我也有点慌不择言，把女性给骂了。

“我干吗找恶婆娘懒婆娘河东狮啊？我也不是同性恋。”安娜指出了我的疏漏。

安娜接着说道：“不过你说的也对。我可能没有表达清楚。我当然要挑拣了，那些歪瓜裂枣不上档次的男人我是一概不要。那些追求功名利禄不择手段的小人都应该去死。那些借口事业忽视家庭没有人味的孬种也不是些好东西，那些无知无识的草包离我远点，那些自私自利满肚子坏水的贱货也绝不是我的菜。”

“天生丽质”的择偶标准罗列了一堆，都有道理。但话似乎太狠了些，有些疾恶如仇的味道。

“安娜，你的标准是否太高了？找个长相帅气，不要功名，不要事业，大公无私，顾家顾妻你心里那样的完美男人恐怕太难了。”

“你错了。误解了。不要事业怎么能称完美？世上没有完美的男人。阁下完美吗？”

怎么把矛头转到我身上了？

安娜没等我回答接着说道：“长相我没说帅气呀，只要端正就好。我也没说不要追求功名利禄，我是说不要使用阴谋诡计。专心事业是好事，但不能舍弃家庭呀？我不要100%的完美，有个60%就行了，要求并不高啊。”

“您看我能达到什么标准？50%可否？”谈得还算投机。我也同她开起了玩笑。

“你嘛，还真难说，50%？够呛。”虽然可能是玩笑话，我听了心里还真地感到凉哇哇的。

随后我遵命把我的婚史详细介绍了一遍。

应该到分手时刻了。

“我们下次还能见面吗？”我轻声问了一句。

“干吗不能？我看完你的书再约你，无论贬褒都要告诉你。礼尚往来，我也要把我的两段婚史告诉你，有兴趣听吗？”

我没有太多的期盼，还有个“且听下回分解”，而且是有关这位“天生丽质”女士的婚史，怎能错过?

“在下将洗耳恭听！下次见！”

第二十一章 情窦初开

第二次见面是在安娜的家里。她有一栋四卧两卫独栋住宅，地处非常宁静和方便的居民区。前院草坪花卉，宽阔的后院也是草坪，周围是树木和几块菜地。安娜把我让进客厅，打开了话匣子，谈起了她的第一段婚史。

一九六六年轰轰烈烈的文化大破坏启动了，所有一切所谓的旧思想、旧文化、旧风俗、旧习惯都在横扫之列。何谓旧？人类数千年积累的所有文化遗产都毫无疑问成了旧东西。就连男女两人坐在北京护城河边谈情说爱都可以被抓起来被当作耍流氓处理。至于情人之间在公众场合搂搂抱抱，也被视为伤风败俗。电影里是绝对不能出现裸体画面，就连接吻都通不过审查。于是一部隐隐约约出现个接吻镜头的电影“庐山恋”，竟可以令无数少男少女热血奔流，激动不已，百看不厌。可想而知，我们的主人公安娜女士，“文革”开始刚刚十四五岁，沐浴在“造反有理”无政府、无理性的荒漠中多年，哪里会有缠绵情爱的启蒙和教育啊。整天都是打打杀杀，砸烂狗头，人性中诸多美好优雅温润的感情被彻底压抑阻绝了。于是我们的安娜女士直到二十二三方突然醒悟，噢，应该谈恋爱了吧？

安娜的跟屁虫有那么几个，经常围在周围套近乎。安娜对他们从无好感，觉得这几个人太轻浮，甚至有些流里流气，让人讨厌。上高三的时候一个同班男生有一次凑到她面前，轻声说了一句："嗨，你可真好看！"安娜女士竟挥起纤纤玉手狠抽了小家伙一个耳光。中学毕业参加了职业培训，分配到一个教育机构任职。一个年轻业务尖子与她在同一办公室工作，接触时间一长，两人变得无话不谈，关系相当融洽，经常还可以相互开个玩笑，也不避讳其他同事。小伙子长得十分帅气，但不知动了哪根筋，竟在办公室没有其他人在场的时候凑到她面前想偷个吻，被安娜狠咬了一口嘴唇。害得人家疼得直蹦高，嘴唇立马肿得像串葡萄。此后三天没来上班，躲在家里疗伤。同时递上一份请调报告，换单位，走人了。

待安娜意识到需要谈恋爱了，才想起往事，觉得有愧于人家。人家不是向你表达爱意吗，有什么错？夸你漂亮，应该说声谢谢。想偷个吻，把嘴一闭，把他推一边不就完了，干吗那么狠啊。再说那个小伙子你不是同他相处得很好，很谈得来吗？你知道你那一口给人家造成多大伤害？小伙子不得不调离单位，与你永远分开了。你不感到做得过分，是个遗憾吗？

安娜后悔了。心想如果再同小伙子相处一段，按现在她的觉悟水平，说不定会把那个小伙看成是白马王子了。可是白马王子失联了，走了，让她一口给咬走了。她感到是个无法挽回的损失，情窦初开前的巨大失误。但后悔已晚，自认倒霉，错过了一次谈情说爱的大好机会。

安娜认真思量跟屁虫中有无合适人选可以深入交往了，搜寻半天，找不出一个中意的。安娜失望了，心想肯定是自己的朋友圈太小，选择面太窄的缘故。安娜从小喜欢唱歌，"文革"期间的革命歌曲她几乎可以张口就来。即使八个样板戏中的大段京剧唱词，她也可以学得惟妙惟肖。而且她的嗓音好，高音清澈明亮高亢，音色特美，极富磁性。我与她第二次见面她还真开口唱了几支歌，刚一张嘴我就感觉音色不凡，柔美圆润，与她大大咧咧豪爽性格无法匹配。有人说她唱歌"没有骨头"。我看这是嫉妒，但如果在听她的歌时感到舒缓如行云流水，情绪饱满但又深沉内敛，不张狂，不做作，说没有骨头我看也未尝不可。

她有一位闺蜜，与她同龄，告诉她市里一个业余歌舞团正在招收合唱队队员，建议她不妨也去试试。安娜的嗓音一锤定音，合唱队领导事后说，她如果能早一些被发现，好好培养一下，很可能已经成为明星了。进入合唱团不久，尽管嗓音还没有彻底打开，音域偏窄些，她已经可以领唱一些歌曲了。

歌舞团中还有一个舞蹈队，二十几个人，经常与合唱团一起到工厂社区演出，相互之间都很熟悉。舞蹈队中一位独舞男演员引起了安娜的注意。此君虽然五官一般，但体魄强健，舞技高超，整个舞蹈队中无人能出其右。未料想此君看到安娜的第一眼，也被安娜吸引，并在外出演出时，总是主动攀谈，得机会还会细心照顾，应该是个暖男。交往不到半年，安娜也已二十有六，未经详细了解磨合就应男方要求走进了婚姻殿堂。

婚后两人蜜月没有过完就出现矛盾，矛盾源于这个大男人的小心眼。安娜知道自己粗心，是个马大哈，结婚后每个月的工资都交由老公管理。虽然离开父母与丈夫住在了一起，但没有忘记双亲的养育之恩。与父母住在一起的时候，还能为父母做做饭洗洗衣，孝敬孝敬。离开父母之后她想每个月从自己工资里拿出十元人民币，孝敬父母。其实安娜的父母都是解放前参加革命，父亲位居局长高位，母亲也是四野老革命，只可惜早期从部队复员，没有什么官职，但也有收入，两人并不缺钱花。这十元钱也就是意思意思，表示一下做闺女的孝心。未料想这十元票子，竟引起轩然大波。

“不行。我们挣多少钱？他们老两口一个月工资三四百元人民币，我们两个加起来不到一百，干嘛还要给他们钱？你犯神经啊？”

安娜做梦也没有想到，新婚丈夫会如此激动，如此小气。

“爸妈养了咱们，总要感恩吧？不就是十块钱吗？干吗那么急赤白脸的？”

“结了婚你就得先顾这个小家，这件事以后免谈，听到没有？”

哇，如此霸道？安娜也是个不信邪的人。

“嗨，我看你长能耐了，就这样跟我讲话？还‘以后免谈’，老娘非要你今天把话说清楚，十块钱你同不同意给？”

“不给，就是不给！我说不给就是不给！”

安娜气得简直要疯了，她万万没有想到新婚丈夫是这样一个人。她利用周末到公公婆婆家去了一趟，把他们儿子的表现说给他们听。老两口还通情达理，劝她不要生气，让他们做做工作再说。大概做了两个星期的工作才算有了结果，同意每月从安娜工资里拿出五元人民币孝敬她爸妈。

“五元人民币”，让安娜哭笑不得。安娜心想：这个人是我今后在一起生活一辈子的男人吗？“五块钱”，这个男人到底值几块钱？安娜就何种男人才是理想男人整整思索了好几天。一流男人应该想到结婚后如何孝敬父母。如果男人粗心大意，没有想到，待妻子提起，可能会说，“对不起，我忘记这件事了。亏你想到了。十块钱，给孩子压岁啊？太少了，二十吧！”这应该属于一流男人。二流男人应该是在妻子提出要求之后，马上同意，“给吧。咱们紧巴着过就是了。”三流男人是在妻子提醒之后，纠结一阵，勉强同意，但脸色要阴沉几天，不情不愿。不入流男人，或末流男人，则会同妻子大吵大闹，死不同意。

“我这个丈夫最终还是同意了，五块钱。还不是末流，是个三流半吧！”说到这儿，安娜自己也按捺不住笑起来了。是苦笑，无奈的苦笑。

此后，新婚丈夫在安娜眼里的价码，大幅贬值。

安娜说到这里停住了话头。

“维克特，过去的事我一般不说也不想了。但看了你的书，我觉得也应该把我的经历说给你听听。这也算礼尚往来吧！当然每个人的经历中都有喜怒哀乐，喜乐不提了，先把怒哀说给你听吧。这叫忆苦思甜，向你倒倒苦水。你也别烦，接着，听着，可不可以？”

“我听得入神了，还想接着听下去。但事情都过去了，希望你也不要再放在心上。就当作你讲故事，我听故事，咱们俩都轻松一些。”我接了话茬儿说道。

“那好。先休息会儿，我给你泡杯奶茶还是咖啡？”

“奶茶吧，谢谢。”

安娜泡好奶茶递给我一杯，她则喝了两口自来水，戴上草帽跑到后院侍弄了一会儿菜地又反转回来。

“几天没浇水了，韭菜快干死了。人要喝水，菜也要喝水啊。这些天不知忙些什么，忘了浇水。”

“您退休了还忙地里的活儿？”

“闲得发慌，找点儿事儿干。不上班了，但还没到退休年龄，现在成了菜农了。你看我这两只手，老茧都有了，改造得差不多与贫下中农差距不大了吧！”

那我明白了，第一次握手感觉不像天生丽质女人的手，原来是“改造”的结果啊。

“今天在我这儿吃个便饭，咱们好好聊聊。”安娜唱着小曲儿洗完手又风风火火洗菜准备做饭了。

“不要忙了。到外边吃算了。我请客。”

“不让你请。客随主便，来到我这儿就听我的，好吧？今后少不了让你请客了，怕不怕？”安娜调侃道。

“没问题，一言为定，本人没有那么小气。”我说。

午饭吃的是面条，菜是韭菜炒鸡蛋，味道还行。吃过饭接着听她讲故事。

安娜的丈夫有个大他十几岁的哥哥，经常应酬，于是吃出了个高血糖高血脂的毛病，加之又抽烟又喝酒，把身体弄得经常出差错。

安娜结婚的时候哥哥刚做了胰腺炎和胰腺结石手术，手术后消化系统出了故障，每天跑厕所四五次，可以说吃啥拉啥，根本不吸收。一年当中成了医院里的常客，其间还两次住院治疗，但收效甚微，始终找不到解决办法。因为缺乏蛋白质，眼见哥哥日渐消瘦，两腿浮肿，被疾病折磨得对康复几乎完全失去了信心。安娜看在眼里，急在心上，督促丈夫是否替哥哥也想想办法，看能否转个医院或找个知名大夫再好好看看。

未料想这个当弟弟的却如此绝情，竟说什么“大夫都看不好，我有什么办法？人的命天注定，你操什么心？你操心有啥用？”

安娜心想，你们俩是不是亲兄弟呀？亲兄弟怎么能这样讲话？哥哥让病折磨近一年了，始终不见好转。再拖下去，真不知道要发生什么事。哥哥毕竟刚四十出头，真要有个三长两短，那不是作孽吗？当弟弟的不管不问，我这个当弟媳的可不能那样。人心都是肉长的，得有良心。哪怕是外人，能帮都应帮一把，何况是大伯子。

安娜通过爸爸找到一位专科大夫，经专科大夫检查分析，明确无误地指出："你的问题是消化系统障碍，需要使用胰酶制剂了。同时还要继续注意戒烟戒酒，少食多餐。控制脂肪摄入，多进食富含蛋白质食物和蔬菜水果。你的体能在急速下降，需赶快补充营养，不可再拖了。"

遵从专科大夫意见使用胰酶制剂不到两周，病情大有好转，每日厕所最多去两次就完事了，哥哥喜不自胜，邀请安娜夫妇在高级餐馆吃了一顿海鲜自助。

"谢谢你，弟妹。这一年来我被这个手术后遗症折磨苦了，把各路亲友也拖累坏了。最后多亏了你，找了这么个好大夫，真可谓是妙手回春，让我起死回生了。"

"大哥，不这么讲。也不是什么起死回生，手术做得很成功，只是术后出了点小问题。也别谢我，这是你弟弟的功劳。是他催我，说我爸爸是大局长，看能不能找个好大夫给我哥哥看看病？这样拖下去怎么得了！"

我扭头看了一眼那位好心弟弟，只见他似笑非笑，表情比哭还难看。

哥哥术后出现的问题后来听说属肝胆胰腺科常见病，不知何故原手术医院竟在一年当中无计可施，岂非咄咄怪事？也许是因为手术大夫是从其他医院请来的，手术之后人家走了，其他大夫都是二把刀？或国内大夫每天忙于应付门诊病人，无暇跟踪医学界最新成果，不知道补充胰酶有何作用？但愿不是想把病人留住，以便多收红包，过度检查，让你不停地吃些不管用的劣质药，再多住几次院，为咱们医院多创点收吧？也许是不经意间的误诊？这种事国内国外也经常发生。国内误诊率在30%左右，美国也差不多，在15%～40%之间，英国则高达50%。统计数字是否有充分根据不得而知，但误诊不可避免是公认的事实。中国的大夫临床经验非常丰富，每个中国医生接触的病人要比欧美国家多很多，所以误诊率还相对要小一些。我劝哥哥，今后看病不要一棵树上吊死，大病要确诊最少要找三个医生，医生开的药吃了三天五天或一周两周完全没有效果，就要换药或换大夫，千万不能挺着。

吃完自助餐回到家里，安娜看到老公哭丧着脸，不知又生哪门子气。

“哎，今天我给你留面子了，别那么哭丧着脸好不好？”

“不用你给我留面子，面子有什么用？面子值几分钱？”

“你也太自私点了吧？他是你亲哥哥啊！”

“亲哥哥又怎么了？你看他吃的穿的住的用的，我能同他比吗？人家在攒钱准备买汽车了，我还骑个破自行车哪。我的面子早丢光了。”

“原来你是嫉妒你哥呀，至于吗？甭那样想，哥哥混好了我们应该高兴，毕竟他是你哥嘛，又不是外人。”

“我高兴不起来，同你这号人在一起，我难得高兴。刚愎自用，多管闲事，自以为是，你以为你是老几呀？”

听到这些话安娜憋得气都有些倒不过来：这是我的老公？我能把一生托付给这么个无情无义的小人？他能拿出五块钱打发我的爸妈，他能眼见哥哥疾病缠身而无动于衷甚至幸灾乐祸，他还是个人吗？

安娜这段孽缘好不容易持续了约一年，最终走到了尽头。这一年间家庭矛盾不断，安娜都忍了。她总想，人是会变的，既然走到了一起，还是期盼白头到老的结局。她甚至违背自己的意愿，生下了一个胖小子。当初她本想打掉，爸妈和周围朋友都劝她，已经二十好几了，该生了，别耽误了。离婚的想法还没有，只是感到同这个人生活在一起太窝囊。也许生个孩子，能转移一下注意力，精神上有个新的寄托。孩子生下来了，安娜的确兴奋了一阵，把全部精力都放在了孩子身上。

孩子刚刚过了满月，老公给她带来了一个“惊天”大消息。

当时歌舞团正在物色一位副团长，全职副团长。市文化局领导正在考虑一两个可能的人选，其中就有安娜的丈夫。

“安娜，这次对我来讲是个机会，千万不可错过。我们团办得不错，在市里，在文化局，都已经挂号了。听局里朋友说，文化局里的群众文化事业处处长明年退休，准备从业余艺术院团中选拔新处长。我们团团长明年也将退休。上边有意让我先当个副团长，锻炼一下，明年再调到局里当处长。”

“好啊！我们家孩子爸爸要升官了，当大官了，咱们今天先庆祝一下！”

“庆祝啥呀，八字还缺一撇呢。”话虽这么说，可孩子爸已经美的合不拢嘴了。

“怎么，还没定下来？”

“局里正在考虑两个人选，我是其中之一。鹿死谁手还不知道。”

“另一位候选人是谁啊？”我好奇地问道。

“就是乐队那个小提琴首席。”老公几乎是咬牙切齿说了这么一句。

“那是你的哥们儿，挺好，你们来个友谊第一，官位第二吧。”

小提琴首席同我们两口子很熟，也是个业务尖子。人内向一些，但很聪明，提琴拉得真棒。专业乐团几次要把他挖走，都没有成功。因为团长是他舅舅，他看舅舅的面子，一直也没走。但我估计迟早他要离开，另攀高枝。听说他一直在学习英语，多年参加英语培训，说不定哪天人家就出国了。这个处长不处长，对他不一定有什么吸引力。

老公可不这样认为。

“什么另攀高枝，他那个水平到专业团队也只能是个二流三流。至于出国，你以为那么容易？他英语能过关吗？哪个学校要他？他没有参加过什么大赛，也没得过什么大奖，申请奖学金没戏！自费？他有那笔钱吗？去偷还是去抢？他有那个胆量吗，一个窝囊废！”

“今天你是怎么了？平时你们不是特要好吗？你不是总夸他业务好，人缘好，还准备给他介绍对象吗？你几次同我吵架不是还请他来调解吗，怎么一下又让你贬成这个样子了？”

“你们女人家就是头发长见识短。这叫到什么山唱什么歌，此一时也彼一时也。现在他是我的竞争对手，是你死我活，我还说他好话，我脑子进水了啊？你也不要再提这个小子，一提我就来气！”

安娜心想，就这么个只会蹦跶两下，人格如此下贱的人还能当什么处长？

此后一两个月的时 间，他就像丢了魂一样，整天在那里到处托人，又请客又送礼，忙得不亦乐乎，恨不得立刻走马上任。我带着个刚满月的孩子，不知在家里招待了多少人。有团里的，有局里的，有市里的，他是到处打点，不惜工本，害得我家里都揭不开锅了，老着脸跟爸妈还借了两次钱。

饭桌上他一方面是自吹自擂，把自己吹得像天仙一样。另一方面是毫不知耻地讽刺挖苦他曾经的哥们儿，那位可怜的小提琴首席。

“那小子你们不知道，我同他熟吧？那小子可阴了，蔫坏。别看他不言不语，可有主意了。背后不知说了你们多少坏话，你们还蒙在鼓里吧？等他登上了处长宝座，看他怎么耀武扬威整咱们这些人了！”

我在一边听了都觉得脸红。我想那些听他瞎掰吃的食客在心里恐怕也在骂，“什么玩意儿，你想当官也不至于这样踩祸别人吧？”

安娜家那位处长候选人忙活了一阵竟没有了任何消息。客也请了，礼也送了，咋就没有下文了呀？候选处长在家里整天唉声叹气，动不动还冲安娜发脾气，怪她不配合他多做工作，尤其没有动用安娜爸爸的资源让他非常生气。

突然有一天候选处长回到家，脸上的乌云一扫而光。

“亲爱的，”好久没听到这么亲切的称呼了，“有希望了，有希望了！”

“你当上处长了？”安娜问道。

“快了，就差一口气了。现在就看你的了。”

“啥意思？吃错药了吧？”安娜反问候选处长。

“你不知道，文化局朋友偷偷告诉我，分管人事的副局长有个喜好，金钱和美女。”

安娜意识到下文了，心中突感堵得慌，死盯着那个王八蛋不放，想听他放什么狗屁。

“你看咱们结婚也快一年了，也知道是怎么回事儿了，孩子也出满月了。要钱咱没有，要人总还可以吧？你就委屈一次，做点牺牲……”

没等他说完，“啪”一个耳光我扇了过去。

“你这个混账王八蛋，亏你想出这么一个主意。明天民政局走一趟，离婚！”

当晚我就抱着孩子搬回娘家住了，第二天他表示拒绝离婚，想离，孩子要归他。

考虑再三，我想尽快摆脱这个人渣，就同意了他的要求，把孩子留给了他。未料想这一分手，我又走上了一条二十几年的伤心不归路。

第二十二章　情何以堪

本应是一段风花雪月的初恋就这样被蹂躏了，被毁掉了；本应是精神唯一的寄托、怀胎十月、生命的一部分被生生地切割，失去了。安娜大病一场，连续数天，天天以泪洗面，茶饭不思。爸妈和闺蜜小梁抽空想陪陪她，也经常被她赶跑。

“你们都走！让我一个人清静些，行吧？”

突然有一天，一位男士来访。妈妈开门问他是谁，有何贵干？

来客答曰：“阿姨，您好。我叫于德良，同您闺女一个团的。听说她病了，想来看看她。”

妈妈把客人让了进来，并告知女儿于德良来访。

女儿答道：“知道了，一个团的，老朋友了。让他等会儿，我这就来。”

安娜赶紧从床上爬起，简单梳洗没有化妆就出来迎客了。

“德良你好，不好意思，把你惊动了。妈，这位是我们团的帅哥，首席小提琴手，于大师。”

不知为什么，安娜今天流露出多日不见的开心。可能这位于先生是她病倒以后第一位来访的男性朋友，也可能是老朋友多日不见的缘故。竞争处长职位之前，前夫与首席关系非常好，经常邀其在家聚餐闲聊。“你死我活”

的局面出现之后，他再没来过。

“听说你病了，来看看你。你还好吗？”首席关心地问。

“你看，能好吗？婚也离了，孩子也给人家了，真不知道今后日子还怎么过。有时感到活得都没意思了。”

“可别这么想。你年轻，漂亮，性格又开朗活泼，今后日子长得很，好日子还在后边哪。”

妈妈离开客厅回自己房间了，留下他们两人在客厅里继续闲聊。

“你就会奉承人，嘴巴甜。怪不得你人缘那么好。”安娜说。

“不是奉承，你是团里公认的第一美女，一点不假。”

“什么第一美女，别取笑人了。人老珠黄了。今天我就洗了把脸，完全没有化妆，我自个儿都看不下去了。你别糊弄我，我知道自己几斤几两。”

“你是天生丽质，淡妆浓抹总相宜。”

“哟哟哟，越说越离谱了，结过婚生过孩子的女人贱成萝卜价了，还什么‘天生丽质’。天生丽质也不值几个钱了！”

安娜与首席谈了足足两个多小时，似乎仍然言犹未尽。于先生见安娜有些疲倦，起身告辞。

“你该休息了。我走了。”

“谢谢你来看我，没事过来坐坐。今天没准备，下次来留下吃个饭。”安娜也说不清，为什么很想再见到他。

“我一定来。”首席说道。然后又俯在她的耳边，声音很低，却一字一字清晰无比地用英语说道：“I love you！（我爱你！）”

一句“我爱你”让安娜几天无法平静。她知道，首席是个多情种。他不仅帅气，还多才多艺，吹拉弹唱几乎样样都会，另外还占着首席提琴手的位置，因此受到周围不少人的夸赞和追捧。加之嘴巴特甜，尤讨女人喜欢。她当面夸奖安娜“漂亮”不止一次了，但说出“我爱你”还是首次。这个“我爱你”才让安娜感到开心也感到惊讶。

与前夫离婚后，安娜的情绪落入低谷。一是后悔同那么一个人结婚；二是好端端的一个大儿子也丢了；三是对未来完全没有了自信。离过婚的中国女人，要找个中意的男人嫁了，难；离过婚，还有个孩子的女人，要找个中意的男人嫁了，更是难上加难。正像一位演艺界离过婚也有孩子的女明星说的，她怀疑“楼下那个看自行车的老头都不一定要我”。

现在团里最耀眼的一位帅哥表示“我爱你”了，她能不动心吗？激动之余她也暗自思忖，“此人一贯嘴甜，也许是随口说说而已吧？”

随后一段时间，帅哥三天两头来访，不仅嘴甜，手脚也特别勤快。这让安娜和她的爸妈喜不自胜，每当帅哥来访，总是热情招待，完全不当外人了。如此这般过了半年左右，安娜从离婚阴影中彻底走了出来。与帅哥的关系突然增速，两人变得几乎形影不离，团里团外，出双入对，无所顾忌了。

一旦公开了恋情安娜就想尽快把婚事办了，免得风言风语让人心神不宁。德良的女人缘原来听起来挺让人羡慕，与他真谈上了，再听到就有些吃醋别扭了。

“德良，咱们是不是该结婚了？反正已经满城风雨，再不结闲言碎语就该有了。”

“我也在想这件事，可不敢开口啊！我是一无房产二无存款，裸婚把你娶进来，对不住你呀！”

“你不是在外边租了一间房吗？做个新房也够了。”

安娜暗自思忖：“我是否显得有些急不可耐？也许是。能捞到这么一个白马王子，女人杀手，我不赶快把他拴住，不小心让他飞了，我亏不亏啊？看自行车的，收破烂的，我可看不起呀。”

“住我租的那间破房你不感到委屈？”德良试探着问了一句。

德良在安娜心中又增添了一些分量，心想：“这个人还有责任心。”

“有间房就行了。只要你真心待我，住帐篷我都认了。”

结婚是件大事，安娜必须同父母商量一下。

父母听说她要结婚，整整一个星期按兵不动，既不说同意也不说不同意。安娜有点憋不住了，悄悄问妈妈：“妈，你们到底同不同意啊？再不表态我就当作默认了呀。”

“你先别急，等我再同你爸商量一下。”

“有什么好商量的呀？德良这个人我看中了，你们不是也挺满意吗？”

“我跟你说，德良看来人还不错，挺懂事。性格也比较温和，还有个专业特长。这些我们都满意，但他不是本地人，对他的家庭，他的经历都一无所知。你们彼此需要深入了解，待双方都认为满意了，再结婚也不晚。在没有全面深入了解之前就匆忙结婚，不够慎重，也太危险。你的第一段婚姻就是教训，再婚千万要慎重了。其实认识一个人相当不易，不在一起生活真想了解也难……”

“妈，您慢点说。怎么了，您的意思是不结婚先同居，等有了更多的了解，再结婚？”安娜不解地问道。

“是这么个意思。我同你爸也纠结，说不同意吧，你们年纪都也不小了。不让你们结有点说不过去。可你是有过教训的，不能再选错人，一错再错把时间耽误了，后悔就来不及了。如果你第一段婚姻结婚前能同居一段时间，说不定最终不会结婚，也免得后来又离婚又生孩子争孩子，闹得沸沸扬扬，劳命费精神了。是的，同居在老一辈心目中是件丢人的事，可稀里糊涂结了没几天又离了，不是更丢人吗？何况在年轻人当中，婚前同居或同居而始终不结婚的已经司空见惯见多不怪了。我同你爸应属老辈人，但还能接受同居这件事，估计你也没有想到。我们担心你接受不了，所以一直纠结，不知怎么跟你说。”

安娜首先不是接受不接受的问题，而是根本没有想到爸妈会出这种主意。安娜盯着她妈看了半天，突然笑了起来，冒出一句：“妈，您可真够前卫的。佩服，佩服！我还真没主意了。让我同德良商量一下？”

德良的态度很明确：“不结婚先同居？为什么？名不正言不顺就住到一起，那不丢人现眼啊？偷偷摸摸的事，我不干！”

其实安娜也还不能接受婚前同居这一安排，总觉得女人更要自尊自爱，既然不够了解，继续了解嘛，干吗非在婚前同居啊？可以一起吃，一起喝，一起玩，但睡在一起是条底线，不结婚就绝不能上床。安娜转念一想，既然我爱一个人，总是盼望日日夜夜在一起。自己年纪也不小了，如果非要继续了解下去，何年何月是个头啊？对一个人的了解也不是那么容易，经常碰到什么事才反映出一个人的人品和处事态度。比如前夫，如果没有个处长风波，怎么能知道他是那么一个人渣畜牲？

安娜把德良的意思转告爸妈了，也表达了自己的想法。爸妈没再坚持，给他们开了绿灯。

得到父母允许，安娜风风火火领了结婚证，搬到德良那里住下来了。第一夜德良紧张地毫无作为，第二天夜里马马虎虎不到一分钟就败下阵来。

“对不起。我对你心仪很久了，在你第一次结婚之前，我就蠢蠢欲动，但没来得及下手，你就被别人抢先一步娶走了。现在你是我的人了，多年的愿望终于实现了，我能不激动吗？想把心仪的女人弄到手，真不容易。越难弄到手的女人，一旦到手，男人会激动紧张地无法行房事。你能理解吗？”

“我当然能够理解，此情若是长久时，又岂在床上床下？只要能与心仪的男人长相厮守，那些狗屁事还那么重要吗？第一任丈夫骂我性冷淡，我同那种人渣有什么性福可言？同那种人上床我感到恶心。说不定我还真有些性冷淡，那也是同那个人渣结合的后遗症罢了。”

安娜宽慰德良，对他第一夜的表现并未放在心上。但随后发生的另一件事，如同晴天霹雳，让安娜大失所望。

一次周末整理内务，在德良公文包里发现一张汇款单，安娜猜想是给谁的呀？他从未对安娜说起过。他们的工资都是自己管理，生活费用共同负担，有些个人花费并不一定相互通告。安娜爱唠叨，啥事都讲出来，没有什么隐瞒。但德良不行，虽然会讲话，但内向，话并不多，属于闷葫芦一个。尤其他的费用支出，从不公开。他的工资多少安娜知道，但都是怎么花的她是一无所知。反正每个月他都是月月光，虽成家了结婚了，竟仍然是个月光族。也没见他买什么好衣服，也没有烟酒嗜好，感觉他不应该没到月尾就紧巴得好似要数钢镚儿过日子了。究竟他的钱都到哪里去了，安娜也无意追问，怕伤他的面子伤感情。

有天德良外出，安娜一个人在家，收到一封没有封好的信件，是从外地寄来的。安娜好奇抽出信纸一看，顿时感觉五雷轰顶，摇晃两下，一屁股坐到了床边。

“于德良：上个月你就少寄了十块钱，这个月到现在还没收到，你是不是不想寄了？告诉你，别以为你赖账就能跑得掉！跑得了和尚跑不了庙，十天之内你不把钱寄过来我就到你们学校找你去，把你的事都抖搂出去，让你吃不了兜着走！”

署名是一位女士的名字。

安娜脑子里一片空白，头晕眼花，浑身瘫软，顺势仰卧在了床上。她似乎失去了知觉，或失去了意识，躺在那里纹丝不动，不知是死过去了还是晕过去了。

大约过了一个时辰，德良回来了。看到床上的妻子，赶忙从地上捡起那张信纸看了一遍，扑通一声跪倒在地，声泪俱下开始交代了。

“对不起，实在对不起！我知道总有一天这件事瞒不住你，但我怕失去你呀，不敢对你交代……”

安娜睁开双眼，看了一眼跪倒在地的那个“白马王子”怎么突然变得如此丑陋如此下贱如此招人唾弃？她从床底下拉出一只行李箱，整理了一些衣物，走到街上招手要了一辆出租回娘家了。

随后她向单位请了长假，到南京姑妈那里住了下来。姑妈到火车站接的她，刚一见面吓了一跳，怎么那么一个婀娜多姿皮肤雪白细皮嫩肉的漂亮侄女变成了一个无精打采的黄脸婆了呀！

姑妈一家把她奉为上宾，每天好吃好喝好招待。只要空闲，表妹表哥总要拖着她到各处散心。玄武湖，燕子矶，紫金山，雨花台，不知光顾了多少次。什么新街口，夫子庙的商店饭店，也不知去了多少趟。一个月左右才把她从梦游般的状态中拉回了现实。

这一个多月当中，她每天都能接到“白马王子”一封两封来信，最初来一封撕一封，后来姑妈把信藏起来不给她了，这才避免了所有信件被撕掉的命运。

待她恢复了常态，姑妈才言轻语重地对她说：“孩子，啥事都不能太感情用事。你同德良已经结婚，还是夫妻关系。他来信都说了些什么，你也应该看看。世间事物不一定都那么泾渭分明，非此即彼。尤其感情的事，婚姻的事，家家都有一本难念的经。我同你姑父也是一波三折呀，几十年还不是过来了？现在不是难舍难分快到终老了？”

“姑妈，你们感情多好啊，革命夫妻，经过考验了。我们和平时代哪有那些生死考验，都是靠一张嘴。我两段婚姻都这么窝囊，真烦死了！回去就跟他一刀两断，以后再也不谈恋爱不结婚了。一个人过多好，就没那么多烦心事了。”

“瞎说！女人没有个男人日子不好过呀，年纪越大你越会明白。德良来的信都在我这儿，你最好看看，但有一条，绝对不许撕掉，好不好？想不想看？”

“那些破信有什么好看的？不看。姑妈，您把它们一把火烧掉算了。省心。”

“那可不行。要不我先给你看两封？看是不是破信。是‘破信’姑妈再帮你烧？”

“那也好。您先给我两封，多了真没兴趣看，瞎耽误时间。反正我决心已下，与他的关系到此为止。让我在您这儿先养精蓄锐，待恢复了精气神，再打道回府，跟那个小子干，非把他的假面具扒下来给人看！”

“先别说气话。有些事可能是双刃剑，弄不好别惹火烧身啊。三思而后行，姑妈可要帮你拿拿主意。我给你拿两封信来，你要保证不撕不烧，可以吧？”

“嗯，好了，姑妈，您也太啰嗦了。”安娜答应得有点不情不愿。

于德良的两封信写得情真意切，安娜读后十分纠结。

“你是我心目中的女神，是我一直在寻找的伴侣。几十年了，我接触了众多女士，寻寻觅觅，却始终找不到哪一位能让我怦然心动。在我的意识中有一个理想伴侣的形象，美丽，豁达，气质优雅。纤纤玉手，乌黑秀发，举手投足似带有音乐的旋律。直到你来到歌舞团，见到你的第一眼，就让我眼前一亮。众里寻她千百度，遇见全不费工夫！心想，这不是我心中默念时时盼望遇见的理想伴侣吗？赶快动手吧！

但按捺住如火山般即将喷薄欲出的情感，冷静一想，我刚刚通过歌舞团的舅舅调到这个城市，还有一段孽缘未了，不可轻举妄动。岂不知未待我真情表白，你的前夫竟能捷足先登。令我兴奋不已的事发生了，你们的婚姻仅仅维持了一年就解体了。我意识到如果再不勇敢表白，我将失去机会，那将是终生遗憾。好在纠结我近八年的孽缘也彻底了断，于是没有向你交代婚史，就把你骗到了手。我承认骗了你，实实在在骗了我最最心仪的女人，但我有我的苦衷，我的难处，我有应该被理解被同情的经历。你无论是否愿意听，我都要告诉你。我要坦白，我要赎罪，我要祈求你的理解，你的原谅。请务必相信我是真心待你，即使欺骗了你，也是出于对你深深的爱意。”

安娜把看过的两封信按要求还给了姑妈。

姑妈问她：“看完了？要不要烧掉啊？”

“以后再烧吧。您先留着，以后我来烧！您再给我几封，我看他还有什么屁要放！”

于德良五六十封信安娜一个上午就读完了，姑妈感到诧异。午饭在餐桌上问了一句：“你是真读还是假读，这么快就都读完了？”

“真读完了，有的还读了几遍。姑妈，您也看看，帮我分析一下，这小子说的是真还是假？”

“好啊！没有什么隐私？敢让姑妈看？”

“都是隐私，他的隐私。把他的隐私亮给姑妈看，我乐意！管他呢！”

于是姑妈也把于德良的来信，一封不落看了一遍。对他曲折的人生经历和复杂的心路历程有了全面系统的了解。

于德良出生在一个普通工人家庭，从小喜欢音乐。还在吃奶不会讲话的时候，收音机里只要放节奏感比较欢快的乐曲，他都会跟着摇头踢腿，爸爸妈妈经常笑得前仰后合。上小学后摆弄过竹笛、口琴，到五六年级发疯似的喜欢上了小提琴，哭着闹着要爸妈给买一把。爸妈说提琴太贵了，等以后爸妈攒了钱再买吧。孩子也懂事，没再缠着非要不可。但思琴心切，他竟拆了一只厚厚的纸箱，裁出一把提琴的样子，上边再画上几条横线竖线，权当提琴的琴弦。他开始用这么一把自制“提琴”练习指法，心想等以后买了真琴，不就省了好多练习指法的时间了吗？这孩子想得多长远。其实练了几天他就没兴趣了，他哪里知道什么指法，也就是看着人家拉琴好潇洒，跟着瞎模仿而已，其实模仿得毫无章法。

考上了中学，爸妈真给他买了一把提琴作为奖励。他找了个老师学了两年，还真的拉得不错了，并参加了学校乐队，又受到音乐老师的指点，到高中就成了乐队主力之一了。

后来，他也跟着上山下乡大潮来到内蒙古插队。几年后被分配到当地一个农场子弟小学教音乐课，教了一两年已经是二十二三岁帅气小伙子了，仍天马行空独来独往，没有结婚也没有女朋友。上课认真教学，职业道德有口皆碑。下课就是拉琴，没有其他爱好，与其他老师、农场职工也没有什么交集。

有一天农场指导员约他到家吃了一餐饭，餐桌上询问他个人问题为什么还没有解决。他说还没有考虑，没想过。指导员拿出一张照片，是个侧面像。轮廓还好，唯下巴短些，眼睛大大的，皮肤看上去很细腻白净。

“德良，这是我的外甥女，与你同龄，现在城里一个商场当会计，工作稳定，家境也很好。你看同她先交个朋友，彼此了解了解好不好？你在农场有点大材小用，挺可惜的。如果你们能成，我负责把你也办到城里，帮你在城里找份工作，一举两得，不好吗？”

指导员的关照令德良感动不已，结婚回城，到城里再找机会发展，多好的机会，岂能错过？德良满心欢喜，当即答应了。

此后半年左右，德良同姑娘书信往来，谈家庭，谈工作，谈未来，谈恋情，似乎谈得很投机。相互索要了一些照片，都还满意。姑娘信里说，不喜欢照相，摆模样，摆姿势，让人不自在。寄过来的照片都是侧面照，看身条也不错。指导员建议他们应该见个面了。

“学校快放假了，你到她那里去见个面吧。她来不方便，路途遥远，下了火车还要换汽车。你从这里出发，我派车把你送到火车站，坐上火车三个小时就到了。到那儿你可以多住几天，她们家有三间房，你去了也住得开。你看这样好不好？”

指导员的建议令人无法拒绝。

“可不要住得不想回啊！”指导员特意嘱咐。

到车站接德良的是未来的“岳父”，显然待嫁姑娘还有些害羞，躲在深闺没露面。待来到住在市中心的姑娘家，开门的是未来的丈母娘，姑娘仍没出面迎客。待走进客厅，各位落座，妈妈才将闺女从绣房里喊出。姑娘出来的时候，最初是未抱琵琶半遮面，歪着脸亮的相。待对面坐下来看到正面相，让德良惊得几乎倒吸一口凉气。这是一位丑女，两只大眼竟是对眼，下巴像是被刀砍掉了一块，与整个面孔完全不成比例。德良心中暗自叫苦，这可咋办？农场，指导员，结婚，回城，这到底是唱的哪出戏？怎么掉进了这么一个陷阱，走到了这步田地？

他恨不得扭头就走，可他没那个勇气。他是个闷骚型人物，甚至有些唯唯诺诺。他坐在那里，只听姑娘一家三人在那里哇啦哇啦，也不知说了些什么。姑娘一家看他没话，也把话头打住，让他进屋休息去了。

躺在床上德良脑子里如万马奔腾思绪万千，没有一件事能理出个头绪。不知不觉竟睡着了，直到喊他吃晚饭方才醒来。

晚饭非常丰盛，大盘小碗，鸡鸭鱼肉摆了一桌。德良长途跋涉，又美美地睡了一觉，吃起来胃口还真不错。“老丈人”开了一瓶“竹叶青”，与德良共饮。老人家酒量实在不错，德良心情压抑也想借酒浇愁，一瓶酒不一会儿就见底了。

“来来来，这里还有一瓶‘西凤’。怎么样，咱们也把它给干了，来个一醉方休！”

“竹叶青”和“西凤”都是传统名酒，德良喝得有点高了。但自感喝得还不过瘾，于是觥筹交错，不一会儿又快把一瓶六十五度“西凤”干掉了。

德良喝得尽兴，禁不住摇摇晃晃扶着餐桌站了起来，高举往外飘洒的酒杯大声说道：“干！干！干！谁不干……是他妈……孙……”，话没说完扑通一声瘫坐在椅子上，并歪倒在丑女的怀里。

下边的事他记不清了，只是到夜半时分，觉得有人在他身上蠕动，有东西压在他的胸口，让他几乎连气都喘不过来。等第二天接近中午醒过来的时候，竟发现自己光着身子，身边还躺着一个赤裸裸一丝不挂的女人，一双斗鸡眼，死死地盯着他不放。裸体女人看他醒来，说了一句话，才让德良大梦初醒。

“于德良，昨晚你强奸了我，你知罪吗？”

于德良无言以对，他不敢承认也不敢否认。

“你要干什么？”于德良弱弱地问道。

“事情你都干了，还问我干什么？你把我奸了，我今后怎么做人？”

“那你让我怎么办？”

“那还不简单，登记结婚，啥事都没有了。”

“什么时候？”

“今天。”

“可我没有单位介绍信，怎么结婚？”

“那你甭担心，我这里有。”

丑女起身从五斗橱里取出一个盒子，从里边拿出一张纸，递给了于德良。

“我老舅从农场给你开好了，免得你费心。”

于德良看过农场同意结婚的证明后，知道自己已经无路可走。只好穿戴洗漱完毕同丑女双双来到市民政局，“自愿”登记结婚了。

如此荒唐的一段姻缘，竟磕磕绊绊持续了整整八年。

婚易结，梦难圆，此等荒唐，情何以堪？

第二十三章　二次婚变

婚后德良与丑女过了“蜜月”方返回农场，指导员不仅派车还亲自赴火车站把外甥女婿接回自己家，一路上两人无语。德良坐在车上像尊佛爷，面无表情。指导员则狡黠地笑着，似乎心满意足。

指导员夫妇请德良吃了晚饭，餐桌上开始仍然相互无语。指导员妻子憋不住首先开腔了：“德良，对不起你了。外甥女也待嫁多年，心气还挺高，一般人她还看不上。一再托她舅舅给她介绍一个优秀的，于是才想出这么一个办法，了却了她的一个心愿。我们知道你是个非常优秀的人才，放在农场里太可惜了。这样好，我们借口你已经同城里姑娘结婚，尽快把你办到城里，让你到城里寻找更大的发展空间。同外甥女的婚姻我们做长辈的总还是希望幸福美满，白头到老。但这是你们两个人的事，我说句不好听的话，觉得不合适就分开，也不要太勉强太纠结。那样过日子对双方都没有好处。”

指导员听到这儿打断了妻子的话头：“瞎说些什么！刚结婚别说那些不吉利的话。他们年轻人自己会处理，你我不再掺和就是了。德良，我也许做了件缺德的事，请你原谅了。”

不到半年工夫，德良调进城里一所小学继续担任音乐老师。学校有教师宿舍，德良也在筒子楼里分了一间房。丑女仍住在父母家里，德良不让她到学校去，也借口加班或辅导很少回家。他知道自己有性障碍，但稀里糊涂不知何时竟让丑女给生了个闺女。从时间上推算，可能是“蜜月”期间怀上的。

1977年中国恢复高考，德良以专业和英语分数在当地高居榜首而被一所艺术学校录取。三年学习结束后，他通过在另一城市担任歌舞团团长的舅舅关系，分到了舅舅的城市，在一所中学担任音乐老师。艺校学习期间，德良就与妻子几乎断了联系，偶尔有信件往来也是关于孩子。见过两三次面，也没再同床，似乎两人都没有了兴趣。分到舅舅城市之后，德良正式提出了分手，并拒绝再同丑女见面。丑女最初死活不干，经指导员舅舅、舅妈和父母劝解之后，也慢慢想通了。最后同意离婚，但孩子归她，还要求德良每月定时提供20元人民币的孩子抚养费。德良也同意了。从提出离婚到办理完毕，整整拖了三年时间。离婚不久，与安娜恋情曝光。但德良结婚离婚等一系列事情在团长舅舅的严格保护下，周围朋友同事没有一个人知晓。本想长期隐瞒，以防刺激安娜让他们之间的好事泡汤。未料想一张汇款单一封信件彻底暴露了这段无性婚姻无爱婚姻，让德良安娜两人陷入目前这种极度尴尬的局面。

德良在五六十封来信最后一封信中这样写道：“想到自己的所作所为，我无颜面对你。但我心里又绝对放不下你。与你相处在一起的日子虽然短暂，却让我终生难忘。认识你之前，我没有真正谈过恋爱。我的婚姻是一场误会，一场闹剧，一场悲剧。但那不是我的错啊！我真想以死来证明我的真诚，我的无辜。中学还没毕业，我就因为一场‘革命’被剥夺了上大学的权利。还没有成人，又被生生剥离了与亲生父母生活在一起的权利，到了一个举目无亲的地方，整天在那里喊口号，拼体力，接受不到起码的关于人生、关于爱情、关于家庭的启蒙教育。就这样浑浑噩噩长大了，成人了，结婚了，生子了。除去我的提琴还算拉得可以，我可以说不懂爱情，不懂社会，不懂人生。是你，头一次让我体会到了，爱情是如此甜蜜。我舍不得你，我离不开你，回来吧，回到我的身边，我会一生一世好好待你。如果失去你，我活着还有什么意义！”

“姑妈，这些信您也都看了。您说他讲的是真的吗？”安娜心里没底，请教姑妈了。

“我看他写得挺真诚，甚至还挺感人。如果你对他确实比较了解，仅仅因为他结过一次婚就轻易放弃，是不是有些可惜？何况，你不也是二婚吗？人家不是也没嫌弃你吗？当然了，他在结婚前应该把实情告诉你，争取你的原谅，获得你的信任。可他那么喜欢你，又怕让你知道了就不要他了。于是隐瞒了，这种考量应该说合情不合理。再说他的那段婚姻，你能说他有什么错吗？可以说是骗婚。他的错在于太幼稚，太无知，太窝囊。从这个角度讲，我们是不是应该同情他，可怜他？”

姑妈的话安娜听进去了，她后悔出事那天没有听他把话说完就离家出走。现在可好，逃出多日，如何好意思再回头啊？

“你可以找个朋友，转告他，必须负荆请罪，你才能原谅他。”姑妈出了个主意，又扑哧一声笑了起来。

“对，我让他背块搓板在咱们房前跪它一夜再让他进来！”安娜也不禁笑出声了，笑自己怎么会突然想到这么个好主意。

姑妈听到也大笑不止，还添油加醋说道：“跪一夜不行。还要让他头顶认罪书，跪它一天一夜。让他把脸丢尽，看他以后敢不敢再在咱们闺女面前要滑头了！”

安娜也咯咯笑个不停。

“姑妈说得对！您这个主意太好了！不愧是老革命，改造人就是有高招！我马上给我的闺蜜写信，就这么着，写认罪书，跪搓板，跪二十四小时，一天一夜，少一分钟也不行！不答应这些条件，离婚！”

“你真想这么干？”姑妈诧异地问。

“我从不来假的。我要给他个教训，让他终生难忘！”

“我的天呀！姑妈嘴不好，我说的话宣布收回。什么跪搓板呀，我以为你说的是玩笑话啊！别干那种蠢事，你在羞辱他，也在羞辱自己。人争一口气，佛争一炉香，你把一个男人的志气彻底灭掉，让他在我的街坊邻居甚至行人面前脸面尽失，对你有什么好处吗？你究竟是要让他恨你还是爱你啊？

这个账你可要算清楚，千万可别感情用事。”姑妈为自己添油加醋开玩笑说出的话后悔了。

“姑妈，您别担心。我有主意。我还是让闺蜜先把条件原原本本传过去，起码恶心恶心他，让他觉也睡不安稳。让他纠结去吧！看他到底敢来还是不敢来！”

安娜给闺蜜小梁写了一封长信，把与德良的冲突矛盾以及复合的条件都言简意赅写进去了。她在信的最后写道：“我们是几十年的闺蜜，你对于德良也不陌生，你应该是我最好的信使。请你务必同他谈谈，谈谈他的不是，谈谈我的纠结，让他真正认识到，夫妻相处关键是个诚字。如果诚字没有了，其他都免谈。我提出的条件不高，让他认真考虑。愿意接受我的条件，还有和好的希望。如果不能接受，请不要勉强，那就各奔东西吧！”

闺蜜不负安娜的嘱托，主动联系到于德良，约好在于德良住处见面。其实小梁同于德良也很熟悉，小梁也是一所中学的音乐老师，不过她钢琴弹得好，小提琴不行。两人在教育口召开的会议上早就认识，只是在于德良同安娜结婚后，才有了更多的接触。

小梁一见到于德良，见他比以往消瘦了许多，关切地问道：“德良，几个星期不见，你怎么瘦得都脱了形了？”

“还不是让安娜折腾的。是我不好，可她也不能不听我解释，就离家出走吧？你总得给人说话的机会吧？”于德良也有抱怨情绪。

“你有什么话，先说给我听听。”小梁说。

于德良也没有任何隐瞒，一五一十把自己的婚史和同安娜的冲突一股脑儿都倒了出来。

小梁听得入神了，待于德良打住话头，小梁还在那里愣愣地等他说下去。

“对不起，我说的太多了，恐怕让你听烦了。不说了，你找我有事吗？”于德良问道。

“哦，听得入神了。你讲的比安娜告诉我的详细多了。真没想到你还有那么一段令人动容的悲惨婚史。反正我听了心里很不是滋味，只感到遗憾，更多的是同情。”小梁说道。

“谢谢你。可安娜就不依不饶了，骂我是骗婚呀！”于德良似乎满腹委屈。

“言重了，我想她也是一时的气话，你也不要往心里去。”小梁安慰他。

“不是一时的气话，人家出走已经快一个月了，我给她写了无数封信，人家一封没回，你让我怎么想？”

“你也别瞎想，她也还在牵挂着你，所以让我来见见你，看能不能重归于好。”小梁说道。

“我在等着她，希望她回心转意，现在就看她了。”

“不是看她，现在就看你了。”小梁说。

“怎么就看我了？我是无能为力了。”于德良摇了摇头，感到无可奈何。

“你只要答应她给你提出的几个条件，就有和好的希望。就看你能不能接受了。你听好，我说给你听听。”

小梁原原本本把认罪跪搓板的方案复述一遍，把于德良听得恐怕汗毛都竖起来了。

“就这么几个条件，你看能不能接受？”小梁问道。

“你看我能不能接受？我应不应该接受？你也是个明白人，她的条件是不是太难为人了，太羞辱人了？如果是你，你能让自己的男人如此丢丑吗？”于德良明显表示无法接受如此苛刻的条件。

小梁未经思索随口答道：“我才不会这样办事，谁跟谁呀？已经是夫妻了，用这种方法羞辱自己的丈夫，是有点过了。换了我，我会更多地给对方安慰，让他摆脱过去的阴影，乐观地对待现实，对待未来。婚姻是一辈子的事，如果你真爱一个人，就应该原谅他的不足，他的缺陷，包括他难以启齿的过去。”

于德良听得两眼泪水几乎都要滚落下来。

“谢谢你，小梁。没想到你是个如此通情达理的好人，谁同你结婚，都会幸福一辈子。可惜我没有这个福分了。”

小梁听了此话，心里软软的部分似乎也受了点触动，她把话题一转，说到：“安娜也是个好人，我有个预感，她不会如此待你。要不你先答应下来，同意她的条件，负荆请罪去一趟？”

“不行。我不能再说假话了。等我同意了，到时候又反悔，我还怎么做人？不行。求求你再跟她谈谈，通融通融，看我关起门来在家里给她跪搓板行不行？”这个大男人被逼得没有办法了。

小梁听了觉得好笑，也就答应下来帮他再同安娜交涉交涉。

安娜口气仍然强硬，拒不让步。小梁将安娜的意见转告德良，德良继续纠结，不愿当众下跪还要跪搓板。小梁三天两头往德良住处跑，惹得邻居们已经开始怀疑安娜跑了，德良另找新欢了。小梁与德良见面除转告安娜意见外，也慢慢开始涉及其他话题。加之两人都是音乐人，共同话题就更多了一些。两人慢慢都感觉谈话很投机，兴趣有许多共同点，甚至观点也有诸多相似相同处。安娜与德良的交涉进行了一个多月，仍无结果。中间人小梁后来变得竟有事没事也经常往德良处跑了。至于两人碰上吃饭时间，一起在德良处做个便饭，或相约下馆子，也是常事了。

安娜与德良的冷战持续到国庆假期仍没有眉目，当小梁把安娜决绝的态度告知德良，德良难过地在小梁面前抽泣起来了。男儿有泪不轻弹，小梁头一次看到一个大小伙子在她面前痛苦地流下眼泪，心中既感动又不忍。

“德良，别这样。天下没有过不去的坎，想开些。安娜还是很在乎你的，不过在要小孩子脾气。再等等，我想总会有解决办法的。”小梁边说边下意识地走到坐在沙发里的德良跟前，轻轻抚弄着他一头卷发，安慰他道。

“我担心不答应她的条件会失去她。安娜是个好姑娘。如果与她就此分手，我年纪轻轻就两段婚史了，以后谁还要我？”

小梁未加思索脱口而出：“哎呀，担什么心啊。你这样的帅哥还能没人要？没人要我要！”

德良突然从腰部抱住站在他面前的小梁，含情脉脉地仰面看着小梁说道：“谢谢你，小梁。你真是个好姑娘。多亏了你，要不然我真不知道这些日子要怎么过了。”

小梁起初心里一颤，内心深处突然泛起了一阵涟漪。面前这个帅气的男人，她曾一见钟情，但她知道，她的长相一般，与这个男人并不般配。德良给她的感觉是对她毫无兴趣，似乎正眼都不想看她一眼。这让她很伤心，但也知道自己的斤两，于是对德良的爱意，只能长久地埋藏在心底。暗恋吧，暗恋也是一种寄托，一种精神慰藉。她单身多年，始终没有找到心仪的男人恋爱或结婚，因为她一直把德良当作样板，始终在寻找德良这种类型的男人。

“行了行了，别说傻话了。今天是国庆节，咱们出去吃还是家里做？”小梁问道。

“没胃口。我这儿也没什么好吃的，你自己到外边吃点东西，或回家自己做点，我就不陪你了。”

“我那个家也是冰锅冷灶，不像个家的样子。反正你也没吃什么东西，我出去买点外卖，在你这对付一顿算了。”

小梁也是外地人，还没成家，住学校单身宿舍。过节了也没什么地方可去，留在德良这里吃个饭聊聊天，比一个人回宿舍过节总还有意思些。

“那也好。我去买，这边我熟悉。想吃点啥？有没有忌口的？”德良问道。

“不吃肥肉，不吃羊肉。其他什么都吃。我同你一起去吧。”小梁说。

“你不要去了，我这里还有些半成品，你看能不能做个汤和下酒凉菜。”

等德良回来，带回一包东西，有鱼香肉丝、麻婆豆腐、椒盐左口和干煸四季豆。小梁在家则做了一个酸辣汤，炒了一盘花生米，切了两个松花蛋。

“今天过节，咱们不能亏待了自己。我这儿还有几瓶好酒，想喝葡萄酒还是白酒？”德良问道。

“葡萄酒吧，白的度数太高了。”小梁答道。

“我还能喝点，葡萄酒不过瘾，一般我都喝白的。白的我有度数低的，45度，低度酒，不妨你也试试？”

小梁因为长期一个人过，也经常喝点酒解解闷。心想45度，不高，不妨尝尝。

“好，陪你喝两盅。”

两人边吃边聊边饮，不知不觉黑白电视机里开始直播国庆联欢晚会节目了。看到开心小品，两人不约而同放下碗筷，开怀大笑，然后举杯痛饮。看到煽情节目，也跟着感慨叹息，借酒浇愁。至于听到音乐节目，遇到精彩乐章，更是兴奋异常，杯中玉液可以一饮而尽。就这样联欢节目开始前一个小时就开始吃喝，节目来了边看边吃边喝又持续了两个多小时，三个小时下来，饭吃得不多，酒喝了不少。小梁对低度酒似乎没有感觉，喝起来一点不输德良。德良酒量惊人，虽然有些迷糊，但头脑还算清醒。小梁餐桌上精神抖擞，豪气冲天，但电视节目刚一结束，待离开餐桌一屁股坐进沙发，不一会儿脑子开始犯迷糊了。

德良慢腾腾把餐桌上的碗筷放进洗碗池，想明天再收拾，也回到沙发前。

“小梁，给你来杯茶解解酒？”

“什么……借……借借酒？不……借！我……还要……喝！”看来小梁醉了，恐怕醉得还不轻。

“小梁，你到床上去睡吧。”

小梁已经呼呼地睡着了，不时还发出几声不小的鼾声。德良拿了一条毯子给她盖到身上，自己也歪歪扭扭走到床边没来得及脱掉衣服就躺下睡着了。半夜时分德良突然听到客厅里传出一声闷响，德良头脑还算清醒，估计是小梁摔到了地上。他走进客厅，看到小梁的确躺在地上。

“小梁，快起来，地上凉。到床上睡去。”

“别……管我。这里……凉快。”小梁闭着眼睛答道。

“不行，不能在地上睡。”德良命令道。

“那行，你……抱我……上床。”看来小梁酒还没醒？德良犹豫了一下。

德良双手把小梁抱起，轻轻把她放到床上，刚要离开想到客厅去再打个盹儿，没想到小梁突然把他紧紧地搂着不撒手，口中嘟囔着：“德良，陪我睡会儿，陪我睡会儿，别走，别走……”

德良弯着腰想摆脱却始终摆脱不掉缠绕在他腰间死死扣紧的两只臂膀。僵持了几分钟，小梁将自己的两只臂膀突然猛地往怀里一收，德良控制不住扑倒在小梁的怀里。一股难以驾驭的浪涛，汹涌澎湃，全身激荡，令两人无法自己。下边的事，无须赘述了。

云雨过后两人才第一次对视彼此，先是会意地一笑，接着就是无限的纠结。

小梁首先开口了：“德良，我们这是怎么了？怎么干出这等荒唐事？是我的错还是你的错？”

“反正我知道是我错了。一个结了婚的男人，又同别的女人睡觉，绝对是错误的，是不道德的。我真不知道让安娜知道了会发生什么事。”德良知道，前一个案子还没有了结，又摊上一个更不可原谅的案子，他们的婚姻很难维持了。

“千万不能让她知道。你是她的丈夫，我可是她的闺蜜啊！让她知道了对她的打击就太大了。这件事你知我知，天知地知，到此为止了。好吗？”小梁说道。

“也只能这样了。说心里话，如果能与你早些接触，与你结合可能更为合适。我们有共同爱好，性格脾气也相投，关系可能更为和谐融洽。昨晚与你这一场云雨，我感觉性能力都变得正常了。你说怪不怪？”

“其实你不知道，我一直在暗恋着你。我对你说这个也不怕丢脸，能与你有一夜之欢，我也知足了。今后我们还是作为朋友正常交往，希望你也不要嫌弃我。你跟我说个实话，你也不是一个像表面看来那样的正人君子吧？你敢说这是婚姻存续期间第一次劈腿？”

“你说对了。我也不是个正人君子。我的最大问题是意志薄弱，禁不住诱惑。上艺校期间，我曾两次劈腿，都是经不起诱惑犯下的错误。正像昨晚，如果让我主动，打死我都不敢。我不是推卸责任，是如实介绍病情。不知道我这种病能否治好。”德良对拥在怀里的这个心仪的女人，也不想隐瞒什么。

“有个办法可以根治你的毛病。”小梁说道。

“什么办法？快告诉我。”德良装出急不可耐的样子。

“把你关进大牢，判个无期！”小梁调侃道。接着说：“别想什么灵丹妙药了，快把老婆弄到跟前，你的病就可能好多了。”

过了国庆节，德良真地在行李箱中藏了一块搓板，出发去找安娜了。到了安娜住处，进入安娜房间，抽出搓板，小心翼翼跪到上边，要开始认罪了。但首先提出一个条件，不能再让他当街跪搓板，在外人面前丢丑。

看到于德良生怕伤着自己的细皮嫩肉小心谨慎跪下来的那一刻，原本严肃认真的安娜实在憋不住了，扑哧一声大笑起来。

“要不要当众出丑，要看你认罪情况。先看看你的态度如何吧。态度好，可以考虑免掉你当众认罪这一环节。态度不好，那就对不起了。”安娜的态度有所松动，德良看到了一线希望，一缕阳光。

德良的认罪态度受到裁判姑妈的高度认可，给了绿灯；另一裁判安娜女士，经过一番咬牙切齿的挖苦批判，也勉强让罪犯过关。但埋下了一个伏笔：如若再犯类似罪行，格杀勿论！

第二十四章　远走海外

经此一番折腾，德良与安娜感到重归于好实在不易，都想安安稳稳过日子。可事与愿违，歌舞团中矛盾迭起。副团长的任命已经出炉，既不是德良也非安娜前夫，而是文化局直接派出的一位干部。德良倒无所谓，早已表达对官位无甚兴趣。安娜前夫则耿耿于怀，加之德良又娶了他的前妻，心里真是五味杂陈。他在团里文化局里四处游说，硬说他的落选是团长德良舅甥联手断了他升官之路。也不知他从哪里获得的情报，竟对德良前段婚姻和艺校期间劈腿事宜也略知一二，并到处散播，极力败坏于德良的名声，顺便携枪带棒把前妻也挖苦讨伐一番。

“德良，那个杂种这样丑化你，你也不言声，是不是确有丑事被人抓住了？”安娜按捺不住随口问了一句。

于德良哪里敢言声，艺校的事是与安娜婚前的旧事了，如果与“那个杂种”纠缠，不慎把与小梁的事也被人翻腾出来，那就要吃不了兜着走了。

“狗嘴里吐不出象牙，你还不知道他？他说的话你敢相信吗？与小人纠缠我也变成小人了。对待谣言最好的办法就是让它自生自灭。”德良解释道。

“你过去的事我也不想再追究，希望你能好自为之。可现在你我在这里受这个窝囊气，什么时候是个头啊？”安娜抱怨道。

“宝贝，别急。本人早有打算。我继续在国内混也混不出个名堂，我一直在学英语，现在已经达到相当水平了。我想申请到澳洲留学，到国外闯荡一番，说不定还能改变一下命运。”德良说出了一个蓄谋已久的计划。

“哇，你还藏得这么深。要留学干嘛不到美国啊？”安娜既惊讶也有些不解。

“澳洲学费便宜，一年40000元人民币左右。”德良美滋滋地说道。

“说得轻松，40000元人民币，4000元你有没有啊？你一个月的工资也就100多元，等你攒到40000元，也该上老年大学了！”安娜被这个40000元吓坏了。

“你先别着急。碰巧我有个很要好的艺校同学，正在澳洲留学。他是学美术的，油画功底相当不错，得益于国内美术教育特别强调基本功，素描功底尤其扎实。指导老师认为他发展潜力很大，推荐他一边读书一边当他的助教。我让这个同学帮忙把首期学费交上，我想没有问题。到那儿以后，再想办法挣钱养家，继续学习。”德良似乎胸有成竹。

20世纪80年代后期到国外留学渐成风气，安娜听了德良一番言语也动心了。她觉得德良到了国外凭本领混口饭吃甚至出人头地都有可能。可她自己英语不懂，又无专业技能，靠个人打拼，前途就未卜了。

“你去读书，我去干什么呀？不成了你的累赘？当寄生虫我可不干。”安娜说道。

“天无绝人之路。我知道一些国外情况，不会没你的饭吃。下决心，走吧！”德良鼓励她道。

留学签证办得很顺利，不到半年两人拿到签证开始购买机票准备上路了。当时中澳之间还没有直飞航班，所以两人买了途径香港的机票，十几个小时就到了澳大利亚。无论德良还是安娜，都是第一次出国。悉尼机场下了飞机，晕头转向，不知道如何转乘飞往堪培拉的飞机。好在德良的英语派上了用场，及时转到国内航站楼，登上了飞往首都堪培拉的小飞机。德良在堪培拉留学的朋友把他俩接到自己的住处，临时安排先住了下来。第二天朋友又带他们看了几间出租房，最后敲定在一个澳洲家庭住的房子里租下一间卧室，每月租金只要50澳币，水电煤气费用全包。于是就从朋友家搬出来，开始了国外留学生活。

德良直接进入国立大学音乐学院学习，安娜则参加了一个英语培训班，开始了系统的英语学习。安娜是个悟性很高的人，英语提高很快，几个月下来，日常英语掌握了不少，可以同房东一家简单对话了。安娜是个外向健谈的女人，与房东一家相处十分融洽。

澳洲人结婚以后家庭观念也很强，平时一下班就往家跑，操持家务，照顾孩子，尽丈夫妻子的责任。他们一般与街坊邻居极少交往，但见面必定要打个招呼，有个急难，比如车坏了，邻居们也会热情相助，没有“各人自扫门前雪，哪管他人瓦上霜”的冷漠。但平时邻里之间极少互相走动请吃请喝或打牌聊天。个别街道或社区，临近圣诞也可能组织一次邻里参加的烧烤聚餐，联络一下感情。平时则“老死不相往来”了。

安娜可以说很运气，碰上了特别友善的房东一家。房东有一儿一女，一个在小学上学，一个在中学学习。一般下午三点左右就放学了，回到家也没事，经常同安娜聊天。房东夫妇下班忙完家务吃过饭后，也愿意同安娜聊聊。他们对中国的事物非常陌生，但很有兴趣了解。对中国饭菜知道不少，偶尔也进中国餐馆。安娜借此机会操练英语，会话水平突飞猛进。时不时她还做点拿手中国菜，让房东一家品尝，更进一步“加深了友谊，增进了了解。”

德良学习很认真，但从国内带来的一点生活费很快就要花完了，安娜督促德良，得想办法赚点外快了。德良听得次数多了，有点烦。

“到底是学习重要还是打工重要？你不要本末倒置啊！”德良说道。

“可是咱们要吃要喝要花费啊，先要吃饱肚子才能谈别的呀！”安娜对德良的态度有些不解。

“我真没时间到外边打工。你看你能不能出去找点事儿干，支持我一下？”

安娜还真没有想到自己外出打工，一腔希望都寄托在德良身上，潜意识中总觉得他有专业，懂英语，靠他就行了。德良提醒了她，干吗不自己出去打工赚钱呀？

安娜的第一份工是在一个中国女人开的“两元店”里干活儿。所谓“两元店”就是销售来自中国的廉价生活用品，锅碗瓢盆，针头线脑，雨伞文具，名副其实的杂货店。安娜要随时听从老板吩咐，或店内售货，或库房送取，或清洁卫生，绝对服从分配。即便如此，稍有不慎，做得不够满意，会招来老板一阵呵斥：“怎么干哪？会不会干？不想干走人！”

中国店铺一般都营业时间特长，澳洲商店通常是早九晚五，公共假日和周末还要休息。如果加班，或公共假日或周末继续营业，需双倍支付员工工资。这个两元店也与其他中国店相同，八点到场，七点关门。关门以后还要搞清洁，把成百上千商品中摆放错位的重新摆放整齐，缺货的赶快补上，损坏的下架，就这项工作不知要拖到几点才能回家。周末公共假日也要上班，想拿双份薪水？没门儿，安娜就连澳洲政府规定的最低工资都拿不到，因为她是新手，只能拿个学徒工工资，比最低工资还差一块。

一次关门歇业整理货架上的物品，一失手把一只小猪造型陶瓷储钱罐掉地上摔碎了。这一下非同小可，不仅按销售价赔了钱，还招那个老婆娘一顿臭骂。

“你这是干活儿还是玩儿哪？笨手笨脚给我添乱。赔钱！扣你一天的工资，让你长点记性！”

听了这话安娜憋了多日的火气也上来了。

“你这个破店我还不想干了！”她从钱包里掏出20澳币甩到那个母夜叉的脸上，扬长而去。

安娜的工资是当天结算，干了一整天一分钱没有拿到，还赔了一笔。安娜回到家哭了一场，第二天不去上班了。德良看到安娜进家，伤心哭泣，竟完全无动于衷，继续在拉他那把赚不到一分钱的破琴。

怪得很，也巧得很，恰逢此时，安娜竟发现自己的月经停了。同这个男人没来几回事，还能怀上？不会吧？到医院一检查，还真地怀上了。即使安娜在外打工挣几个钱，家里的经济情况也是捉襟见肘。现在又怀上孩子，要休息，要营养，这不是屋漏偏逢连阴雨吗？ 这可咋办？

爸妈知道了她的情况，寄钱过来让她买张机票回国待产。安娜同德良商量，德良也表示同意。于是来澳不到一年，安娜又打道回府了。

回到爸妈家里安娜当然十分开心，爸妈都还没有退休，但早晚饭都是妈妈做，午饭也是妈妈准备的多为半成品，开火一煮或一炒也就完事了。朋友们听说她回来了，也纷纷来家探望。唯独小梁这位闺蜜，却多日没有露面。当时私人电话还很不普及，她曾给小梁学校打电话找过她，告诉她想同她见个面，小梁说这段时间学生在排练节目，忙一些，等闲下来再来看她。安娜心里骂她，这丫头同我分开不到一年就把我忘了，忙，忙个屁！再忙也能抽时间来看看老朋友吧？

待小梁来了，安娜忘记骂她了，说说笑笑同她谈起了在国外的遭遇。小梁听得似乎很认真，但又好像若有所思。木无表情，眼神游移。当然安娜也在谈话中抱怨德良整天就知道拉琴，家里锅都揭不开了他也不管。小梁突然插了一句，“他也不易，你走了他开始周末教学生赚钱了。”

安娜吃了一惊，教学生？赚钱？他什么时候教过学生赚过钱呀？

“什么？我走了他开始教学生赚钱了？我都不知道，你怎么知道的？”

小梁知道说漏了嘴，赶紧补救。

“我也是道听途说。”

“听谁说的？”安娜好奇地问道。

小梁赶紧把话岔开了。

“你就那么一听就完了。哎，你肚子里的孩子是男还是女，知道吗？”小梁转移了话题。

安娜还停留在周末教书赚钱的事上，感到十分蹊跷，没有接小梁的话茬儿。小梁好像意识到什么，起身告辞了。

“你好好休息，过些天我再来看你。”

这一过就是几个月，小梁再未露面。

安娜写信给德良，刻意问他周末是怎么过的。德良回信说自从她回国后，他开始周末辅导学校两个教职工子女拉小提琴，一个小时20澳币，一次一人两小时，一周可以收入80澳币，“吃喝钱都够了，还有剩余呢”。德良有点喜形于色，而安娜听了则愁眉不展。心想怎么这个信息首先让我的闺蜜捷足先登知道了？难道他们一直有联系？怎么可能？

临产还有两个多月安娜决定回澳洲生产。当时有传言，说在澳洲生的孩子一出生就是澳籍，再有在澳洲留学或陪读的女生，都有医疗保险，生孩子基本不要花钱。

临行前她最后又把小梁约到家里来，与她道别，并晚餐招待。安娜知道小梁能喝些酒，有意在餐桌上劝酒，试图让她酒后能吐真言，泄露点什么。餐后安娜把小梁请进自己的卧室，故意谈了一些非常隐私的东西。小梁喝的满脸通红，只是听，似乎早已听说，并未表现出诧异或不解。直到安娜说起德良床上功夫实在太差，小梁无意间露了一句：“我看他挺行的。”小梁只是微醉，还没有糊涂。话刚一出口突然意识到不对，又慌忙补救。

“你看他那个体格，能不行吗？你也别为这些事纠结了，回去好好过。找到这么个帅哥，你也该知足了。”

安娜打点行装又回到澳洲，比预产期提前两个星期孩子出生。住院生产没花什么钱，但传说中的澳籍问题只不过是传说而已，根本没那么回事儿。直到澳国总理在电视上为一场学生运动泪洒现场之后，约四万中国留学生才不费吹灰之力获得了澳洲永居身份，其中也包括于德良、安娜和他们的儿子。

等孩子过了满月，安娜基本恢复了体力，想同德良摊牌了。

“德良，小梁托我给你带个好，我把这件事差点忘了。”

德良感到了一丝凉意。

“她说你的事她很关心，你也同她很谈得来。就连我回国以后你周末辅导学生的事还是小梁先告诉我的。”

安娜的声调开始升高了最少两个八度。

“她说你床上功夫挺行啊！于德良！你今天必须把事情说清楚，否则我跟你没完！”安娜是声嘶力竭把这几句话吼出来的！

于德良同志又一次扑通一声跪了下来，虽然没有跪在搓板上，突然跪在木地板上也并不舒服。又是一番彻底交代，又是一番认罪服罪，又是一番悔过自新，又是一次丢人现眼。这个男人在安娜眼里已经没有了任何价值，是块烂肉，是个人渣，但他却是刚刚满月孩子的父亲！

自此之后安娜彻底拒绝同于德良同床了，租一间房的时候让他另支了一张小床自己睡。后来于德良也捞了一个临时助教职位，收入增加，又租了一个两室一厅的公寓房，于德良被赶出主卧，安娜则搂着儿子一直睡到孩子八岁。

我问安娜，为什么不提出离婚啊？

安娜说她的第一个孩子没了，第二个孩子不能再丢了。因为她没有稳定的工作，没有独立抚养孩子的能力，法院判决离婚，也不会把孩子判给她。再说周围朋友也劝她，单身妈妈带出来的孩子，往往有些性格缺陷，比如自卑，胆小。

“另外，我就想惩罚他，让他为自己的所作所为付出代价！”

“可是你也惩罚了自己啊？不是吗？两败俱伤。”我说。

安娜后来又找了几份工作，干的时间都不长。原因主要是因为脾气耿直，受不得窝囊气。不管是老板还是工友，只要谁敢欺负她歧视她，她都难以忍气吞声，必定据理力争，非要争个输赢。她的最后一份工作是在鸡场分拣车间干临时工，又受到来自菲律宾的一个蓝帽女工头的欺负。这个工头凭着有一个负责机器设备白人主管丈夫背后撑腰，在车间里对下属颐指气使。安娜是个透明的人，见不得此人的飞扬跋扈，经常公开顶撞。工头见安娜是个新移民，英语表达有些欠缺，又经常仗义执言不服管教，就想方设法给她穿小鞋。或分配苦活累活脏活给她干，或无中生有鸡蛋里挑骨头，或指桑骂槐骂她“狗屎”，后来竟发展到每天上午只给她一次上厕所的机会，而且只给十分钟，而工头的那些狐朋狗友，则可享受两次入厕机会，每次可以十五分钟甚至更长时间。安娜家里有个无能的丈夫，还有个未成年的孩子，知道一旦丢掉工作，生活立刻就会出现问题。为了这个家庭，想想以往的教训，她试图改变一下心直口快的毛病，对工头的刁难，尽了最大的能力忍让。但此人得寸进尺，明目张胆地羞辱歧视，她不能再忍了，决心与这个杂种来个鱼死网破。一天趁蓝帽子离开车间去厕所回来的时候，安娜迎了出去。面带微笑死盯住对手慢慢走上前，蓝帽子似乎感到有点异常，停住了脚步。安娜不动声色走上前去，抬起手臂，狠命抽了她两个耳光。安娜一米六五的个头，肌肉紧绷，对手瘦小单薄，哪里经得起这饱含委屈和愤怒的两记耳光。她趔趄一下扑通一声坐到了地上，吓得大喊，“安娜打我了，安娜打我了，救命啊，救命啊！”安娜又补上一脚，然后扬长而去。

安娜被鸡场开除了，并将此一事件记入了安娜的档案，此后安娜想再找工作，就难了。但福兮祸所伏，祸兮福所倚，这一事件把安娜逼上了另一条路，自己当老板！他同丈夫商量，能否把家里存款拿出来，买个外卖或杂货店的生意。丈夫大加反对，声称他是搞音乐的，怎么能去开杂货店，丢不丢人。当时他们已经有了自己的住房，安娜决定拿住房作抵押，银行贷款15万澳币，买下一个她已经物色好了的鱼暑店。

“这笔贷款算在我的名下，以后由我个人来还。”她对于德良承诺道。

鱼暑店到手后安娜把全副身心都投了进去。这种小店挣的就是个辛苦钱。每天起早贪黑，除去接送孩子，她几乎天天都在店里忙。最初不敢雇人，雇不起，就一个人忙里忙外。那位一家之主，怕丢人，从来不帮一点忙。即使一日三餐他都不管，只是有空就拉那把不争气不挣钱的破琴。

“你是个男人，你对这个家还有半点责任心吗？”安娜有时从店里回来，看到他吃过饭的碗筷都没有收拾，忍不住要说两句。人家可好，无动于衷，你说你的，人家就当没听见。两个人形同陌路，每天说不上两句话，就这样对峙着，谁也不说要离婚。

整整25年，这对夫妻就这样住在一个屋檐下，却从不同床共枕。

突然有一天，脾气温和的于德良眼睛瞪着她恶狠狠地说：“二十几年了，你的卧室从不让我进。它是个什么样子我都一无所知。你可能是世界上最狠毒的女人了！”

安娜只见于德良眼里流露出仇视凶狠的目光，这种目光她过去从来没有见过。

安娜想，这段婚姻应该结束了。她主动提出离婚，并答应把房子给他。

安娜经营鱼暑店非常成功，七八年下来攒了不少钱，足有60万澳币了，买栋房子没有问题，都不需要银行贷款。考虑到于德良助教工作早就结束，也找不到稳定的工作，现在也就是靠教几个学生挣个生活费，如果把他扫地出门，他连个住的地方都没有了。因为自安娜经营鱼暑店之后，他们的收入就彻底分开了，于德良也无权插手她的存款。把现在的房子让给于德良，安娜提出一个先决条件，那就是此房不可出售，于德良百年之后房子归儿子。儿子已经成人，并已在银行找到工作，如果离婚，也不存在抚养子女和分割财产问题。

于德良未多考虑，完全同意。于是安娜紧锣密鼓开始物色新的住处，不久在一很僻静但离车站购物中心都很近的地方花55万澳币购得一栋四卧独立房，马上搬了进去，同于德良正式分居。按规定分居一年方可提出离婚，一年刚一到期双方即填好离婚申请书，递交昆州家庭法庭，不到三个月，离婚证书就下发了。于是双方解除婚约，和平分手，都成了自由人。

分手不久于德良就回国探亲了，三个月没有照面。国内朋友来信透露，于德良同小梁似乎好上了，问她是怎么回事儿？她只好据实相告，分手了。待于德良回来，两人在超市相遇，安娜单刀直入问道：“听说你回国找小梁去了？这是好事啊。千里姻缘航线牵，把她娶过来算了，免得一个人过得寂寞。”

“你消息可真灵通，啥事都瞒不过你的耳目。”

“有啥好瞒的呀。你那点浪漫事能瞒过什么人？小梁是我的闺蜜，等她过来我还想同你们一起养老呢。接不接纳呀？”安娜半开玩笑半认真地说道。

安娜这句话还真不是玩笑话。同于德良分居半年来，她感到无比的空虚和孤独。从店里回来，屋里没有半点生气。儿子城里上班，在离工作单位附近租房住，偶尔节假日才能回来一趟。安娜一个人顶着一栋房子，除去厨房的蟑螂，从窗外钻进来的壁虎，连个同她说话，陪她吃饭，和她一起看电视，甚至找个拌嘴吵架的人都没有。因为住处偏僻，日间外边行人稀少。下午五点一过，上班的回家了，路上更难得见到一个人影。有一次晚饭后外出散步，感觉背后有人跟踪。安娜快走，后边人也加快脚步。安娜慢走，后边人也放慢脚步。安娜感觉不妙，快步走到亮着灯光的一户人家窗前，大声喊道：

“嗨，你想干什么？干吗总跟着我？”

如果来人不知趣企图非分，安娜准备冲进房内寻找庇护了。房内住户听到外边喊叫马上从房内出来询问何事。跟踪者马上转身沿相反方向快步走开了。

安娜自此再不敢傍晚在外散步独自行走了。晚上睡到床上，听到外边一阵狗吠，一声猫叫，她都会被惊醒。一次半夜时分，听到有人在拧动前门把手，吓得安娜躲在被子里不敢出声。虽然卧室门也锁了，但卧室面对街道一侧全是玻璃窗，而且是落地大玻璃，恐怕一脚就可以踢碎，很容易破窗而入。门把手响动声持续了几分钟，似乎不像是人在拧动。安娜不敢开灯，穿好衣服，提起总是摆放在床头准备用于同入侵者一搏的垒球棒，轻手轻脚走到外屋察看。借助路灯灯光，看不到任何人，但大门把手处仍传出声响。她往把手下方望去，竟发现是隔壁邻居家的一只大猫在用爪子触动把手。她突然想起，邻居家有只猫，体形高大，已经训练得可以自己开门出入房间了。虚惊一场，安娜几乎整夜未睡。

安娜说，她当时孤独得几乎要发疯了。甚至有请于德良回来做伴的想法，或等于德良找了对象，与他们共度晚年的打算。

用安娜的话说，“这么大年纪了，跟谁住在一起不行啊，做伴养老就是了。总比一个人疯掉好吧。”

未等疯掉，安娜找到了摆脱孤独的办法。什么办法？上网征婚啊！

第二十五章　姊妹情深

与安娜交往一个多月，对她的两段婚史基本知晓。俗话说“自古红颜多薄命”，这里应该有两重意思，一是红颜命短，二是红颜命苦。女人漂亮了，容易吸引男人的眼球，追求者众，觊觎者多。于是在择偶婚嫁日常生活中遇到的感情纠葛矛盾冲突肯定比丑女人要多。如此的费神费力甚至纠结郁闷或再碰上几个流氓无赖无尽地骚扰威胁不被奸杀也难得长命。于是命短命苦成了一些漂亮女人的标签。君不见几多众人瞩目的亮丽女星，不是都中了这个魔咒吗？

安娜的情史也是一篇苦难史，让人听了不禁唏嘘。一个天生丽质的漂亮女人，两段婚姻都以分手告终。没有尝到多少婚姻的甜蜜，没有等到白头偕老，此种命运难道不叫人心痛令人遗憾吗？

听安娜谈着她的过去，我在想着她的未来。这个女人心地善良，心直口快，没有什么心计，待人热情豪爽，应该是个理想伴侣。但她能接受我吗？一个年长她十余岁，无房也无存款，仅靠养老金度日的退休老人？我这个一贯自信满满的人，在此人面前突然有些不自信了。

“你也是瞎操心，什么房啊存款啊，要那些还有什么用？儿孙自有儿孙福，有房我都想把它卖了，有钱我都想把它都花了。留给谁？你的两个闺女不是人人都有两套房了吗？她们还需要继承你的遗产吗？不会吧？”安娜倒想得很通。

“那么我们这个朋友就算交上了？”我趁势赶紧把话挑明。

“你也把你那个简单郁闷的婚史给我介绍了。同我那些复杂啰唆婚史丑闻没法相比。本来我不想再同你联系了，第一次与阁下见面你没给我留下什么印象，个子不高，相貌一般，既非富翁，也非才子。但看过你的自传后，你的为人处事，你的思想理念，你的丰富阅历和你对家庭对亲友的挚爱和关切，让我对你肃然起敬。我早就把你当成朋友了，当成一个似乎很久就已认识的老友，可以推心置腹地交流，可以无所顾忌地倾诉。不是吗？我婚姻中的那些极其私密的东西，不是都毫无保留地转告给你了吗？”

看来安娜对朋友的理解与我的理解之间还有不小的差距。

我把朋友的定义说白了：“谢谢你的夸赞。不过我的朋友概念是可以作为终生伴侣的朋友，比一般朋友要高好几个档次。可以说是夫妻的同义词吧。”

“哇，你还谈什么夫妻？还要结婚？结婚干吗？凭那么一张纸把两个人拴死，有必要吗？”

“有没有那张纸可大不一样，那张纸是个契约，是个约束双方的合同。丈夫病了，照顾丈夫是妻子义不容辞的责任和义务；没有结婚只能是被称作男友的人病了，照顾男友并非女友的责任和义务。你看到结婚与不结婚之间的巨大差异了吧？”我辩解道。

“照顾不照顾对方主要看一个人的良心，一个人的素质。没有良心，没有素质的女人，不仅不会照顾生病的丈夫，还可能虐待丈夫，折磨丈夫。反之亦然，丈夫虐待妻子的事也并不少见吧？别把结婚当成护身符、保险箱，关键还是要找个有良心有档次的‘人’，这才是关键。”安娜特意加重了那个“人”字。

“你说的也有道理，那咱们就作为一般朋友先交着？”我说道。

“希望你不要误解，我不是无意同你交往。我上网所谓征婚，并非要走进婚姻的殿堂，只是要找一个伴侣，生活的伴侣，彼此陪伴过日子。一个人生活太可怕了，寂寞孤独无聊。我也见了不少老外，同他们稍一接触就感到没有一个是我的菜。文化背景不同，生活环境有巨大差异，根本没有共同语言。我同他们在咖啡店见个面，打个招呼坐下来，说不上两句就没词了。你要说的他听不懂，他想说的你没兴趣。大眼对小眼，对视一会儿就拜拜吧！”显然安娜对找老外没有了兴趣。

“于是我把注意力全部转到同胞身上了。但在境外找一位年龄相当情投意合的同胞老伴实在不易，凡是到国外定居的多数都是靠子女出来的，懂英语的没有几个，一般也没有什么值得称道的经历或特长。你想啊，事业有成真有水平的男士通常不一定非要跟着子女出来，他们在国内日子过得一般都很滋润。如果想找个老伴，在国内选择面要宽多了。而且往往都要找比自己小一二十岁的小媳妇，谁愿意在国外找个六十几岁的老太婆呀！”安娜有点为自己鸣不平了。

“维克特，我知道了你的心思，你是要找个媳妇。我是决心不再嫁了，伤透心了。你看这样好不好，我有个表妹，单身多年了。你把她娶过来如何？”安娜突然拿出一个我意想不到的方案。

“别开玩笑。我看中的是你啊，你的什么表妹我面都没见过，什么都不了解，怎么谈得上娶过来呀！”我赶紧推辞，心想你别狸猫换太子啊。

“谢谢你能看中我。我早有想法，自从分居离婚一个人过以后，我被孤独折磨得好苦。为了摆脱孤独，我甚至还想同前夫生活在一起。不是复婚，是生活中有个伴就好。哪怕今后他同小梁结合，我都有个可能是荒唐的想法。如果他们没意见，我可以同他们一起过。反正就是个伴嘛，跟谁过不一样，还是两个熟人。”安娜真是掏心掏肺了。

她接着说：“至于你对我表妹还不了解，这个容易，我是她姐姐，我详详细细把她给你介绍一下，你不就了解了？我告诉你，我这个表妹是百里挑一，比我条件好。她最大的优点一是身体好，二是特会照顾人。”

于是安娜把表妹的情况一五一十都对我讲了。

表妹与安娜同岁，是她舅舅的孩子。两人从小形影不离，就像两个双胞胎姐妹。个头高矮差不多，身条也同姐姐一样。虽然都已年过六十，但从照片上看，无论面庞还是体态，更像一位中年妇女。尤其她那一头狮子般浓密的黑发，实在令人羡慕。但毕竟青春已逝，加之生活的磨难，婚姻的不幸，鬓角处还是可以发现几根白发。

表妹大学学的是城乡规划管理，毕业后分配到一政府机关工作，早已退休。工作期间可谓勤勤恳恳，兢兢业业，收入也不错。因为她专司监督检查污染排放问题，需要经常到有关单位了解情况督促检查。当时国人环保意识不强，不少企业为了应付检查逃避惩罚，弄虚作假现象十分普遍。

检查过程中认识了一个单位的办公室主任，三十岁上下，彬彬有礼，形象也不错，可惜与表妹不在一个城市。检查每年都要进行，表妹同主任每年都要见面。一来二去两人成了无话不谈的朋友，检查完毕回到单位还不时通个电话，交流交流。表妹知道主任尚未婚娶，也无女友，每年见面主任似乎对她格外照顾，凭女人的敏感，她知道主任对她有那么点意思。表妹当时也是单身，周围有追求者，但没有一个能让她心动。等到二十五六了，她想应该认真考虑婚姻大事了。恰逢此时又一年的检查开始，表妹期盼与主任又要见面了。这次表妹似乎动了点心思，她平时喜欢画画，用几天时间画了几幅奔马追野兔的水墨画，从中挑了一张最满意的准备送给主任。

检查组来到主任那个单位，主任见到老友当然满心欢喜。检查期间两人公事公办，没有过多接触。临行前主任把表妹叫到办公室，说要送她一份礼物，拿出来一看，是个足金小兔子。

“这个是送给你的礼物，是位属兔子的朋友送的。礼轻情意重，请你收好，不要嫌弃。”主任很客气。足金兔子还算礼轻，什么是礼重了？

表妹喜不自胜，马上回礼，从挎包中拿出折叠整齐的画作在主任办公桌上摊开。

“本人画功不行，但心意在了。主任若不嫌弃，就笑纳吧。形色匆匆，没来及装裱，见谅了。”表妹十分谦虚。

主任看到一匹骏马在追赶一只欢跳乱蹦的兔子，明白了。表妹属马，他属兔，这种寓意傻子也能悟出。

就这样，一只金兔，一张水墨，将分处两地的一对男女，牵到了一起。

牛郎织女鹊桥相会一年当中十二三次，迎来了呱呱落地的一个女婴。未料想女婴落地之日即是两人关系崩溃之时。原来主任早有一位女友，关系很好，交往多年，一朝不慎，未婚先孕，给他生了一个闺女。主任爸妈封建意识极其浓厚，借口三代单传，盼孙心切。现在儿子女友生了个女孩，坚决不同意他们结婚。最后给女友一大笔补偿费，才算了断。但两人关系未断，继续交往，经常留宿女方住处。这些情况，表妹即使结婚之初都并不知晓。现在又生了个女孩，主任爸妈态度坚决，要求他们必须离婚。主任是个极度依赖父母像个永远长不大的孩子，对父母是言听计从。于是提出离婚要求，并从此拒绝与表妹见面。表妹见事已至此，知道无法强求，也就同意了。对方要求收养孩子，并答应给她一笔补偿费。表妹舍不得孩子，要了孩子，放弃了补偿。

表妹离婚后一个人带孩子日子过得十分辛苦，表姐看在眼里总想帮她再物色一个伴侣。20世纪80年代不像现在，哪有什么网上征婚或“非诚勿扰”之类找对象节目。平时接触面极其狭窄，也只能借助朋友亲属在很小范围内划拉。大半年过去了，也没有找到合适的。

“我看你们单位经常帮你扛煤气罐的那个小伙子不错，不能谈谈？”安娜提醒她。

“瞎说什么，人家有老婆孩子，不过是一个办公室的，经常热心帮帮忙就是了。”表妹说。

“你也在你们单位发动一下，让大家帮你快找个对象。这样单着也不是个事儿。”姐姐建议。

没过多久，恰恰是那个扛煤气罐的小伙儿，还真给她介绍了一个发小，是一个国营单位保卫处处长，可惜不在本地工作。从照片上看，高高大大，体格强健，据说武功高强，尤其是一位形意拳高手。表妹吃过两地分居的亏，最初拒绝接触。但又经不住介绍人的一再督促，反复劝说，最后还是同意先谈谈再说了。接触一段后表妹感觉不错，对方工作稳定，待人热情，很有责任心。两人分别同对方家长见过面之后，获得双方家长同意，于是走进婚姻殿堂。

最初一年多的时间，新婚夫妇互敬互爱，日子过得幸福美满。但也有不足，表妹发现保卫处长心眼儿特小。只要看到她在宿舍院子里或在商店马路上与异性朋友或同事寒暄或打招呼，他都要盘问一番。“这是谁？”“干什么的？”“你们什么时候认识的？”“怎么认识的？”如果多说了几句，他又会指责：“跟这种人谈什么？”“以后见了少搭理他，我看这个人不是好东西！”时间长了，他总这么别扭，表妹忍不住要说两句了。

“你别这么小心眼儿行不行？他们都是同事或普通朋友，你吃什么醋啊？累不累啊？”

没想到保卫处长竟会突然翻脸。

“你的普通朋友也太多了点吧？普通朋友谈得那么开心？我看你是此地无银三百两，普通朋友你还怕我吃醋？”

回到家中，他继续不依不饶。

“过去咱们刚结婚，我怕驳你的面子。今天你给我交代一下，你离婚同我结婚期间谈了多少对象？都是谁？现在还有联系吗？”

“你别问了，介绍过几个，都没谈，不合适。”表妹答道。

“几个？都是谁啊？”保卫处长逼问道。

“你有完没完？今天你是不是吃错药了？”表妹拒绝继续同他纠缠。

只见保卫处长刚抬起胳膊，没出手又轻轻放下。

“今天不同你理论。这件事你必须说清楚，不说清楚我心里憋得慌。你就是铁嘴钢牙，我也会让你开口，你等着！”保卫处长恶狠狠地威胁道。

表妹的煤气罐每次还是那个媒人帮忙扛上扛下，表妹住在四楼，不算高也不算低，挺费劲的。每次换完煤气，表妹总要让媒人坐下来喝杯茶休息一会儿再走。保卫处长过去也碰到几次朋友来帮忙换煤气，因为他们是发小，也相互打个招呼，坐在一起聊会儿天。但最近与表妹的矛盾出现之后没过几天，保卫处长违背周末从外地赶回同表妹团聚的通常规律，星期三突然进家了。当时媒人换完煤气正坐在那里听表妹讲述她与丈夫最近一次冲突，正说到：“你怎么介绍了这么个朋友给我，他太小心眼儿了。他非要逼我详细告诉他谈了几个朋友，还威胁我必须断绝与异性朋友同事的交往。你说我怎么碰上这么个人啊？我该怎么办啊？”

正说到此，保卫处长一脚跨了进来。

“你该怎么办？你该去死！”一个耳光抽了过去。

发小赶快拦住，把保卫处长拖到门外，狠狠地说了他一顿。等他答应一定控制情绪，方陪他一起从外边进来。

表妹双手捂着脸，呆坐在沙发上，一声不吭，眼里噙满了泪水。媒人劝慰一番方才离开。

待媒人走后，保卫处长开始折磨表妹。他把表妹拖到床上，不经同意强行与表妹发生关系，一夜之间竟来了四次。表妹央求他放手，他凶神恶煞般地骂道：“我让你搞够，免得到外边找野男人！”

随后又让她交代如何同他的发小“勾搭”。

“我在家里看到他几次了，你们到底什么关系？趁我不在你们一周来往几次？”

他捕风捉影胡乱猜疑，竟猜到自己发小的头上了。

表妹无言以对，她知道，任何解释都没用，只好保持沉默。看表妹不屑搭理他，他更是怒火中烧，一脚把赤裸裸的表妹踢到床下，用皮带抽了一顿。表妹已经没有了泪水，有气无力躺在冰冷的水泥地板上，一夜未睡。

第二天混账保卫处长滚回单位，表妹请了两天病假，待在家里养伤。

经历此番家暴，表妹对这场婚姻失去了信心。她返回娘家，同父母商量，他们意见一致，“这个人怎么这样？完全是个两面派嘛。你觉得他是一时性格反常，还是秉性如此？如果是一时糊涂，控制不住自己，那你是不是再给他个机会，看到底是怎么回事儿，然后再作决定？”

表妹怀着忐忑心态继续维持着这段孽缘，也就两三个月的工夫，还好，相安无事。唯独让她难以忍受的是他凭借超强的体力，无休止地晚上折磨她，让她无法休息。她想拒绝，可一看到他那副凶巴巴的嘴脸，又不敢了。她享受不到快感，只是撕裂般的疼痛，无法消解的疲惫，和完全无助的绝望。他来事的时候总要把灯关掉，待他兽欲发泄完毕，突然开灯，经常看到筋疲力尽委屈无奈的表妹满眼泪水。此情此景从未让他感到遗憾，感到内疚，表现出丝毫的歉意和同情心。恰恰相反，他会感到满足，感到惬意，感到羞辱蹂躏一个女人的快感，流露出毫无掩饰的邪恶的笑意。

表妹早已把孩子托付给爸妈请的保姆看管，她无心照料孩子，班都不想上了。同事已经不止一次询问：“看你眼圈都黑了，可要注意休息啊，晚上可要悠着点了。”她不知道这是关心还是讽刺，又无法解释。

下班后也不再像过去，整理家务，照料孩子，钻研业务，锻炼身体。吃过晚饭就到同事或邻居家打麻将，消磨时间。有一次保卫处长又没等到周末就突然回家了。到家一看，老婆不在，心中火气腾地一下起来了。到左邻右舍寻觅，无果。家中既无电话更无手机，没有办法只有在家苦等。整整等了一夜，也未等到表妹归来。直到第二天早上六七点钟，才听到开门声。待表妹走进室内，还未来得及开口说话，就被保卫处长一拳打在鼻梁上，摔倒在地爬不起来了。保卫处长不言不语把表妹衣服脱光，然后拖到门外，转身回家又把门关上了。

表妹蜷缩在冰冷的楼道里，没脸呼救。轻轻敲门央告丈夫开门让她进去，她会给他解释。她不过在闺蜜家打牌，太晚了怕不安全，在闺蜜家过了一夜。随她怎么央求，屋内没有动静。直到对面房间老奶奶出来倒垃圾，才赶紧把表妹扶起搀进屋里。

表妹把与丈夫的冲突简单对老奶奶说了，老奶奶表示同情。

“闺女，不着急。我看你不能再同这个人住到一起了，这个人没有人性了。你告诉我你爸妈住在哪儿，我去跑一趟让他们把你接回娘家吧。”老奶奶说。

“不用了，奶奶，请您借我一套衣服，我自己去找他们好吗？”

“那也好。我孙女跟你个子差不多高，我拿几件你先试试。”

“谢谢您，过两天我给您送回来。”

表妹回到父母身边才感到心里踏实些。父母也态度非常坚决，主张他们赶快离婚，再这样下去还不知要出什么事。

妈妈说：“孩子，头一次他打你，爸妈就应该让你们分手。又拖了些日子，让你受苦了。赶快离吧，别犹豫了。我也打听了一下，像他这种情况，是品德问题，也是病态。品德问题没法治，心理疾病有时更难治。放弃吧，再找好的。找不到就自己过，孩子也慢慢大了，跟孩子过算了。”妈妈对表妹两次婚姻都如此结局也心冷了。

国内离婚也不是件容易的事。表妹的离婚整整拖了近两年才尘埃落定。

两段婚姻让表妹彻底对婚姻绝望了，她想到了出家。到佛寺提出申请获赠法号却发现佛门里也有外人不知的污垢，于是又放弃皈依，回归日常无趣无味的生活直至退休。

“我表妹这辈子太可怜了，每当想起她的遭遇我就感到心疼。两段婚姻两个男人，没有一个真正爱过她。现在她反正也退休了，孩子也长大有了工作有了家庭。我现在也身在海外无亲无故，经常思念国内亲人，但又无缘经常见面。何况我也离了婚，孤单一人实在寂寞。哪怕我不结婚，如果有个表妹能过来陪我，我也心满意足了。”安娜说道。

“维克特，你既然想找人结婚，干吗不找我表妹？ 你的年龄也不小了，今后肯定需要个年轻些的老伴照顾你，我表妹再合适不过了。你如果能把她接过来，我真要谢谢你了！”

“先别说谢。照顾不照顾再说。我找老伴也不是贪图让别人照顾。如果我真需要别人照顾，你们恐怕也照顾不了了。一来女士体力不行，二来你们也不年轻了，六十开外了。等我生活不能自理了，你们能抱我进浴室洗澡吗？真到那个时候，你们就让大夫开个证明，说我生活已经不能自理，你们也没有能力照顾，政府办的养老院就会把我收进去，让那些护工照顾我好了，你们只要抽空去看看我就行了。”我说。

“先别说那些，什么养老院什么不能自理，叫人听了不舒服。现在你是要找个伴，我也要找个伴，我表妹一辈子婚姻不顺，我想让她在晚年能出来享享福，找个像你这样的君子，体会一下真正的婚姻应该是什么样子。如果你们不嫌弃，我就同你们生活在一起。表妹不通英语，也不会开车。我英语没有问题，有车也会开车，我在很多方面可以帮帮你们。再说了，我知道自己的脾气不好，有时真像个河东狮。就凭我这个脾气，跟谁过能受得了？我也有自知之明，怕找个伴因为脾气不好又吹灯。如果有个表妹同我一起生活，假使我同谁产生了矛盾，表妹还可以居间调停调停。你若把她办过来，前提条件是不能排挤我，不能把我当外人，要把我看成一家子。我们互敬互爱，相互扶持，共度晚年不好吗？她来了，我说了，我愿意同你们生活在一起，我和表妹一起照顾你。你说行不？”安娜明确提出一个我想都没有想也不敢想的方案。

听到这里我的脑子突然停滞不动了，不知道是个什么情况，思想中对此毫无准备。停留片刻，脑子又急速运转起来，快速思索着答案。

“姐妹俩一起照顾我？表妹特会照顾人？姐姐懂英语，会开车？有了矛盾有人调解？这种好事谁能拒绝？”我心里很快找到了答案。

“同意！”我举起双手表示赞成。

“真不知道你是哪辈子修来的福，让你占这么大便宜！”安娜心有不甘嗔怪地说道。

听到此话我突然意识到，我的表态过于轻率，有些违背常理，不道德吧？

第二十六章　雪山邂逅

我同安娜的交流大部分时间是通过电话。听养生专家们忽悠，据说走路是最好的运动，而且每天最少应走六千步。我基本按这个标准锻炼，晚饭后经常光脚在沙滩上溜达，淌着海水，深一脚浅一脚走在细沙中，锻炼效果更好些。走海回来，一般都是八九点钟了。梳洗完毕，躺在床上，拨通安娜的电话，开始煲电话粥。一煲就是三四个小时，几乎每天如此。好在我家里的固定电话每月只要支付85澳币，打澳洲境内座机无论多长时间都不另行收费。这种包月电话就方便煲电话粥碎嘴子的像我同安娜这样的顾客了。

安娜也经常主动呼我，她也是个爱聊天的主。天南海北国内国外家事国事想到哪儿就聊到哪儿，没有个主题。我想在国外独居的男男女女，尤其是退休的，一旦抓到一个聊伴那可真舍不得放弃。你想啊，身在异乡为异客，没有同学、没有亲人、没有几个单身的朋友或以往的同事，可以闲暇聊天，周末集会，整天就是一个人出出进进，时间长了烦不烦呀！再说年纪大了，阅历丰富世事看透了，聊天涉及的内容也就基本没边了。于是电话粥里的内容作料也就五花八门精彩纷呈了。

提出三人共同生活新方案的第二天晚上，安娜打来电话。

“维克特，呼了你几遍你都不接电话，是不是又去海边走海了？”

“是啊，雷打不动，你不知道？”我说。

“干吗不带手机啊？”

“除了你，没什么人给我来电话。不是给你省点电话费吗？”

“我也不在乎那点电话费，今后还是带上，说不定有什么事联系起来方便。”安娜说道。

“没问题，以后带上。有什么好消息要告诉我吗？”我问道。

“不好意思。昨天我发了一封邮件给表妹，把你的情况对她讲了，希望她能同意我们的方案，过来与我们一起养老。邮件发出去了，不知为什么我似乎又有些后悔。”安娜听起来情绪不太好。

“为什么呀？不是三赢的好事吗？怎么你先后悔了？”我说。

“同你接触这一段时间，你应该知道，我觉得你是一位值得深交的朋友，可以成为一个很好的伴侣。现在我却要把你介绍给我的表妹，好像要把我心仪的男人亲手送到别人怀里了。这种感觉是突然出现的，我也不知道是怎么回事儿，也不知道这种情绪是对还是不对。”安娜纠结起来了。

我当然能够意识到，安娜对我是有好感的，否则她也不会同我如此掏心掏肺地接触交往，甚至还把表妹介绍给我。但她的设想，三人共同生活的设想，也不能说没有道理。如果年轻，风华正茂阶段，谈情说爱是很自私的，生活中不能有第三者。现在都退休了，六七十岁的年纪了，三人在一起养老，还会有什么不便不妥吗？还会有什么解不开的扣子或难以处理的矛盾吗？我想不会了。长辈基本都过世了，子女也都已长大成人，不存在孝敬父母或教育子女方面出现分歧而影响关系伤害感情了。再说都已经退休在家养老了，也不会因为寻找工作或提干涨工资而操心上火埋怨争吵了。但两个人或三个人一起过日子肯定有不协调不和谐的地方，哪怕一个人还经常自己同自己过不去，碰到一件事弄得左也不是右也不是自相矛盾理不出头绪哪。但退休以后的矛盾基本都是鸡毛蒜皮小事了，大家都豁达一些，宽厚一些，忍让一些，就很容易解决了。到我们这个年龄感情上的独霸心态会弱化甚至消失，即使有，如果相互之间能一视同仁，相敬如宾，磨合一段，我想也容易克服。

我把上述理解告诉了安娜，接着劝她：“你干吗不早些告诉我呀？早些表态说我是你心仪的伴侣，不就免得绕这个弯子了。可你既然已经把自己的想法同表妹讲了，反悔恐怕不合适吧？你理智上我相信还是希望表妹过来，但感情上突然又有些纠结。你不是设想的很好吗？三个人一起生活经济上更划算，无论住房还是水电煤气日常开支，三个人分担比两个人分担更合理更节省。甚至打麻将即使三缺一也比两个人打有意思。如果家庭某个成员病了，有两个人轮流照顾比一个人要方便轻松多了。你想到的好处都实实在在存在，只是感情上一时想不开把这些好事都忘了。没关系，我相信你纠结几天，理智还会占上风的。”

“你说的我懂，不需要几天也许明天我就想通了。可保不准，后天我又纠结了。估计要反复几次，你就调动你的三寸不烂之舌多开导开导我吧。真是见了鬼，馊主意是我出的，现在反过来还要你来做我的工作，这是哪儿跟哪儿呀？”

还好，此后几日安娜情绪没有太大变化，还是一贯的热情开朗直爽。

“嗨，维克特，要是表妹来了，你就分心了。想到这儿我就有些不甘心。”安娜在夜聊中又表示出自己的心结。

“别瞎想，我待人都是百分之百投入，什么分心不分心。心分了我还活得成？”我说。

“偷换概念。趁她没来你愿不愿意多陪陪我？”安娜问道。

“天天陪你聊到深更半夜，还让我怎么陪？”

“我们到新西兰去一趟吧，你还没去过吧？我去过了，是坐船去的，只在沿海兜了一圈，看得不过瘾。说让你陪我，其实还不如说是我陪你，不会拒绝吧？”

“我也去过了呀。不过也是坐船去的。要不咱们来个自驾游，到新西兰内陆好好转转看看，好不好？”

“太好了。麻烦您赶快制定个日程，越早走越好，晚了天气就太凉了。”

我喜欢开车自驾游，没有团队的约束限制，更惬意更休闲。澳洲捷达航空每星期五都有一个“周五疯狂”抢购廉价机票时段，我见过最便宜单程一元澳币可以买到从墨尔本飞悉尼的机票，好像是正好赶上公司开张几周年的优惠。一般情况周五机票比平日都要便宜一半左右。当然这种机票也有些限制性规定，比如不可免费携带托运行李，不可改换航班，或不可退票之类。

澳洲有一个最大的旅游网站，叫WOTIF，把它翻译成“我的福”好了。通过这个网站可以提前预订各种档次旅馆，而且价格往往比直接打电话去预订还要便宜。

连续等待了好几个星期五，我才买到了最为满意的机票。又经反复比较，预订了理想的旅馆。预订旅馆的条件一是需要有停车位；二是最好可以自己烧饭；三是尽量距离市中心近一些。当然了，价格也是必须要考虑的因素。一般我都租住中档旅店，高的不舍得花钱，低的怕卫生条件难以保证。

日程最后敲定总计十二天，连去带回。首飞新西兰最大城市奥克兰，下了飞机租了一辆轿车直奔西部城市罗吐鲁阿。住了一宿赴二百公里以外参观蓝光萤火虫溶洞。随参观者排队走进冷飕飕的溶洞，乘上游艇沿地下河徐徐慢行。周围一片漆黑，只见洞壁上无数萤火虫的蓝光一闪一闪似在眨着眼睛。蓝光连成一片，就像无边无垠的夜空。航行不到一个小时，下船上岸。又经过各种形态的钟乳石洞穴，返回地面。

第二天又回到奥克兰，开始在奥克兰参观游览。令人印象深刻的是郊区地热公园。买张票服务人员给你一个特制温度计，沿着标志路线可以看到周围处处都在冒烟。其实不是烟，而是因为地热而产生的蒸气。地面上像是有“千疮百孔”，冒气的冒泡的地方到处可见。我们随时把温度计放到地表测试，冒气冒泡处的温度可以达到百度以上。此地曾发生过火山喷发，但周围都被叫不出名字的植被覆盖，看不到火山岩石或裸露的地面。几个火山口需要向下俯视，内中积满了雨水。湖面上升腾而起的雾气，时而向东时而向西，时而聚集，时而飘散，恰似走进云间仙境。如若一个人晚间走进此地，周围一片漆黑，借着月光，看到雾气升腾，恐怕会以为是妖气重重，连大气都不敢出了。尽管我同安娜是白天光顾，处在这么一个周围没有其他游客，孤苦伶仃两个凡人，深陷在大山荒野处处冒烟这么个环境中，心里也有些犯嘀咕。

安娜紧紧抓住我的臂膀，窃窃私语："维克特，咱们快出去吧。这些突突冒气的地方突然喷出岩浆把咱们烫死咋办？"

离开奥克兰直飞新西兰首都惠灵顿。惠灵顿给我的印象比奥克兰要好，主要是干净。不像奥克兰，曾经过一座市内大桥，白色栏杆上竟到处都是泥水留下的痕迹，很不雅观。

我们开车上了维多利亚山，路边停车后又爬上最高处，突然眼前一亮。整个城市尽收眼底，360度视野，非常开阔。哪里是机场，哪里是国会大厦，哪里是动物园，都隐约可见。当日天气又格外的好，晴空万里，纤尘不染，吸口气似乎都是甜丝丝的。

从惠灵顿起飞离开新西兰北岛不到一个小时抵达南岛重镇基督城。一下飞机我们也是立刻租了一辆车直奔下一站——哥雷茅斯。基督城等回程时再参观游览了，因为我们计划在新西兰南岛转一圈还要回到基督城，并在基督城停留两晚再乘机返回黄金海岸。

从哥雷茅斯沿西海岸北行，途经3500年前形成的"千层饼岩区"。黑黝黝的岩石一层层被挤压在一起，真像刚出锅的千层饼整整齐齐摞在一处。岩区中有常年累月海浪冲刷形成的形态各异的岩洞，数米高的大浪涌进，突然断了前程，瞬间变成冲天水柱腾空而起，还伴随着低沉厚重的咆哮声浪似万马奔腾震耳欲聋。这些岩洞又被称作"喷水洞"，也是当地一景。面对此情此景，不能不感叹造物主的神工，大自然的神奇，敬畏之心油然升起。

"维克特，站在这里，我感到自己微不足道。你看那些本来柔弱的流水，一旦汇聚，竟有如此大的威力。与大自然相较，人太渺小了。敬重自然，善待自然吧。不要把自己看得那么伟大。我们只不过是这个星球上的过客，离开之后，给这个星球留点好的念想，不要留下太多的遗憾、太多的罪孽吧！"安娜突然大发感慨。

"今天怎么了？真是触景生情了？"我问道。

"我在想，我们是如此的渺小，人生又是如此的短暂。为什么不开心过好每一天？有什么事还值得我们纠结想不开啊？”安娜说。

“说得好。开心每一天，这应该是我们的座右铭，你能做到吗？”我问道。

“真难说。但与你在一起不瞒你说，我还真是每天都开心。你能让我每天都这样开心吗？”安娜将我军了。

“开心主要是个人感觉，外在因素是次要的。不过你可以放心，我起码不会让你不开心，这点我可以保证做到。至于你开心不开心，那就是你的事了。”

“你是不是在说绕口令？贫嘴！”

从千层饼岩区沿西海岸南行可直达新西兰南岛重镇皇后镇，沿途要经过绵延不断的雪山峡谷。皑皑白雪漫山遍野布满山头，加之几乎天天阳光灿烂，经常看到白云与雪山相互交融，猛一看还真有点分不清哪是云彩哪是雪峰。穿林海，过雪山，跨峡谷，越激流，一路奔波，辛苦异常。好不容易赶到皇后镇，住进半山腰一座旅馆。接待人员问我们是否一路顺利。我说还算可以，唯穿山越岭太过惊险太过劳累。好在天气非常争气，几乎天天阳光灿烂，无风无雨。

“哇，你们把好天气带来了。我们这里连续三个月没有晴天了。”

我们是九月中旬访问新西兰，按说还属冬季。可能我们运气好，除偶尔下点小雨，往往还都是在车辆行进中，其他时间都是大晴天。

我同安娜放下行李稍做休整后步行来到市中心，街道商店转了一圈，两人又吃了一份著名连锁快餐店“多米诺”一英尺长的面包三明治，等回到旅店已经临近黄昏了。我同安娜各冲了一杯咖啡，在室外阳台上落座，开始远眺皇后镇全景。

皇后镇城市不大，地处山峦之间，近海，风景极佳。从住处向四周眺望，山峦起伏，层林尽染。空气清新，万里无云，整个城市看上去真可谓冰清玉洁晶莹剔透。过了大约半个小时，太阳落山华灯初上，又见万家灯火，星星点点，恰似星河落地，天上人间。

“啊，维克特！”

我猜想安娜又要感慨一番了。这个女人不是个多愁善感之人，但是个敏感多情种。

“你说生活在这样一个环境里，还能有什么愁事吗？这里没有污染，没有喧嚣，甚至连红绿灯都没有。汽车好像没有喇叭，大家都是安全礼让，没有争先恐后，没有前呼后拥。再看这夜景，万籁俱寂，只有风儿、树呀在悄悄耳语。也许年纪大的缘故，我喜欢慢节奏喜欢安静了。不行咱们搬到这儿住它几年？”安娜有点异想天开。估计是开玩笑，不会认真。

“你来吧，我可不来。冻死人，闷死人。与黄金海岸没法比。”我给她大泼冷水。

离开皇后镇向奥鲁马进发。原想连绵雪山恐怕已经抛在身后，未料想最惊险的地段还在后头。接近“著名”荷马隧道时，路边出现提醒慢行路牌。抵达洞口方发现此隧道只可单行，须等隧道口旁绿灯亮起，方可进入隧道。如果红灯亮着，说明对面来车正通过隧道迎面开来。等了约十几分钟，绿灯亮起，我们才慢慢驶进隧道。隧道内灯光昏暗，所有车辆必须亮起大灯，方可看清前方车辆和隧道两侧粗糙的洞壁。路面凹凸不平，绝不敢开快车，否则要前后左右大幅度颠簸或摇摆。方向盘要紧握不放，一旦失手有可能撞向洞壁，后果难料。隧道仅有一点二公里长，但我感觉好像开了两三个钟头才看到从隧道另一头射进来的阳光。

“我的天，可见到天日了。什么著名隧道，我看比咱们国内的二郎山隧道都不如吧？”

出了隧道，我还想幽默一把。抬眼一看，我的天，是一条狭窄陡峭好像只有三五十米长的坡道，坡道尽头竟是个急转弯，右侧就是万丈深渊！如果刹车不灵，或雨雪结冰天气，我恐怕早已坠入悬崖粉身碎骨了。我赶紧制动，蜗牛般慢慢挪到路的尽头，小心翼翼左转，完成了急转弯。好在新西兰车辆也是靠左行驶，离右侧峡谷远一点，心里也感到安全放心些。否则我真可能吓晕过去，不知要把车开到哪儿去了。这一路的惊险，让我后悔不迭，心想以后绝不再搞自驾游了。尤其在新西兰，万万不可冒险，个别地段说是生死考验也不为过。

下山途中经过一处被称作“镜湖”的地方，停车休息。刚好一辆旅游大巴，也路边停下，从车上下来一个来自国内的旅游团，约有三十多人。

路的一侧是一条河流，河水丰沛。河边建有木质观景台，足有百余米长。河对面是一长溜高耸的山峰，有远有近，有高有低，均被皑皑白雪覆盖。低头一看，只见河水中是一串雪山倒影。无风的时候，波澜不惊，水天一色，天上地下，竟是满眼的雪山奇景。尤其水中景致配以宁静安详纯净似水晶般的河水，更显得晶莹剔透，勾魂摄魄。我不禁赶快拿出智能手机，无须选择角度，啪啪拍个不停。偶有微风掠过，河里泛起波纹涟漪，水中美景顷刻四散，恨不得跳入水中硬将那梦幻般的美景拉住。

“嗨，贺兴同志，能不能给我拍几张啊？”安娜见我不搭理她，恨得叫出我的大名来了。

站在她身后一位女士，听到“贺兴”的名字，突然问她：“你在叫谁？是叫贺兴吗？”她好奇地问安娜。

“是啊。他只知道拍照，把我忘了。”安娜说道。

“是那位背对你的人吗？”女士接着问道。

“是啊。你认识他吗？”安娜问。

“也许认识。你们是从澳洲来的吗？”

“是啊。从黄金海岸过来。”

“没随团过来？”

“我们自驾游。亏了，开车太危险了。还是随团游省心。”安娜答道。

“你们是两个人吧？多几个人开车要好一些，不会那么辛苦了。”女士说道。

“请你把你爱人叫过来，我看看是不是我认识的那个贺兴，可以吗？”女士说。

“爱人？”安娜想，按国内人理解，没结婚还不能说是“爱人”吧。其实在西方，“爱人”与没结婚却生活在一起的Partner (同居伴侣)已经没啥区别了。还需要对这位女士解释“他不是我的爱人，他只是我的同居男友吗”？大可不必了吧！

“维克特，转过身来，先别拍了！”安娜招呼我转身亮个相。

我刚一转身，看到安娜旁边站着的女人，一眼就认出她是谁了。

“哎，秀君，是你呀！我没认错人吧？”我跑上前同她紧紧抱在了一起。

“兴哥，可见到你了。你死到哪儿去了？找了你好久都没有你的音讯。你完全西化了，见面这个抱法你爱人就在旁边要吃醋的。”秀君嗔怪地说道，推开我看了一眼安娜。

人家安娜大气，脸上没有任何怨气或不满。

“说什么呢，她是我的朋友，叫她安娜吧。安娜，这位是郝岚的闺蜜，同我也很熟。老朋友了，她叫郁秀君。”

周围再好的景致也无心欣赏了，我同秀君坐下来聊了起来。安娜也很知趣，打了个招呼沿观景台继续欣赏雪山美景自己拍照去了。

我有点急不可耐，问她知道不知道郝岚的信息。

“她是我半个多世纪的闺蜜，我能不知道吗？你先告诉我，刚才那个安娜是你什么人？”

“是个朋友。”我说。

“一般的朋友还是相互陪伴一起养老的朋友？”秀君追问道。

“你也知道，我与郝岚的缘分也持续快半个世纪了。你也知道我们经历过的风风雨雨，始终不离不弃。可奇怪得很，退休养老了她竟离我而去，而且是义无反顾。说什么要回国找她的初恋，你说她是不是昏了头？我不能理解，朋友们也不能理解。你能理解吗？”我问秀君。

“我能理解，我很理解。你也应该理解，你的不理解是你还不知道郝岚是个多么难得的好人。”秀君说道。

“离开郝岚之后，我在黄金海岸一个人过，你应该知道孤独是一种什么感觉。我担心时间长了，我要发疯了。人是社会性动物，需要社交，需要陪伴，需要交流。安娜也是离婚多年，孤孤单单一个人过，于是我们最终走到了一起，准备相互陪伴共度余生了。”我说。

“我要祝贺你，两个人过相互有个照应，挺好。”秀君说。

“不瞒你说，安娜的表妹可能也要过来，同我们一起养老……”

正说到这儿，旅游团领队招呼大家快些上车。没等我把话说完，也没有听听秀君有些什么关于郝岚的消息马上就要分手了。

“你快把电话、邮件地址告诉我，等我回去，我会一五一十把所有事情都告诉你。你只管放心，郝岚一直都在牵挂着你。郝岚是个超完美的女人，是个绝代佳人，你还真不了解她。你说的三人一起养老是怎么回事儿，到时候也开导开导我，今天是来不及了。”

我们相互交换了电话号码和邮箱地址，答应各自回去再联系就匆匆分手了。

下边的车程没有什么险峻的高山或绝壁峡谷了，多数都是平整的原野、一望无际绿色的草坪。草坪极其平整，似经剃刀修剪，认真梳理，好似没有一片枯草半寸荒地。大片大片的草坪上，时而可以看到星星点点的牛羊在那里慢条斯理咀嚼着牧草，没有慌乱没有争抢。好奇者看到我们的车从旁经过，抬起头来，注视着我们远去。好似在说，先生们女士们，咋不带我们也出去看看远处的世界呀?

与秀君不期而遇，让我心情无法平静。“绝代佳人”，这种评价放在不顾几十年的交情在我的晚年把我一个人丢在海外不管不顾的女人身上实在不妥了吧？是在开我的玩笑，戏弄我？不至于，秀君是个诚实可靠的女人，不会如此无礼。

“维克特，你肯定又在想刚才那件事。你也不要纠结。我早就告诉过你，从你的书里，我知道了你同郝岚大姐的感情经历。我总在想，你们恩恩爱爱几十年，哪能说分就分了。我觉得你们应该再走到一起。如果你们嫌我是多余的，我可以走开。但我又舍不得离开你，再回到那个孤独的环境。如果你们不在意，我可以同你和郝岚姐一起过。还是那句话，一起养老，有什么不可以？违反哪家法律了？”

安娜的话能不让我感动吗？但这都是些不着边际的猜测或幻想，我何必让这些事来干扰我的心境破坏我旅游的兴致呢！

“安娜，不谈这些。车到山前必有路。好好享受眼前美景好好憧憬下一站的惊奇吧。”

途中我使用了GPS定位器，未承想两次把我几乎带入绝境。一次带入乡间沙土小路，途中见不到一户人家半个加油站。担心未待走出绝境就油干灯灭，澳大利亚手机有无信号还不得而知，即使呼救能否如愿都心中无底。再一次是向圆形巨石沙滩进发，本应沿高速路直奔目的地，GPS却把我引进没有十八弯也有十七拐的悬崖峭壁之间，浪费了时间，浪费了汽油，又吓死了我的不知道多少脑细胞。请教别人，说可能是我没有选择路径，仪器自动选了所谓“近路”，于是才出现上述乌龙。

车到最后一站基督城已是傍晚时分，吃过晚饭累得不行很早就上床睡觉了。第二天醒来，开车进城，到市中心一看，大失所望。几年前这里发生过大地震，震后市内一片狼藉。修复工作进展缓慢，很多房屋建筑依然破败不堪，尚无法使用。那么好的一座城市，地壳动一动就造成如此大的伤害，实在令人惋惜。

最后一天我把车还了，要了一辆出租奔赴机场。我问司机，新西兰整个国家都在地震带上，既然随时都可能发生地震，你们拿的新西兰护照又可以随时到澳大利亚居住或找工作，何不搬到澳大利亚居住？他说年轻人可以，他要退休了，搬到澳大利亚想拿退休金需要等十年时间。离开这里新西兰退休金也不给了，那就太不划算了。

听到此，我感到十分庆幸，选择了在澳大利亚黄金海岸养老。恨不得赶快回去，以便同秀君联系，打探她尚未说出口关于郝岚的秘密呀！

第二十七章　绝代佳人

回到黄金海岸我立刻给秀君发了一封邮件，询问她是否已经打道回府，内中写了下边一个段落：

“有幸在新西兰与你不期而遇，并听到有关郝岚的一些信息，心中久久无法平静。想你也已经返回山城，能否拨冗把阁下心目中的‘绝代佳人’近况告知一二，以解我长期纠结不明分手缘由之苦？我虽与安娜结识，并承诺相扶相依互伴终生，但我与郝岚四十余年夫妻情谊，岂能彻底忘却？我越是过得开心，越是增添对郝岚的牵挂。毕竟不是我与她有何过节，而是人家离我而去弃我如敝屣呀！”

约莫过了一周，接到秀君回复。

“兴哥：

新西兰邂逅可惜过于短暂，很多话来不及说或还不好说，请谅。

知道兴哥有了心仪的对象，生活又走入正轨，很为兴哥感到高兴。我们是多年朋友，郝岚是我的闺蜜，我们虽相隔千山万水，不能经常见面，但在我心里，总是把你们放心不下。尤其在你同郝岚分手之后，我总想撮合一下。一来我难得寻到你的联系方式，二来郝岚又严词拒绝。我也只好忍痛搁下，静待出现某个转机，让我能为你们做点什么。

郝岚同你分手之后不久，回到家乡重庆。我让她与我做伴，住在我这里。她说与子女住在一起时间长了都感到不便，与朋友相处也需要有些距离。她说不想干扰我的生活，希望能一个人清静逍遥自在地过些日子，清心寡欲，调整一下心态。于是我帮她在离我家不远处枇杷山下嘉陵江畔租了一套公寓房，她也临时请了一位阿姨，帮忙照料日常起居。没事我就跑到她那里与她聊聊，或再邀上一两个退休老姐妹，玩几圈麻将，日子过得还算悠闲。唯一让人担心的是郝岚的肾病，刚回国的时候，她的腿脚都有些浮肿，但经过中西医双管齐下一番治疗，病情不仅控制住了，甚至还有相当不错的好转。

郝岚做了最坏的打算，写好了遗嘱和一封给兴哥的信件，遗嘱做了公证，有我在场。遗嘱和信件都复印了一份，交由我保管。郝岚给出的指示是，遗嘱和信件必须等到她过世之后方可让兴哥看到。

兴哥恐怕不会想到她为什么如此绝情吧？如果你认为是她绝情，你就大错特错了。郝岚实在太爱你，太在乎你，太期望你能有一个幸福美满的晚年，才作出这个似乎冷酷无情的决定。我接到指示，也只有不折不扣地遵照执行了。但也偷偷试图打听过你的下落，希望能让你知道，郝岚并不是义无反顾抛弃了你，而是想作出牺牲成全你呀！我也不敢大张旗鼓寻找你的下落，所以最终还是无果而终，直到新西兰偶遇，方抓住了机会。

待我回到重庆，我把同你不期而遇的经过对郝岚如实交代了。我明确告知她，人家兴哥现在已经有了对象，而且是形影不离誓言相互陪伴共同养老的对象。你不是希望他晚年幸福吗？人家如你所愿，已经幸福美满了。你也该放心了吧？现在把遗嘱和信件拿给他看，又有何妨啊？

最初郝岚仍是不同意，担心让你看到或让你的对象看到，会影响你们的生活，影响你们之间的感情。她担心因为她的出现，让她苦心经营的一场骗局彻底暴露，伤害彼此。她知道兴哥是个重情重义的男人，知道他已经对新人作出了承诺，就绝不会食言。现在又冒出了牺牲自我成全兴哥的前妻，让他在感情上如何取舍？这不是要兴哥的命吗？

我一再劝她，只要她把握住自己，兴哥不至于过分纠结。他不会对现女友食言，让自己良心上过不去。如果郝岚明确表示无论从年龄或从病情考虑，她都不再适宜同兴哥复合，而且现在她一个人日子过得也很自在，不愿再连累别人也不希望别人来打扰自己，我想兴哥也绝不会过多纠缠。他已经有了一个可以歇息的港湾，不至于痛不欲生非要同你在一起了。

郝岚还是不同意把遗嘱和信件现在就拿给你看。我说对不起，我已经透露了你的近况，并明确告知他你离开他是因为你太爱他，而没有其他。如果再不拿给他看，他会无尽地纠缠，非要弄个水落石出才肯罢休。这样僵持下去，不是太伤脑筋了吗？受伤的不仅有他，有你，还有我，更有他的新女友安娜。让安娜也无尽地纠结下去，你认为对你心疼的兴哥能有任何好处吗？你期盼他能有个幸福的晚年，如果他的女友总是放心不下，兴哥的幸福还能实现吗？赶快让我告诉他吧，消除他对你的误解，解除你的顾虑，别让我没完没了操你们俩的心，让安娜也踏踏实实同兴哥过日子吧。这是个三赢四赢的局面，何乐而不为呀？

考虑再三，最终郝岚还是同意了我的意见。下边我把她写给你的信拍照后作为附件传去，请注意查收。

代问安娜女士好！”

郝岚信的全文如下：

兴哥：

还是这样称呼你，可以吗？这是个让我想到就心动的称呼，几十年了，我还没有叫够。

当你读到这封迟到的信件时，我已经不在人世了。我并无遗憾，能与兴哥相濡以沫四十余年，我知足了。你的“懒岚”走了，走得安祥，走得踏实，走得没有了牵挂。因为她知道，她最牵挂的人，最贴心的人，最尊敬最崇拜最能干的兴哥一定找到了心仪的伴侣，幸福快乐地生活在一起，相依相伴共度余生了。兴哥的幸福就是“懒岚”最大的心愿，相信你能理解的。

我们的相识相恋几十年多么地令人难以忘怀啊。还记得吗？我们是在那场大革命期间全国大串联的时候火车上相遇的。“文革”初期我们当教师的也可以同学生一样到处串联。火车上挤得简直让人喘不过气，你是爬窗户进入车厢才抢到一个座位。我站在你身边，羡慕嫉妒地俯视着你。哇，这么一个白白净净的书生，还有爬窗抢座位的本领？只见你一头乌发，在那么一种噪杂混乱的场合竟还能拿出一本英语小说《嘉莉妹妹》埋头苦读。我读过《嘉莉妹妹》的中文译本，大学虽然学的是中文，但我的英语也还不错，还读过《嘉莉妹妹》英文简写本。

你读得很认真，我则站在人群中随着摆动的车厢左右晃动。突然摆动幅度过大，碰到了你的臂膀，你手中的小说也掉落地上。你抬头看了我一眼，我赶紧说了声“对不起，打扰了”，俯下身想把书给你捡起来。你却冲我灿烂一笑，马上制止我，说“没关系，我自己来”。你把书捡起来，放进自己的挎包，随后站了起来。

“让你站着，真不好意思。你请坐！”你非常绅士地站起来，想把座位让给我。我哪里好意思坐下来，一再推辞。直到周围乘客嚷嚷起来，“不坐我可坐了？本来就挤死人，还都站着假客气”，我才被你轻轻一拉坐到了座位上。

火车从北京出发，目的地是广州火车站。我在广州有大学同学，准备与她们会合后一起去海南旅游。途中下去一些乘客和学生，车厢里稍显宽松一些。刚好我旁边又腾出一个座位，我赶快占住，让你也坐了下来。我们没有说什么话，大家都困得要死，没有什么心思聊天。你好像有几次想引起话题，看到我困得眼皮都睁不开，也就打住了。直到我靠着你的肩头睡着了，你又把我放倒在座位上，让我睡得舒服一些，我却浑然不知。

第二天清晨车快到广州站，我被广播声音弄醒。赶紧坐起来查看随身携带的背包是否还在。座位上左右看了一眼，竟未发现，心里咯噔一下，心想，这可坏了，我的身份证件可都在包包里呀！再往座位下边一看，竟发现有个人睁大眼睛躺在那里，正是给我让座的你啊。

你看我醒来，才从地上爬起来，说昨天我睡得太死，怕我的挎包丢失，就垫在自己头下，在地上也睡了一觉。你把挎包交给我，顺便还说了一句，“你检查一下，看里边的东西有无丢失”。

出了火车站我邀请你同我一起吃饭，向你表示谢意，然后再各奔前程。你也立刻应允，并说你要请我。还说，“哪有同女士第一次吃饭让女士付钱的道理！”你选了一个很不错的餐馆，我们饱饱地吃了一顿粤式早茶。饭桌上我才知道，你本应在武汉下车，用你的话讲，“鬼使神差”，一路陪着我来到广州。

我们就这样认识了。我没有去找我的大学同学，却同你一起到海南旅游去了，并在天涯海角山盟海誓，生死相依，永不分离了。

婚前婚后我们又经历了多少坎坷和不幸啊，但都已过去，不再提起以免破坏我们的心境吧。但你不会知道又有多少细节小事，也始终让我难以忘怀呀。

你爸爸在你刚刚大学毕业就不幸去世，你总感到心中有愧，没有尽孝。其实你在爸爸病重期间，跑前跑后，日夜照顾，但终究无力回天。待爸爸去世，你难过得整整三天不思饮食，总想不明白，为什么爸爸没有等你尽孝，就溘然长逝。于是你把一片孝心全部放到了妈妈身上，把妈妈接到家里，早晚请安，一日三餐精心照料。一到周末，总要想方设法带妈妈到处旅游。见到还是裹足的妈妈，到了颐和园万寿山上，看到山下风景，兴奋地竟可以伸出双臂吊在树上打秋千。吓得你这个孝顺儿子赶快跑上前把妈妈抱了下来。可在你我赴美国常驻期间，妈妈不幸因癌症去世。兄弟姐妹怕你分心，影响工作，待办完后事，才把妈妈去世的消息告诉了你。你又是难过得不吃不喝，多次偷偷地流泪，直到领馆同人反复劝说，才逐渐平复。

你是个大孝子，不仅对自己的爸妈如此的情深意笃，对我的父母也毫不例外。你还总是说，“我没有来得及好好孝顺自己的父母，那就让我在你的父母身上赎罪吧！”此后只要我们回国居住，你总要把我的父母接到家里一起生活，同样也是关怀照顾体贴入微。我爸喜欢喝酒，你本来是烟酒不沾，为了讨好爸爸，你竟每天晚餐都要给自己斟上一小杯与我爸共饮，免得他一人喝得无滋无味。我妹妹的婚事你也是瞎操心，多次给人家介绍对象，有的条件很好，你跟我妹妹吹牛，说“这个小伙子是学外语的，今后肯定有出国的机会”。没料到被我妹妹一句玩笑话，顶的哑口无言。你还记得她回了一句什么话吗？“鸡子鸭子也可以出国，出国有什么了不起！”让你吃了个闭门羹。至于我那个不争气的弟弟，工作不上心，你也是跟着操心上火。他结婚的时候，你从北京几乎置办了全房的家具给他运到了重庆。就连你连面都没有见过的我在上海的舅舅、舅妈，听到他们说上海冬天家里没有暖气，但有的人家在用北方的蜂窝煤炉取暖，打听需要多少钱。你马上买了蜂窝煤炉连同烟筒一起赶在冬季来临之前托运到了上海，把舅舅、舅妈感动得来信一再致谢。

兴哥，你的为人，不是感动了我一个人，你感动了我周围一群人。谢谢你，是你让我在亲友之间，感到那么光彩，那么自豪，那么知足啊！

至于对我们的两个闺女，你也是在无私奉献啊。她们小学毕业升学考试并不理想，没有考取北京市重点。你找到一所可以说全国的重点学校，与教导主任谈能否破格录取我们两个宝贝闺女。主任知道了你的身份，当时正在大学担任系主任，而且是英国留学归来。当场表示，“如果你能到我们学校任课一年，我们可以录取你的两个孩子。”你当场答应，同时也受另外两个同事的委托，询问能否把他们的两个独生子也同时录取，他们答应也可以到学校代课。主任说同校长研究一下再作决定。研究结果是四个孩子同时录取，你去代课一年，因为是两个孩子。另两位老师则只需分别代课半年。主任说，“有的家长想让我们破格录取，赞助一套两室一厅的房子我们都没有同意。”

此后一年当中，你既要履行系主任的职责，还要在第一线上课，还要每周抽两个半天去中学代课，忙得不亦乐乎。但你毫无怨言，虽然口头上说，“生儿育女就是还债”。我知道，你说这话的时候，也是满心欢喜能为子女做点事情。

你的“这点”事情始终没完没了。她们中学毕业考取大学，大学毕业找工作，每一个环节你都是出了力的。她们的第一份工作都是外企，都是靠了你的努力和她们的运气。直到两人先后移民澳洲，也完全靠你的运作。老大到澳洲留学，是靠你提供的工资收入担保。一到澳洲住在你过去同事家里，受到亲人般的照料。老二更是以你退休后在北京开办公司的办公室主任名义才技术移民成功。

至于兴哥对我，我必须在这最后时刻，说说早就想说却并未说出的心里话。在这里我真想唱起你非常喜欢的那首爱尔兰歌曲："You Raised Me Up"（因为你）。只有这首歌可以表达我此时此刻内心的感受。

"因为你，我才能站在高山之巅；

因为你，我才能大海中劈风斩浪；

靠在你的肩头，我浑身充满了力量；

因为你，我实现了超越自我的梦想！"

是的，因为你，我才来到首都北京；因为你，因为你的锲而不舍多年栽培，才让我这个非外语大学毕业生，通过了英语本科自学考试，拿到了珍贵的一纸文凭；因为你，让我最终登上了大学讲台，开始了新的教书育人的伟大征程；因为你，又让我能跟随远赴海外，代表国家尽职尽责；又是因为你，让我享尽了几十年一个女人梦寐以求的理解、关爱、浪漫和温情。

兴哥，还记得当年你是如何揭开了LANLAN这一称谓的含义吗？结婚之初，我还年轻，清晨醒来，总喜欢赖床。很不好意思，经常等你把早餐做好，才把我叫起。你往往走近床边，轻声唤我，LANLAN，起床吃饭了！有一次我坐在餐桌边，对你告白，"你清晨那一声LANLAN，叫得好动听呀！"你突然放声大笑，并问我，"你喜欢听？你知道是什么意思吗？""还能有什么意思，我的名字岚岚嘛！"我答道。"不是那个意思，是懒岚，懒婆娘的意思哟！"

我随手在你肩头轻轻拍了一巴掌，"谁是懒婆娘啊？午饭晚饭不都是我做吗？做个简单的早餐就这么不乐意了？"

"别误解，不是不乐意，是高兴，开心呀！老婆不懒，老公不显。你一懒，就逼得我显得勤快了。一个家庭如果老公不勤快，这个家还有前途吗？怎么样，以后你就当岚岚听，我就当懒婆娘叫，各取所需，好吧？"

你就是这么一个人，很会关心人，很会疼爱人。即使看到对方有何缺点或不足，也能宽以待人，或用幽默诙谐的语言提醒对方。言语中没有歧视，没有抱怨，没有腻烦。在与你相处的几十年中，在每一个关键节点，你都能或抓住机遇或化险为夷，我看到了你的智慧和勇气。但在这些所谓日常琐碎的小事上，我更体会到了你善良的秉性和关爱的心绪。

你曾经说过，曾有一位高人给你算命，说你一辈子都是个操劳命。看来此话不假。你不仅工作上是个拼命三郎，待人处事也特别注意细节。闲暇时你还制作家具，剪裁衣服，修理电器，似乎总是闲不住。直到退休来到澳洲，你还单枪匹马办了数百人的澳洲游学，同时还写了近二十万字的自传，并全部译成了英文。外孙上小学六七年，接送孩子你是一天不落。放学后的学习辅导，也基本由你包了。即使升入中学，辅导英语、中文学习仍不假他人之手，就连那些你早已忘记的数理化之类，你也不惜花费大量时间和精力，尽量给孩子以帮助。直到你离开墨尔本，听说外孙仍经常电话网上同你联系，遇到疑难问题，还要求助外公。

我们全家甚至周围亲友都曾受到你的恩惠，但你从我们身上又得到了多少回报？ 我除却每天给你做几餐饭菜，又能给你什么？我感到内疚，感到惭愧。看到你每天忙忙碌碌，我插不上手，帮不上忙。不是我不想帮，是没有那个能力。我所能做的只有努力把你照顾好，让你健康快乐，享受爱情，享受生活。然而这么一个简单愿望，也被我的肾病葬送了。五十五岁前后，我就绝经了。此后对性生活基本厌倦。染上肾病之后，更是无能为力。我知道你的身体状况，仍然精力充沛，我却完全无法奉陪了。近十年来，你对我体贴入微，从不勉强我，从不为难我。我看在眼里，疼在心上。尤其在我确诊肾病之后，我知道你心里绝对放心不下。你偷偷找大夫做了配型检查，准备一旦我的病情恶化，如果需要换肾，你想提前有个准备。兴哥，我真谢谢你了。你的人品让我佩服得五体投地。但我绝不能再让你作出这种牺牲了，你毕竟年纪不小了。另外两个孩子也让你失望，老大竟在外人面前数落我们的不是。外人听了不可理解，仅说了一句，“你们出国还不是爸妈帮了忙？”老大竟说出一句，“出国留学我是自己考出来的！”把我们的帮助一笔抹杀。老二也怪罪我们，“你们怎么没当个大资本家，现在不是可以给我们买房买车了。”直到有一天，两个闺女质问我们，“你们在国内又有退休金，干吗老跟我们挤住在一起啊？”

我们同老大住在一起，是老大生了孩子，动员我们过来的。老大买的这栋房子，我们也出了一万澳币。我们为她看了十五年的孩子，当了十几年的保姆车夫，除去没有交房租，吃喝日常花费全是靠你办学生团的收入和国内退休金支付，没有给老大增加任何负担。至于老二，我们在澳洲从来没有同她生活在一起，她能把自己的工作婚姻经营好日子过实在，我们就心满意足了，对她更是没有任何奢望。

当然了，退休后本不应该同晚辈生活在一起，我们却与老大在一起生活了十余年，这是我们犯下的错误。我们干扰了人家的生活，理所当然最终要赶我们走。但如果是孝顺孩子，也不至于如此对待我们。可孝顺孩子现在能有几个？职场上的激烈竞争，当前社会的快节奏，现代家庭的不稳定，抚养子女的巨大压力，有几个晚辈有耐心有精力有时间去照看孝顺老一辈啊？

兴哥，看到你辛苦一辈子，落得这么一个下场，面对如此令人心酸的前景，我心如刀绞。我该怎么办？ 我能怎么办？考虑再三，我只有离你远去，你才可能找到自己晚年的幸福。如果我继续留在你的身边，你不会幸福。你还要继续付出，继续得不到任何回报的付出。在子女身上你看不到希望，在我身上你也看不到希望了。当然你早就看透了，不想寄希望于子女身上。你看得很开，总是用“只要她们混好了，我就知足了”来排解自己的无奈。但你也无法寄希望在我的身上了，我已经成了你的负担，今后很可能成为你的沉重无法承受的累赘，这点我很清楚，你也应该预见到了。所以最终我下定决心彻底离开你，让你不带任何幻想地离开我。凭你的人品，凭你的身体状况，我相信你一定能找到一个心仪的女人，年龄相当的女人，同你一起生活，让她照顾你，疼爱你。正是出于这一考虑，我才给你写了那么一封绝情的信，如果给你造成了任何纠结和不快，我诚恳道歉。请你原谅，我是真真切切出于对你的关心，对你的爱慕，才不得不走出这么一步啊！

我走了，走得很知足，很开心。因为我得到了一个男人无私的爱，而且是四十余年的关爱。我也用行动，用我肝胆俱裂心如死灰的心态，回馈了这个男人的一片深情。我不欠你什么了，兴哥，你不要因为我的离去再不解再纠结了。

祝你幸福。

如有来世，我还要嫁给你。求求你，答应我，可以吗？

永远爱你的

郝岚敬上

看过这封信后我欲哭无泪。我不知道心里在想些什么？想以往的过去，还是想郝岚？抑或在想自己的未来？在想坐在身旁与我一同阅读来信的安娜？一连串的思绪涌上心头，让我无法招架。我双手抓住已经花白的头发，狠命一扯，竟没有感觉到疼痛。安娜早已满眼泪水，此时赶紧按住我的双手，劝说道：“别这样，冷静些，冷静些。你需要休息一下，让我陪你到海边走走吧，好吗？”

第二十八章　前途未卜

走到步行街上，只见三三两两或成群结队的学生们涌向海滩。他们一般都是短打扮，男孩子T型衫，短裤。女孩子则穿的五花八门，不少姑娘仅穿文胸和短裤。他们大摇大摆嘻嘻哈哈，从你身旁走过。还有的唱着歌，吹着口哨，或高声喊叫，尖声呼号。再不就友好地同周围看客打个招呼，问声“你好吗？”，未待回答就转向下一位看客，并随口把“你好吗？”改成了“我好吗？”，惹得路人看客哈哈大笑。

原来一年一度的中学生狂欢节又开场了，冲浪者天堂是此一活动的主要场所。每年11月中下旬和12月上旬，连续三周的狂欢活动，可以吸引数万来自澳洲各地的中学毕业生。每天海边都有音乐演出，进入现场需凭事先颁发的身份证件，又称Schoolies ID（Schoolies是特指参加毕业狂欢的中学毕业生）。还有两个新词，Toolies 是指混到狂欢节中的社会青年，而Foolies 是指参加狂欢的未毕业中学生。此两类人不允许参加海边联欢活动，毒品严格禁止。联欢现场禁酒，但出了圈定范围之后，年已18岁的孩子们，就可以开怀畅饮了。每年都有大批警察和志愿工作者现场维持秩序，遇有打架斗殴者，发现倒卧街头醉酒或吸毒者，能及时处置。此一狂欢活动实际上成了澳洲中学生的成人节，标志着自此日始，孩子们摆脱了家长老师的监督和看管，长大成人了。人的一生中如此重大的事件，不发疯般庆祝一番，不闹它个天昏地暗，不喝它个一醉方休，还对得起自己，对得起这辛苦熬过来的十二三年求学历程吗?

望着这些风华正茂的少男少女们，我同安娜似乎都忘却了刚才阅读信件带来的痛楚和烦恼。当男孩女孩走上前来同我们击掌时，我们也被他们的热情感染，咧开大嘴，张开手掌，与他们开心地使劲拍手同庆。

“哎，维克特，你说这个英文Schoolies，Toolies和Foolies 应该怎么翻译成中文？”安娜想把我的思路尽量往狂欢节上拉。

“没见过中文翻译。”我随口答道。

“你给翻翻试试，我知道意思，但中文不好表达，应该是些俗语或土语吧？”安娜问道。

“这些词语都是与特定地域、特定场合或特定事件联系在一起的，不好直译，只能意译，或者音译再加注释了。我给你来个非直译非音译的‘胡译’算了。Schoolies 可以翻成‘酷类’，刚毕业的中学生能不酷吗? Toolies 可以译成 ‘土鳖’，没有‘酷类’身份证，想混进狂欢场所，称他们‘土鳖’，错了吗? Foolies 译成‘傻冒’算了，没毕业就同毕业生大哥哥大姐姐混到一起不是傻冒才怪了。怎样? 翻译的精髓信达雅都有了吧？”我在自吹自擂。

“安娜，不说土鳖还是傻冒了。郝岚的信你也看了，你说我应该怎么办？”我的心还是收不回来。

“我知道你总是放心不下，这么热闹的场合你还是凄凄惨惨悲悲切切。其实很简单，你回去同郝岚见个面，把话说开，解除误会，破镜重圆不就完了！”

就这么简单? 安娜说的是心里话?

“可我同你已经山盟海誓相伴终生了，让我食言那不是置我于无情无义的境地吗? 再说郝岚离我而去的目的是让我找个伴侣共度余生，她绝不会同意与我复婚赶走我的新欢。这层意思她在信里写得已经很明确了，她也不可能再反悔食言。”我说。

“那好，如果大姐愿意成全我们的好事，我真要谢谢她。我在想，如果我们同意把表妹接过来一起生活，为什么不能动员郝岚大姐也同我们一起过？她也可怜，老年失去自己相濡以沫几十年的丈夫，而且是情投意合的丈夫。你们即使不能复合，为什么不能生活在一起？解除误会，情感上复合应该可以啊。对双方说来精神上的复合也是一种慰藉。从郝岚大姐当前生活和身体状况来看，精神上的复合对她来说恐怕是最最看重的事了。”

安娜又在不按常规出牌，提出又一个共同生活的话题。三个女人一台戏，再加上我一个男人，这台戏如何个唱法，我心中没底。

“你同表妹共同生活的建议还没有着落，现在又想动员郝岚一起生活，她会同意吗？你思路跑得太快，我有些跟不上趟了。”我老实承认对新建议没有思想准备。

“这样好不好，我催促一下表妹，让她尽快表个态，别抻着，浪费我们的时间和精力。你同时也赶快与郝岚大姐取得联系，是提出复婚还是精神复合，你自己看着办。反正最好把话说开，把各自的计划摆出来。都这把年纪了，不要打太极拳了。待我表妹和郝岚大姐答复以后，我们再具体商量下一步好不好？”安娜建议道。

接下来我们就分头行动了。安娜同表妹开始了频繁的网上交流。

不久，首先接到表妹来自深圳的邮件，文字不多，中心意思是三人一起生活的主意“过于荒唐”。

安娜哪能善罢甘休，立刻回信进一步劝说。

“此事听上去是有些荒唐，一般人的理解，婚姻绝对是排他性的。如果你我都还年轻，需要生儿育女，需要同床共枕，婚姻确实只能是两个人的事。现在的问题是你我都已年过六十，无须生儿育女传宗接代，更不必耳鬓厮磨夜夜亲热。我的情况我知道，对性事基本没有了兴趣，甚至产生了反感。即使偶有要求，也有心无力了。我说的在一起生活，也就是一起吃个饭，聊个天，打个牌，散个步。哪位有病了或有事了，相互照顾照应一下。如果你单纯理解性生活的排他性，似乎太狭窄了，你难道还把那种事看得那么重吗？”

表妹也在邮件中做了些解释。

“我们先不争论荒不荒唐，反正我的第一反应是负面的，在现实生活中此种现象极其少见。也许是我孤陋寡闻。当然我也知道，穆斯林国家不但可以三人生活在一起，四个五个也不稀奇。最近听说，澳大利亚一位穆斯林长老公开预言，今后一夫多妻会成为潮流。反正让我接受这一安排，还没有思想准备。

另外我的闺女生了个儿子，刚刚四岁，我总还要帮她一把，这也是我无法考虑嫁到国外的原因之一。至于两段婚姻给我带来的创伤，永远无法愈合。一谈到婚嫁，我神经就紧张，无法面对又一个未知的未来。我的好姐姐，你饶了我吧。你如果感觉这个人不错，你就把自己嫁了算了。我现在一个人过得挺好，习惯了，不再有任何的奢望和幻想了。”

我对安娜说：“表妹说的也有道理，你就放弃吧，嫁给我算了！”

“维克特，你别趁火打劫。我说了，不想嫁人。你也别指望我以后会怎么照顾你，我真地做不到。再有我这个脾气，我自己知道，要改也难。你真把我娶回去，今后你无法容忍了，再办什么离婚，啰唆不啰唆？”

安娜继续锲而不舍做表妹的工作。

“你还是传统古板那一套，太不能与时俱进。你还有什么必要带你的外孙？养育第三代是第二代的责任，你在里边瞎掺和什么？我不怕你那个厉害的闺女知道，她的孩子应该由她和她的老公负责。你不知道吗？有多少爷爷奶奶外公外婆，替子女带了孩子最后还不落好？说把他们的宝贝儿子闺女带坏了？说什么带的一点都不懂事，没礼貌，挑食，懒惰，娇气，不听话，等等。只要他们看不惯的，都成了这些老贱骨头们的罪过。我劝你即使不到澳洲来，也尽快脱手，好好安排自己的晚年，不要把希望寄托在儿女身上，更不要寄托在第三代身上。此事你不早做决断，今后有你的好果子吃！

再说了，你同你女儿女婿把话捅开，就说你要嫁到澳洲去了，你看他们同意还是不同意。我相信他们会一致督促你快点把自己嫁出去，你相信我说的话吗？不要有什么顾虑，他们绝不会骂你，笑话你，绝不会阻拦你。你试试，如果他们不同意，我就再也不劝你了。

至于你说的两次婚姻让你伤透了心，我还不是一样？可我们不能总活在过去的阴影里啊。总活在那些王八蛋的阴影里，累不累啊？把他们忘掉，从头再来，为什么不可以？你是没有碰上好男人，如果你遇到维克特这样的善主，你不想赶快嫁了才怪！”

表妹似乎态度有些软化，在邮件中提到另外一些顾虑。

“姐，我知道你的好意，你是为了我好。当然你孤身在外，两个孩子也整天忙自己的事情，与你很少交流，孤独难耐我能理解。能出去陪陪姐姐，也是我做表妹义不容辞的责任。好在我除了外孙，也没有其他负担。考虑再三，嫁出去也可能是我生命中的一个重要转折。我同女儿女婿讲了，他们异口同声主张我赶快嫁出去，还说什么‘机不可失，时不再来’。

但我仍有个顾虑，说给姐姐听听。一是我的退休金现在每月不到4000元人民币，在国内生活够了，到澳洲恐怕不行吧？尽管我手里有股票，相当于十多万人民币，与退休金放到一起能在澳洲坚持多长时间，我心里没底。我知道维克特也是靠退休金生活，不可能负担我的费用。即使他可以负担，我也不想欠人家的。人活得要有点尊严，靠别人养活，还谈什么尊严，你说是吧？”

安娜看到表妹有些松动，马上回复：“费用问题你不用担心。维克特也说了，房子租了一个人住还是两个人住都一样，租金就不让你负担了。如果我们三个人住，我同他分担就行了。生活费一周一个人有100澳币足够了，包括吃喝电话上网费，水费从房东交的物业费中扣，与咱们租客无关。还有一项是电费，一个月两三个人有五六十澳币也打发了。按五元人民币兑换一个澳币计算，你的4000人民币可以兑换800澳币，满打满算扣除600澳币生活费，你还有200澳币零花钱，日子还相当滋润嘛，还担什么心？如果真有揭不开锅的时候，还有姐嘛！”

表妹还是有些不放心，邮件中又表示了疑虑。

“姐，拿着我的退休金你知道我在国内过的什么日子？夏天我到南戴河避暑，一住就是一个月。冬天我到海南岛度假，也一住就是半月二十天。住旅馆，泡温泉澡，洗海水浴。到了你那儿，我的退休金只是个糊口钱了，我亏不亏呀！”

安娜赶紧趁热打铁：“你可真够短视的。你结婚过来，马上就有免费医疗卡。两年后每两周就可以拿五百多澳币的福利费。十年后如果仍在租房子住，两周你一个人可以享受澳币千元以上的退休金了。这个账你可要算明白，别捡了芝麻丢了西瓜。”

“如果我们处不好，我再打道回府，不是鸡飞蛋打瞎折腾吗？”表妹的顾虑也够多的。

“处不好我搬走，反正我那儿有套房子闲置不用。两年后如果你想走，也行，住我那套空房，或你自己在外租房子住。有了福利费再加上你的退休金，不行再卖掉你的股票，或卖掉你国内那套三室两厅的豪宅，还能有过不去的坎？你要知道，我们在黄金海岸住的这套房子，是百万的风景房子。懂吗？风景好，气候好，没有雾霾，没有寒冬，没有酷夏，你在国内住的地方能同我这里相比吗？”

表妹的扣子安娜是有一个解一个，最终安娜如愿以偿，表妹同意见个面了。但是想在国内见面，先接触一下，看彼此印象如何，有无缘份。

“好吧。别忘了把你脸上的雀斑用激光打一打！”安娜开心了，调侃着她的表妹。

表妹也不服气：“干吗非要打？爱要不要，谁稀罕到劳改犯待的地方去！”

我与郝岚的联系也在同步进行。

达令：

谢谢你让我读到了准备最后留给我的信件。我万万没有想到你的离去竟是这样一个让我肝肠寸断的原因。我们相濡以沫近半个世纪，多么大的风浪都走过了，还有什么难处不能共同面对，还有什么痛楚不能相互分担呀！你何必那么固执，那么决断，那么折磨自己啊！快些回到我的身边吧，求求你，快回来吧，让我们继续那段几乎完美的婚姻，续写最后一段美好动人的故事吧！

郝岚也及时回复了。

兴哥：

没有想到在我离开这个令人怀念的世界之前，又能呼喊一声兴哥。谢谢你，仍然还记着我。更要谢谢秀君，让我知道了你的现状。于是在我走之前，让你看到了那封信，知道了我离开你的真实原因。我想你对我的误解甚至怨愤，都已烟消云散。这就行了，我也再没有任何纠结，可以死而无憾了。谢谢你，真的谢谢兴哥。你能让我死而无憾，我还需要别的什么吗？

对不起，让我回到你的身边？不可能了。绝对不可能了。如果回去我就又回到了原来的生活状态，继续给你带来烦恼，带来不快，带来对我的病患无休无止的牵挂。这样一个前景，我无法面对，无法容忍，无法接受。我已经决定在这个天府之国养老了，这里有山有水，应该是个养老的好地方。现在秀君经常来看看我，我已经请了个保姆，再以后可能要住养老院等死了。

我知道你已经有了心仪的伴侣，我真心实意祝福你。好好善待她，疼爱她，关心她。你能有个幸福美满的晚年归宿，就是我此时此刻最大的心愿。我知道兴哥相信我，理解我，难道不是吗？

让我们今后以好友身份相处吧。

我当然相信郝岚对我的“祝福”是真心的，但把她一个人丢在天涯海角，我却心有不甘。

“我知道你现在的心情和对未来的考量。但我对你仍然放心不下。你在重庆没有什么亲人了，晚年谁能照顾你？有个秀君，可秀君也六十多岁了，恐怕再过些年她也需要别人照顾了。你请了个保姆？找个贴心保姆也并非易事，弄不好还不知会带来多少麻烦。住养老院是一条出路，可一定要住好的养老院。住好的养老院，你凭国内那点退休金，是住不起的。因为你在澳洲领取的养老金，一旦离开澳洲时间长了就取消了。至于饮食安全，医疗的方便，澳洲显然比国内要好。你还是回到澳洲吧，这里有你的子女，有我，还有安娜。安娜是个好女人，她一再表示，让郝岚大姐回来吧，她可以退出。如果你不嫌弃她，她可以同我一起照顾你。我相信安娜能够说到做到，她是个透明诚实的人，心地善良的人。”

郝岚回复时说：“你说的我也考虑过，留在重庆的确有诸多不太适应的地方。毕竟离开几十年了，很多事情不太习惯不太适应了。可立刻回到澳洲，也下不了决心。与孩子们继续住在一起，绝无可能。你也知道，与子女住在一个屋檐下，那就是不折不扣的寄人篱下。至于同你和安娜同住，我还从来没有想过。是不是过于荒唐？不过安娜有那种表示，也实在让人感动。一定要替我谢谢她。”

我马上表示：“我想你一定要把大方向先定下来，这就是回澳洲养老。与子女同住的确不是办法，我同意。如果你同我和安娜一起生活也接受不了，你看这样行不行。你也在黄金海岸单独租套房子，与我们做邻居，这样彼此照应也会很方便。再不行，我们索性一起住进退休村或养老院，也可以彼此陪伴呀。我的意思你应该理解，我不能让你一个人孤孤单单终老。实在不行我也跑到重庆陪你，咱们不弃不离把人生最后一段路走完，好不好？”

经我苦口婆心劝说，郝岚依然不为所动，不接受我的任何一个方案。我同安娜商量，是否可以回国走一趟，当面谈谈。安娜表示同意，说表妹那边也举棋不定，希望在国内见个面，当面把事情说清楚。

“我们先去深圳还是重庆？”安娜问道。

“能否同时见两个人？反正主题都一样，要否在一起养老，怎么养老。”我说。

“我看可以。已经到年底了，国内冬季冷得让人受不了。与两个人同时接触，节约时间，办完事就赶快打道回府。”安娜说。

“你也别太心急。回去一趟就踏踏实实把事情办好。尤其你表妹那里，我同她从来没有接触过，对她的性格脾气秉性一无所知。你不让我多些时间观察了解她，还想让我娶她，这不是强人所难吗？”我是半开玩笑半认真。

“你也太敏感了。谁不让你同她多接触了？我是怕冬天天气太冷，你又有个咳的毛病，还不都是为了你好。行啊，你说吧，咱们回去住多少天，十年还是八年？”安娜也在说气话了。

“十年八年不够，咱回去最少住它个三五十年，行不行？”我赶紧给她灭灭火。

“讨厌！”安娜笑了。

“玩笑话。我看咱们到海南岛租它三个客房，一间你同表妹住，一间郝岚住，一间我住。咱们住它一个月，怎样？”

“你同郝岚大姐住到一起算了，何必分开？”安娜说。

“瞎说。荒唐。”我说。

“那你同我住一间吧，行不行？”安娜用狡黠的眼神看着我。

“行啊，那多好！”我说。

“荒唐！”安娜说道。

乘上飞往广州的飞机，飞翔在一望无际的白云之上，失去了任何参照物。只感到时间断流，方向全无。

“安娜，你知道这趟旅行最终的结局吗？”

“荒唐，我怎么知道！”

2016年4月12日第六稿

完稿于澳大利亚黄金海岸